LAS MIL NAVES

Natalie Haynes

LAS MIL NAVES

Traducción del inglés de
Aurora Echevarría

Papel certificado por el Forest Stewardship Council®

Printed in Spain – Impreso en España

ISBN: 978-84-18681-88-2
Depósito legal: B-7.594-2022

Impreso en Romanyà-Valls
Capellades, Barcelona

SM81882

Para Keziah, naturalmente

Por eso jamás se extinguirá la fama de su excelencia. Los inmortales propondrán a los humanos un canto seductor en honor de la sensata Penélope. No meditó perversas acciones como la hija de Tíndaro...

AGAMENÓN,
Odisea, XXIV, 196-199

1

Calíope

Canta, musa, dice, y el filo de su voz deja claro que no es un ruego. Si estuviera dispuesta a complacer su deseo diría que pule el tono al pronunciar mi nombre, como el guerrero desliza la daga sobre la piedra de afilar, preparándose para la batalla de la mañana. Pero hoy no estoy de humor para ser musa. Tal vez no se le ha ocurrido ponerse en mi piel. Seguro que no; como todos los poetas, sólo piensa en sí mismo. Aunque es sorprendente que no se haya planteado cuántos hombres más hay como él, reclamando todos los días mi atención y apoyo inquebrantables. ¿Cuánta poesía épica necesita realmente el mundo?

Cada conflicto iniciado, cada guerra librada, cada ciudad asediada, cada pueblo saqueado, cada aldea destruida. Cada travesía imposible, cada naufragio, cada regreso a casa: todas esas historias ya se han contado, y en innumerables ocasiones. ¿De verdad considera que tiene algo nuevo que decir? ¿Y cree que puede necesitar mi ayuda para seguir el desarrollo de todos sus personajes, o para llenar esos vacíos en los que la métrica no encaja con el relato?

Bajo la mirada y veo que tiene la cabeza agachada y los hombros, aunque anchos, encorvados. Empieza a curvársele la columna vertebral por la parte superior. Es un anciano. Más anciano de lo que sugiere su voz dura. Estoy intrigada. Suelen ser los jóvenes los que viven la poesía con tanto apremio. Me inclino para verle los ojos, pero los cierra en el fervor de su plegaria. No lo reconozco con los ojos cerrados.

Lleva un hermoso broche de oro, hojas diminutas que forman un nudo reluciente. Alguien lo recompensó generosamente por su poesía en el pasado. Tiene talento y ha prosperado, sin duda con mi ayuda. Pero aún quiere más, y yo desearía verle bien el rostro, a la luz.

Espero a que abra los ojos, pero ya he tomado una decisión. Si quiere que lo ayude deberá hacer una ofrenda. Eso es lo que hacen los mortales: primero piden, luego ruegan y, al final, negocian. De modo que le daré las palabras cuando me dé ese broche.

2

Creúsa

La despertó un crujido ensordecedor y contuvo el aliento. Buscó con la mirada al bebé hasta que recordó que ya no era ningún bebé, sino que había visto pasar cinco veranos mientras la guerra causaba estragos fuera de las murallas de la ciudad. Él estaba en su habitación, dónde si no. Respiró más tranquila, y esperó a oír cómo la llamaba, aterrado por la tormenta. Pero el grito no llegó: era valiente su pequeño. Demasiado valiente para gritar por un relámpago, aunque lo lanzara el mismo Zeus. Se echó la colcha sobre los hombros y trató de calcular la hora. La lluvia repiqueteaba con más fuerza. Debían de ser las primeras horas de la madrugada, si se veía el fondo de la habitación. Pero era una luz peculiar, de un amarillo intenso, que se reflejaba en las paredes rojo oscuro y les daba una desagradable pátina sanguinolenta. ¿Cómo podía ser tan amarilla la luz si no estaba amaneciendo? ¿Y cómo era posible que el sol inundara las habitaciones si oía llover sobre el tejado? Desorientada por sus sueños recientes, transcurrieron unos minutos antes de que se diera cuenta de que el olor acre estaba en sus fosas nasales y no en su imaginación. El estruendo no había sido un trueno sino una destrucción más terrenal; el repiqueteo no era el ruido de la lluvia sino el crepitar de paja y madera seca, y la luz amarilla que parpadeaba no era el sol.

Al comprender el peligro que corría, se levantó de la cama de un salto para compensar la parsimonia previa. Debía salir y alejarse del fuego cuanto antes. El humo ya le había impregnado la lengua de hollín grasiento. Llamó a su esposo, Eneas, y a su hijo, Eurileón. No obtuvo respuesta. Salió del pequeño dormitorio, dejando atrás la cama estrecha con la colcha de color cobrizo que había tejido con tanto orgullo para sus primeras nupcias, pero no llegó muy lejos. Alcanzó a ver las llamas a través de la diminuta claraboya que había frente a la puerta de su dormitorio, y se quedó clavada en el suelo, incapaz de continuar. No era su casa la que estaba en llamas sino el alcázar, el punto más alto de la ciudad de Troya, que hasta entonces sólo habían iluminado las hogueras de vigilancia, las llamas de los sacrificios, o Helios, el dios del sol, quien se desplazaba en su carro de caballos por encima de sus cabezas. En esos momentos el fuego saltaba entre las columnas de piedra, frías al tacto, y ella observó en silencio cómo parte del techo de madera empezaba a arder y caía una lluvia de chispas, como si minúsculas luciérnagas se arremolinaran en la nube de humo.

Eneas debía de haber salido corriendo para ayudar a combatir las llamas, pensó. Seguro que estaba llevando agua, arena y todo lo que pudiera encontrar junto con sus hermanos y primos. No era el primer incendio que amenazaba la ciudad desde que había comenzado el asedio, y además los hombres darían su vida por salvar la ciudadela. Allí se encontraban las posesiones más preciadas de Troya: el tesoro, los templos y el palacio de Príamo, su rey. El miedo que la había sacado de la cama se desvaneció al ver que su casa no ardía y su hijo y ella no se encontraban en peligro, aunque sí su marido, como tantas veces durante esa guerra interminable. El miedo cerval por la supervivencia fue reemplazado al instante por una ansiedad punzante y conocida. Estaba tan acostumbrada a verlo salir para combatir el azote de los griegos, tras diez largos años acampados fuera de la ciudad, tan acostumbrada al horror de verlo partir y al miedo paralizante de esperar su regreso, que se sintió casi reconfortada, como si un pájaro negro se le posara en el hombro. Él siempre había vuelto a casa, se recordó. Siempre. Trató de ignorar el graznido con el que ese pájaro intentaba meterle a la fuerza una idea en la cabeza: ¿desde cuándo el pasado es garantía del futuro?

Dio un brinco al oír otro estruendo, sin duda más atronador que el que la había despertado. Miró por encima del alféizar de la ventana hacia la parte baja de la ciudad. Este incendio era diferente no sólo por la importancia de su ubicación, ya que no se limitaba al alcázar. Por toda la ciudad parpadeaban intensas luces naranja. Creúsa murmuró una plegaria a los dioses domésticos, pero ya era demasiado tarde para rezar. Mientras articulaba los sonidos con la lengua se dio cuenta de que los dioses habían abandonado Troya. En el otro extremo de la ciudad ardían los templos.

Echó a correr por el pasillo corto y oscuro que llevaba a la parte delantera de la casa a través del patio de paredes altas y ornamentadas que tanto le gustaba. No había nadie allí, hasta los esclavos se habían ido. Tropezó con su propia túnica y retorció la tela con el puño izquierdo para acortarla. Volvió a llamar a su hijo —¿había acompañado a su padre a recoger a su suegro?, ¿era allí adonde había ido Eneas?— y abrió el portón de madera que daba a la calle. Vio pasar corriendo a sus vecinos. Ninguno acarreaba cubos de agua, como había imaginado que estaría haciendo Eneas, tan sólo bolsas con las cuatro cosas que habían logrado juntar antes de salir huyendo, o nada en absoluto. Creúsa no pudo contener un grito. De todas partes llegaban voces y alaridos. El humo cubría las calles como si la ciudad en ruinas estuviera demasiado avergonzada para encontrarse con su mirada.

Se detuvo en la puerta sin saber qué hacer. Si no se quedaba en casa, su marido no sabría dónde encontrarla cuando regresara. Hacía muchos años Eneas le prometió que si un día caía Troya él mismo la sacaría de allí, junto con su hijo, su padre y el resto de los supervivientes, y navegarían hasta fundar una nueva ciudad. Ella le puso los dedos en los labios para que se callara —incluso pronunciar esas palabras podía incitar a un dios travieso a hacerlas realidad— y su barba le hizo cosquillas en las manos. Pero no se rió, y Eneas tampoco. Es mi deber, le dijo, son órdenes de Príamo: alguien deberá encargarse de fundar una nueva Troya si ocurre lo peor. De nuevo Creúsa intentó contener el torrente de pensamientos: él no iba a regresar, ya estaba muerto, antes del amanecer la ciudad habría sido arrasada, y su hogar, como tantos otros, ya no estaría allí para volver.

¿Cómo había sucedido? Apoyó la cabeza contra el portón y notó el calor de las tachuelas de metal negro en el cuero cabelludo. Miró abajo y vio que el polvo negro y grasiento ya se había asentado en los pliegues de su vestido. No era posible que estuviera ocurriendo todo aquello porque Troya había ganado la guerra. Los griegos por fin habían huido tras una década de desgaste en las llanuras de las afueras la ciudad. Tantos años después de haber llegado con sus altas naves, ¿qué habían conseguido exactamente? Habían librado batallas cerca de la ciudad y luego lejos, habían avanzado hasta los barcos varados y después hacia Troya. Había habido combates individuales y guerra sin cuartel. Se habían desatado enfermedades y hambruna en ambos bandos. Los grandes paladines habían caído y los cobardes se habían escabullido. Pero al final Troya, su ciudad, había salido victoriosa.

¿De eso hacía tres, cuatro días? No estaba segura del tiempo que había transcurrido, pero sí de los hechos, porque había subido a la acrópolis y visto con sus propios ojos cómo se alejaba la flota. Igual que a todos los habitantes de la ciudad, varios días antes le habían llegado rumores de que el ejército griego estaba recogiendo sus bártulos. Sin duda se habían retirado a su campamento. Eneas y sus compañeros —ella nunca los consideraría guerreros; ése era su papel fuera de la ciudad, no dentro— se habían planteado enviar a un grupo de asalto no sólo para averiguar qué ocurría sino también para causar alboroto. Pero al final habían decidido quedarse dentro de las murallas y, armados de paciencia, esperar a ver qué pasaba. Tras un par de días sin lluvia de lanzas y flechas, había empezado a aflorar la esperanza entre la gente. Quizá una nueva plaga estaba haciendo estragos en el campamento griego. Ya había sucedido antes, unas lunas atrás, y los troyanos habían vitoreado y hecho ofrendas de agradecimiento a los dioses. Los griegos habían sido castigados por su irreverencia y obstinación, por negarse a aceptar que Troya no caería —no podía caer— ante hombres mortales. No ante hombres como esos griegos arrogantes con sus grandes naves y sus armaduras de bronce reluciendo al sol porque ninguno era capaz de soportar la idea de actuar en el anonimato, sin ser vistos ni admirados.

Como todos los demás, Creúsa había rezado pidiendo una plaga. No había nada mejor por lo que rezar. Pero al día siguiente las naves, con los mástiles temblando, habían empezado a moverse mientras los hombres remaban para salir de la bahía y adentrarse en las aguas profundas del océano. Aun así los troyanos guardaron silencio, incapaces de dar crédito a sus ojos. El campamento llevaba tanto tiempo afeando el paisaje al oeste de la ciudad, detrás de la desembocadura del río Escamandro, que resultaba chocante no verlo en la orilla, como si una extremidad gangrenada hubiera sido amputada. Era un espectáculo sin ninguna duda menos aterrador que el de antes, pero aun así inquietante. Un día después, hasta la última y más lenta de las naves había zarpado, gimiendo bajo el peso de sus hombres y su injusto botín, fruto del saqueo de todas las pequeñas ciudades de Frigia, de allí donde hubiera menos hombres y murallas más bajas que Troya. Remaron con el viento en contra y luego se alejaron desplegando todas las velas.

Desde las murallas de la ciudad, Creúsa y Eneas habían contemplado la espuma blanca en la orilla mucho después de que las naves hubieran desaparecido. Se abrazaron mientras ella susurraba preguntas que él no podía contestar: ¿por qué se han ido? ¿Volverán? ¿Estamos a salvo ahora?

Un estrépito lejano la devolvió al presente. Creúsa ya no podía subir a la acrópolis para buscar a Eneas. Desde su casa alcanzó a ver que el tejado del alcázar se había derrumbado en medio de una nube de humo. Si había alguien ahí debajo ahora estaba muerto. Trató de no pensar en Eurileón correteando al lado de su padre, intentando ayudar a apagar un fuego insaciable. Pero Eneas no habría puesto en peligro a su único hijo; debía de haber ido a buscar al anciano Anquises para llevarlo a un lugar seguro. ¿Y regresaría a buscarla, o esperaría que ella lo encontrara por las calles?

Ella conocía el corazón de Eneas mejor que el suyo. Sin duda él había salido a buscar a su padre antes de que el fuego alcanzara toda su magnitud: Anquises vivía más cerca de la acrópolis, donde las llamas ardían con más intensidad. Aunque debía de imaginarse lo difícil que sería el trayecto hasta la casa del anciano, Eneas habría previsto regresar, pero al ver que era imposible se habría dirigido a las puertas de la ciudad confiando en que ella hiciera lo mismo. Lo encontraría en las llanuras de fuera; Eneas se encaminaba hacia el lugar donde antes se asentaba el campamento griego. Ella se detuvo un momento en el umbral, preguntándose qué debería llevarse. Pero oyó gritos de hombres que se aproximaban y no reconoció el dialecto. Los griegos ya habían entrado en la ciudad; no había tiempo para buscar objetos de valor, ni siquiera un manto. Miró las calles llenas de humo y echó a correr.

El ambiente festivo que reinaba en la ciudad el día anterior la había atrapado totalmente: por primera vez en diez años, las puertas de Troya se abrieron de par en par. La última vez que Creúsa había salido a la llanura Escamandria, que rodeaba la ciudad, tenía apenas doce años. Sus padres le habían explicado que los griegos eran piratas y mercenarios que navegaban por los rutilantes mares en busca de ganancias fáciles. No se quedarían mucho tiempo en Frigia, dijeron todos. ¿Por qué iban a hacerlo? Nadie se creyó su pretexto: que habían acudido a buscar a una mujer que se había escapado con uno de los hijos de Príamo. Era una idea ridícula. ¿Un sinfín de naves, hasta un millar, cruzando océanos para asediar una ciudad sólo por una mujer? Ni siquiera cuando la vio —a Helena, con el vestido rojo y su larga melena rubia, a juego con los bordados dorados de los dobladillos y las cadenas de oro del cuello y las muñecas—, ni siquiera entonces Creúsa se creyó que un ejército hubiera podido navegar hasta allí sólo para llevarla a casa. Los griegos se habían lanzado al mar por las mismas razones que cualquier otro hombre: para llenar de botines sus cajas fuertes y de esclavos sus hogares. Pero esta vez, al poner rumbo a Troya, se habían extralimitado. En su ignorancia, no habían sabido que la ciudad, además de rica, estaba bien defendida. Típico de los griegos, dijeron los padres de Creúsa; para los helenos, los no griegos eran todos iguales, unos bárbaros. No se les había ocurrido que Troya era una ciudad muy superior a Micenas, Esparta, Ítaca y todos los lugares que ellos llamaban «hogar».

Troya no abriría sus puertas a los griegos. Creúsa vio cómo a su padre se le ensombrecía el ceño al contarle los planes de Príamo a su madre. La ciudad combatiría y no devolvería a la mujer, tampoco su oro ni sus vestidos. Los griegos eran unos oportunistas; antes de que las primeras tormentas de invierno azotaran sus naves, se habrían marchado de la ciudad, dijo. La buena fortuna de Troya era legendaria: el rey Príamo, con sus cincuenta hijos y sus cincuenta hijas, su extraordinaria riqueza, sus altísimas murallas y sus leales aliados. Los griegos no podían conocer la existencia de una ciudad así sin desear destruirla; lo llevaban en su naturaleza. Y los troyanos lo sabían: rescatar a Helena había sido sólo un pretexto para llegar hasta allí. Seguro que el rey de Esparta había mandado a Helena con Paris para darles a sus amigos griegos la excusa perfecta para hacerse a la mar, murmuraban las mujeres troyanas mientras lavaban la ropa en el río.

Fueran cuales fuesen sus razones, Creúsa era una niña la primera vez que los griegos acamparon frente a su hogar, y cuando pudo salir de nuevo lo hizo de la mano de su hijo, que había jugado por las calles de toda la ciudad, pero nunca había pisado la llanura. Incluso Eneas, hastiado de la guerra después de tantos años de lucha, parecía haberse relajado un poco con los chirridos de las puertas al abrirse; todavía llevaba la espada, por supuesto, pero había dejado la lanza en casa. Los centinelas les comunicaron que ya no quedaba ni un soldado griego. La costa se había vaciado de hombres y barcos. Sólo quedaba una ofrenda de sacrificio, dijeron, una especie de armatoste de madera. Imposible saber a quién se lo habrían dedicado o por qué. A Poseidón, para un viaje de vuelta a casa sin incidentes, sugirió Creúsa a su marido mientras su hijo se alejaba corriendo por el suelo embarrado. La hierba volverá a crecer, le había dicho a Eurileón nada más poner un pie fuera, dejándose llevar por los recuerdos de su niñez, pero había prometido demasiado. No había pensado en el avance arrollador de todos esos miles de pies tachonados, en todas las ruedas de cuadriga, en toda la sangre derramada.

Eneas asintió, y por un instante Creúsa vio en él la cara de su hijo, bajo sus pobladas cejas oscuras. Sí, debía de ser una ofrenda al dios Poseidón. O tal vez a Atenea, que durante tanto tiempo había protegido a los griegos, o a

Hera, que detestaba a los troyanos, por muchos sacrificios que éstos hicieran en su honor. Bordearon juntos lo que hasta hacía poco era un campo de batalla en dirección a la bahía. Eurileón por fin tendría arena bajo sus pies en lugar de lodo y piedras. Creúsa ya percibía el cambio a su alrededor; el barro se había vuelto más granuloso y espesas matas de hierba marina crecían por doquier. Notó lágrimas cálidas en las mejillas cuando la suave brisa del oeste le sopló en los ojos. Su marido alargó su mano llena de cicatrices y se las secó con el pulgar.

—¿Es demasiado? ¿Quieres volver? —le preguntó.

—Aún no.

Creúsa volvía a tener el rostro cubierto de lágrimas, pero éstas no eran de miedo, aunque estaba asustada y esta vez Eneas no podía consolarla. Una espesa humareda llenaba las calles de la ciudad, y le caían lágrimas tiznadas de hollín por las mejillas. Dobló por una calle que sabía que la conduciría a la parte baja de la ciudad, donde podría bordear la muralla hasta las puertas de acceso. Había pasado diez años encerrada en Troya y había recorrido innumerables veces sus calles. Conocía cada casa, cada esquina, cada recodo. Sin embargo, aunque estaba segura de que avanzaba cuesta abajo, se encontró con que no podía continuar: se había metido en un callejón sin salida. Una punzada de pánico se le extendía por el pecho; le costaba respirar por culpa de esa grasienta sustancia negra que le llenaba la garganta. A su lado pasaban hombres corriendo: ¿eran griegos o troyanos? Llevaban la cara tapada con paños para protegerse del humo y ya no podía distinguirlos. Desesperada, buscó algo que pudiera utilizar con el mismo propósito, pero había dejado su estola en casa, y ahora no podía volver para cogerla. Y en caso de que pudiera tampoco estaba segura de saber encontrar el camino de regreso.

Le habría gustado detenerse un momento y localizar algo que le resultara familiar, un punto de referencia que le permitiera averiguar exactamente dónde estaba y así planear la mejor ruta para salir de la ciudad. Pero no había tiempo. Se dio cuenta de que el humo parecía menos denso a ras de suelo y se agachó un instante para recobrar el aliento. El incendio se había propagado en todas direcciones y, aunque el humo le impedía ver bien, las llamas parecían estar muy cerca. Volvió sobre sus pasos hasta el primer cruce y miró a la izquierda, donde se vislumbraba un poco de luz, y luego a la derecha, donde reinaba la oscuridad más absoluta. Comprendió que debía alejarse de la luz. Las zonas más iluminadas de la ciudad debían de ser aquellas donde el fuego ardía con más fuerza, de modo que se adentraría en la negrura.

El sol la había deslumbrado mientras se dirigía con Eneas al promontorio donde habían acampado los griegos, en medio de la llanura. El campamento sólo podía verse desde el alcázar y las torres de vigilancia, los puntos más altos de Troya; por eso Creúsa subía hasta allí cada vez que su marido combatía fuera de las murallas. Creía que si lo veía luchar en la llanura podría protegerlo, aunque no fuera posible identificarlo en medio del barro, la sangre y las espadas relucientes. Y allí estaba él ahora, cogido de su brazo. Creúsa esperaba sentir un alivio inmenso al ver la bahía vacía y el campamento abandonado, pero al doblar el montículo de arena apenas reparó en la ausencia de naves o en los escombros en la orilla. Al igual que los otros troyanos que iban delante de ellos, ella y Eneas miraron hacia arriba, hacia el caballo.

Ninguno había visto jamás una ofrenda de esas dimensiones, ni siquiera los que habían navegado más allá de Grecia antes de la guerra. Como siempre, los griegos sólo buscaban sobresalir, hacerse un nombre, por eso sus ofrendas a los dioses eran de esa extravagancia desmedida. ¿Por qué sacrificar una vaca cuando puedes ofrecer una hecatombe? El olor de la carne quemada fuera de las murallas había inundado Troya los primeros días de la guerra, durante los que Creúsa apenas comió una tacita de cebada con un poco de leche. Sabía que los griegos lo habían hecho a propósito: alardear de sus reses muertas frente a una ciudad sitiada. Pero hacía falta algo más que hambre para quebrantar la moral de los troyanos. Cuando la guerra empezó a prolongarse un año tras otro, estaba segura de que los griegos habrían lamentado tanta generosidad con los dioses. Si hubieran conservado algunas reses, a esas alturas tal vez tendrían todo un rebaño paciendo en las hierbas marinas y habrían podido alimentar a los soldados, que cada año estaban más flacos.

Pero aquella ofrenda era tan inmensa que hacía daño a la vista. Creúsa apartó la mirada y cuando la posó de nuevo en sus enormes tablones de madera le causó el mismo estupor. La figura se elevaba por encima de ellos, como tres o cuatro veces la estatura de un hombre. Aunque el diseño era rudimentario —¿qué podía esperarse de los griegos?—, se reconocía a la perfección la figura de un caballo: cuatro patas, una larga cola de hierba y un hocico. Sólo le faltaba la crin. La madera se veía toscamente cortada, pero los paneles se habían unido con clavos de forma bastante cuidadosa. Le habían atado cintas alrededor de la frente para indicar su condición sacrificial.

«¿Habías visto jamás algo así?», le susurró a su marido. Él negó con la cabeza con vehemencia.

Los troyanos se acercaron al caballo con prudencia, como si en cualquier momento pudiera cobrar vida y cerrar de golpe las mandíbulas. Era absurdo tener miedo de una representación, pero ¿cómo podía ser que un ejército invasor sólo hubiera dejado eso tras de sí? Los hombres se pusieron a hablar bajito sobre cómo proceder, y sus mujeres permanecieron apartadas, murmurando entre ellas acerca de la extraña bestia. ¿Tal vez deberían amontonar hierba seca y ramitas bajo las patas de la criatura y prenderle fuego? Si era una ofrenda a un dios para que el viento les fuera propicio de regreso a Grecia, como parecía probable —aunque Creúsa había oído decir que habían hecho sacrificios más horribles en el pasado—, ¿podían los troyanos infligir un último golpe a sus enemigos destruyéndolo? ¿Lograrían así alejar de los griegos la buena voluntad del dios? ¿O debían aceptar el caballo y ofrecerlo ellos mismos como ofrenda a los dioses?

Lo que había empezado como una conversación susurrada enseguida derivó en gritos. Hombres que habían luchado hombro con hombro, hermanos de armas y sangre, se gruñían unos a otros. Había que quemar o salvar al caballo, arrojarlo al mar o arrastrarlo hasta la ciudadela.

Creúsa sólo deseaba que se callaran para tumbarse en las dunas, estirar los brazos y las piernas, y disfrutar de la sensación de la arena en la piel. Llevaba tanto tiempo sin ser libre... ¿Qué importaban ahora las ofrendas de los griegos? Cogió la mano de Eurileón y lo acercó a sus piernas mientras Eneas daba un paso al frente, no sin antes darle un apretón en el brazo. No tenía ningún interés en verse envuelto en una discusión, pero no podía eludir su deber como uno de los defensores de Troya. Los hombres habían vivido una guerra muy diferente a la de las mujeres que los esperaban, los cuidaban y les daban de comer al final del día. Creúsa cayó en la cuenta de que el lugar donde se encontraba —y del que quería que se fueran todos para poder disfrutarlo tranquilamente con su marido y su hijo— seguía siendo un campo de batalla para Eneas.

De pronto el clamor enmudeció. Una figura avanzaba penosamente, a pocos pasos de Creúsa, con una túnica granate revoloteando sobre sus nudosos pies. Príamo caminaba como el anciano que era, pero todavía mantenía la cabeza erguida como un rey. A su lado iba la orgullosa reina, Hécabe. Ella no se quedaba atrás como las otras mujeres.

«¡Basta!», exclamó Príamo con una voz un tanto temblorosa. Eurileón tiró del vestido de Creúsa para reclamar su atención sobre algo que había visto —un escarabajo que cavaba laboriosamente un túnel en la arena de la duna bajo sus pies—, pero ella lo hizo callar. Nada de lo que estaba sucediendo ese primer día fuera de la ciudad concordaba con lo que ella había imaginado, con las fantasías que habían iluminado sus momentos más tenebrosos. ¡Había anhelado tanto que llegara el día en que su hijo vería por primera vez los animales que vivían en la orilla del río! Y ahora lo hacía callar para que el rey pudiera hablar a sus furiosos súbditos.

«No peleemos entre nosotros. Hoy no. Escucharé lo que tengáis que decir, uno a uno», dijo Príamo. Mientras oía las razones que esgrimían unos y otros a favor o en contra de los posibles destinos para el caballo, Creúsa se dio cuenta de que no le importaba mucho lo que Príamo decidiera hacer con él. Quemar el caballo o conservarlo, ¿qué diferencia había? El último en hablar fue el sacerdote Laocoonte, un hombre entrado en carnes, de rizos negros y aceitados, al que le gustaba demasiado el sonido de su propia voz. Según él había que prender fuego al caballo allí mismo. Ésa era la única forma de aplacar a los dioses que habían castigado Troya durante tantos años, dijo. Cualquier otra medida sería un error catastrófico.

El humo de cientos de incendios se arremolinaba a su alrededor y Creúsa tropezaba sin cesar mientras trataba de abrirse paso hacia las murallas de la ciudad. Le parecía que iba bien encaminada, pero no podía estar segura. Sus pulmones rugían como si corriera cuesta arriba. Como no veía nada, andaba con los brazos extendidos: uno hacia delante para suavizar la caída si tropezaba, y el otro hacia la derecha, para llevar la cuenta de los edificios por los que pasaba. Era la única manera de saber que avanzaba.

Creúsa intentó no verbalizar el pensamiento que le sobrevino y trató de apartarlo de su mente, pero no podía negar la evidencia: la ciudad no tenía salvación posible. Había fuegos devastadores allí donde mirara. Cada vez veía más tejados en llamas y el humo se volvía más denso. ¿Cuántos incendios podían propagarse en una ciudad de piedra? Pensó en todo lo que ardería en su casa: la ropa, las sábanas, los tapices que había tejido cuando esperaba a Eurileón. Una intensa sensación de pérdida la abrasó como si hubiera quedado atrapada entre las llamas. Había perdido su hogar. Diez años temiendo que cayera la ciudad y ahora caía a su alrededor mientras corría.

¿Cómo era posible? Troya había ganado la guerra. Los griegos se habían marchado en sus naves, y los troyanos siguieron exactamente las indicaciones de aquel hombre cuando encontraron el caballo de madera. Pero le bastó un instante terrible para saber qué había incendiado su ciudad. Diez años de un conflicto cuyos héroes ya se habían hecho un hueco en las canciones de los poetas, y la victoria no pertenecía a ninguno de los hombres que habían combatido fuera de las murallas, ni a Aquiles, ni a Héctor, ambos muertos hacía mucho. Pertenecía, en cambio, al griego que habían encontrado escondido entre los juncos, cerca del caballo, el que dijo llamarse... Creúsa no se acordaba. Un sonido sibilante, como el de una serpiente.

—Sinón —lloriqueó el hombre.

Dos lanzas le apuntaban al cuello; había caído de rodillas. Los centinelas troyanos lo habían descubierto agazapado entre los matorrales de la otra orilla del Escamandro, en el punto en que el río se ensanchaba para desembocar en el mar. Los dos hombres, armados con cuchillos y lanzas, lo habían escoltado hasta los troyanos. El prisionero iba con las manos enlazadas por las muñecas y tenía verdugones de un rojo intenso alrededor de los tobillos, como si también se los hubieran atado con cuerdas.

—Podríamos no haberlo visto —comentó uno de los centinelas pinchando al prisionero con la punta de la lanza.

El hombre contuvo un grito, aunque el acero no le había rasgado la piel.

—Han sido las cintas rojas lo que nos ha llamado la atención.

La estampa del prisionero era digna de ver: el cabello castaño desvaído se le rizaba en todas direcciones, y si alguna vez se lo había untado con aceites, ahora lo tenía apelmazado por el mismo barro que cubría gran parte de su piel desnuda. Llevaba un taparrabos, nada más. Incluso sus pies iban desnudos. Sin embargo, alrededor de las sienes le habían atado unas cintas de vivos colores. Costaba creer que algo tan limpio y bonito perteneciera a un ser tan mugriento, más parecido a un animal que a un hombre, pensó Creúsa. El prisionero dejó escapar un aullido lastimero.

—¡Ésta es la muerte que me tenía reservada el destino!

Creúsa no pudo disimular la aversión que le producía ese griego lloroso y mugriento. ¿Por qué los centinelas no lo habían matado donde lo encontraron?

Príamo levantó dos dedos de la mano izquierda.

—¡Silencio! —ordenó.

La multitud se apaciguó, y hasta los atormentados sollozos del prisionero disminuyeron.

—¿Eres griego? —le preguntó Príamo.

Sinón asintió.

—Y aun así te han dejado aquí.

—No lo han hecho a propósito, rey. —Sinón se quitó los mocos de la cara con las manos—. Me he escapado. Los dioses me castigarán, lo sé. Pero no podía soportar ser... —Su voz volvió a anegarse en llanto.

—Contrólate —lo apremió Príamo—. O mis hombres te matarán en el mismo lugar donde te arrodillas y alimentarás con tu sangre a las gaviotas.

Sinón soltó un último sollozo estremecedor y respiró hondo.

—Perdóname.

Príamo asintió.

—¿Te has escapado?

—Así es, a pesar de que nací griego y he combatido toda mi vida junto a mis compatriotas —respondió Sinón—. Llegué aquí con mi padre cuando todavía era un niño. Él murió hace muchos años combatiendo contra tu gran guerrero, Héctor.

Una oleada de emoción se extendió entre la multitud troyana. Sinón miró en derredor por primera vez.

—No es mi intención faltarle al respeto. Luchábamos en bandos opuestos, pero Héctor no lo mató a traición. Lo derribó en el campo de batalla y no se llevó nada de su cuerpo sin vida, ni siquiera el escudo de mi padre, que estaba hermosamente labrado. No le guardo rencor a su familia.

La pérdida de Héctor había sido tan dolorosa y tan reciente que a Príamo se le ensombreció el rostro. Creúsa tuvo la impresión de que se quedaba ensimismado. Erguido ante ella, ante todos los presentes, no había un rey, sino un simple anciano destrozado a quien le pesaban hasta las cadenas de oro que aún llevaba. El prisionero también debió de reparar en ello porque tragó saliva y cuando volvió a hablar lo hizo con voz más suave, dirigiéndose sólo al rey. Creúsa tuvo que aguzar el oído.

—Pero mi padre tenía enemigos, enemigos poderosos entre los griegos —continuó Sinón—. Y tuvimos la desgracia de despertar la hostilidad de dos hombres en particular, aunque te juro que ni mi padre ni yo hicimos nada para merecerla. Aun así, Calcas y Odiseo se pusieron en contra de él y, por tanto, en mi contra, desde el principio.

Al oír el aborrecido nombre de Odiseo, Creúsa no pudo sino estremecerse.

—Todo enemigo de Odiseo tiene algo en común con nosotros —dijo Príamo muy despacio.

—Gracias, rey. Es el más odiado de los hombres. Los soldados de a pie lo detestan por su forma de pavonearse como si fuera un guerrero poderoso o un rey noble. Está lejos de ser un guerrero excepcional, e Ítaca, su reino, como él lo llama, no es más que un peñasco que ningún hombre querría para sí. Sin embargo, tanto Agamenón como los demás jefes siempre lo han tratado como a un héroe. Y, en consecuencia, su arrogancia no ha hecho sino aumentar.

—Sin duda —convino Príamo—. Pero nada de esto explica por qué estás aquí o por qué tus compatriotas han desaparecido de forma tan inesperada. Y el nombre de Calcas no me resulta familiar.

Sinón parpadeó varias veces. A Creúsa le pareció que comprendía que si no exponía rápidamente su argumento, perdería para siempre la oportunidad de hablar.

—Rey, los griegos sabíamos desde hace algún tiempo que teníamos que marcharnos. Calcas es nuestro sumo sacerdote y ha pedido a los dioses noticias más propicias, pero desde el invierno pasado su respuesta ha sido la misma: Troya no caerá ante un ejército griego acampado fuera de sus murallas. Eso no era lo que quería oír Agamenón, como es natural, ni su hermano Menelao. Pero llegó un momento en que no pudieron seguir defendiendo su postura. Los hombres se habían hartado de estar lejos de casa. Dado que no podíamos ganar la guerra, no nos quedaba otra que tomar el botín aprehendido y zarpar. Muchos hombres se pronunciaron en ese sentido y...

—¿Tú no? —lo interrumpió Príamo.

Sinón sonrió.

—Yo no participaba en las discusiones oficiales. No soy rey y nunca se me permitiría hablar. Pero entre los soldados de a pie, sí, y me mostré de acuerdo en que nos marcháramos. Creía que nunca deberíamos haber venido. Y eso me volvió impopular. No con la tropa, que era de mi misma opinión, sino con los cabecillas, con los hombres que habían puesto en peligro su reputación en la guerra, como Odiseo. Aun así, no podían poner en tela de juicio un mensaje que venía directamente de los dioses. A regañadientes aceptaron emprender el regreso.

—¿Y su forma de castigarte fue abandonarte a tu suerte? —preguntó Príamo.

Los centinelas habían aflojado un poco las lanzas y Sinón ya no las veía apuntando a su cuello mientras hablaba.

—No, rey. —Por un momento se succionó las mejillas sucias de lágrimas y barro—. ¿Conocéis la historia de nuestro viaje a Troya? ¿Cómo nuestra flota se concentró en Áulide y no pudo zarpar porque no había viento?

Los troyanos asintieron. Era una historia que todos habían oído y a su vez contado: los griegos habían ofendido a la diosa Artemisa, y ella les había arrebatado el viento. Para aplacarla, ellos habían recurrido al método más espeluznante y le habían ofrecido un sacrificio humano. ¿Qué troyano no estaba enterado de esa horrible crueldad tan propia de ellos?

—Cuando llegó el momento de regresar a Grecia, Calcas y Odiseo urdieron juntos un plan —continuó Sinón—. El rey de Ítaca no pudo resistir la oportunidad de deshacerse de mí.

Creúsa volvió a mirar las cintas rojas que rodeaban la cabeza del prisionero y sintió un picor en los párpados. No podía estar hablando de algo tan atroz.

—Veo que entiendes lo que quiero decir, rey —señaló Sinón—. Calcas anunció en nuestra asamblea que los dioses habían elegido el sacrificio y que deseaban beber mi sangre en un altar improvisado. Los soldados no parecían muy convencidos, pero preferían que fuera yo en lugar de ellos.

—Entiendo —dijo Príamo—. Se proponían sacrificarte como si fueras un animal.

—Hicieron más que eso; me prepararon para el sacrificio. Me ataron por las muñecas. —Sinón las levantó para mostrar las cuerdas mugrientas que todavía le sujetaban las manos—. Y por los pies. Me untaron el pelo con aceite y me ataron cintas alrededor. Todo tenía que ser perfecto en este sacrificio, por supuesto. Pero las cuerdas de los tobillos no estaban tan tirantes como las de las manos, y en cuanto los centinelas dieron media vuelta me solté. —Eso explicaba los verdugones que tenía alrededor de los pies—. Sabía que no tardarían en llevarme por la fuerza al altar, así que primero me arrastré y luego corrí lo más rápido posible hasta alejarme del campamento. Cuando oí los gritos casi había llegado a la orilla y me escondí entre los juncos.

Volvieron a saltarle las lágrimas y al rey de Troya se le humedecieron los ojos. Creúsa se dio cuenta de que ella también estaba llorando. Era una historia atroz, incluso para los que conocían la barbarie de los griegos. La esposa de Príamo, Hécabe, observaba en silencio con las cejas grises fruncidas y la boca formando una línea fina y corta.

—Oí cómo me buscaban —continuó Sinón—. Los oí segar la hierba con sus látigos y lanzas. Me moría de ganas de poner tierra por medio, pero no podía arriesgarme a que me vieran. Así que esperé durante la noche más larga de mi vida, rezando a Hera, que siempre ha sido mi protectora. Y a la mañana siguiente descubrí que mis plegarias habían sido atendidas. Habían decidido erigir a los dioses esta ofrenda de madera en lugar de sacrificar una víctima reacia. La construyeron, se la ofrecieron a la diosa y zarparon sin mí. De modo que, a pesar de mi mala fortuna, he vivido unos días más de los que me habían sido asignados. Ahora me matarás, rey, y con toda la razón, pues soy uno de los hombres que llegaron aquí para arrasar tu ciudad y merezco que me trates como tu enemigo, aunque era apenas un niño cuando me trajeron. No tengo familia que pueda pagar un rescate por mí, así que no te pido que envíes mi cuerpo a casa. Sólo te haré una petición.

—¿Cuál es? —le preguntó Príamo.

—Quédate el caballo.

Creúsa se había caído al suelo y al levantarse notó la sangre resbalando por sus espinillas. Apenas veía lo que tenía delante, pero al sentir calor en la espalda se convenció de que estaba siguiendo la única ruta posible. ¿Todo lo que tenía detrás estaba en llamas? No se atrevía a mirar, sabiendo que quedaría cegada por el brillo del fuego cuando se volviera de nuevo hacia la oscuridad. Pensar en las cosas prácticas que podía y no podía hacer era lo que la mantenía en pie, aunque nada en su vida la había preparado para lo que estaba sucediendo. Le habría gustado recogerse la túnica y correr; aun así avanzó a pasos pequeños y rápidos para reducir al máximo las probabilidades de chocar con algo.

Al encontrarse con lo que le pareció otro callejón sin salida, se felicitó por su cautela. A punto de entregarse a la desesperación, miró hacia el humo y le pareció vislumbrar un estrecho pasaje a la izquierda, entre dos casas. Intentaba recordar quién vivía en ellas para orientarse cuando un grupo de soldados salió de una de las casas. Creúsa se arrimó a la pared del edificio de enfrente, pero los hombres no la vieron. Se rieron mientras corrían por el callejón que ella se disponía a tomar. No necesitó oír lo que decían para saber que habían matado a quienquiera que hubieran encontrado dentro. Creúsa esperó a que los hombres desaparecieran para seguirlos. Se alegró de no haber conseguido recordar a quién pertenecía aquella casa. No quería saber a quién acababan de degollar.

Palpando con los dedos la pared avanzó más despacio, para asegurarse de que los soldados que iban delante no la veían. Cuando el pasaje desembocó de nuevo en la calle comprendió que lo había logrado. Había llegado a las murallas de la ciudad.

—Quédate el caballo —afirmó Sinón—. Al hacerlo los griegos perderán el poder que tienen sobre él. Lo construyeron aquí y se lo dedicaron a Atenea, protectora de los griegos. Creían que con semejante tamaño no tendríais ninguna posibilidad de introducirlo a rastras en la ciudad. Vieron la distancia de aquí a la ciudad y la altura de vuestra acrópolis, y les pareció imposible que pudierais trasladarlo vosotros solos.

—¿Cómo lo sabes? —le preguntó Hécabe, que hablaba griego de forma rudimentaria pero clara.

—Perdóname, reina, no te entiendo —respondió el prisionero.

—¿Cómo sabes lo que ellos pensaban sobre el caballo si estabas escondido entre los juncos, temiendo por tu vida? Dices que construyeron el caballo después de que tú te escaparas. ¿Cómo sabes lo que dijeron?

A Creúsa le pareció ver un destello de irritación en el rostro del hombre. Pero cuando volvió a hablar, su voz todavía temblaba de pesar.

—Éste había sido el plan original, señora, antes de que Calcas y Odiseo conspiraran contra mí. Querían construir un caballo gigante y ungirlo de todo el poder sagrado a su alcance. Y pensaban dejarlo fuera de vuestra ciudad para burlarse de vosotros: una señal de la diosa que los conducía a casa de forma segura. Es la clase de gesto arrogante al que Agamenón no puede resistirse.

Hécabe frunció el ceño, pero guardó silencio.

—Así que, por favor, rey —añadió él—, no dejes que regresen a casa sin sufrir ningún incidente. Llevad el caballo al alcázar antes del anochecer. Tus hombres podrían arrastrarlo. Yo arrimaré el hombro si me lo permites. Cualquier cosa con tal de castigar a esos compatriotas impíos que me habrían quitado la vida sin pestañear. Si accedes a que os ayude a arrastrar el caballo hasta el punto más alto de vuestra ciudad, una vez concluida la tarea dejaré que caiga sobre mí la espada de cualquiera de tus hombres. ¡Lo juro!

—No. —Laocoonte, el sacerdote, no pudo contenerse por más tiempo—. Te lo ruego, rey. Este caballo está maldito y nosotros también lo estaremos si permitimos que entre en nuestra ciudad. Este hombre no dice la verdad. O nos engaña o lo han engañado a él. Pero el caballo no debe cruzar las murallas de nuestra ciudad. Quemémoslo, tal como he propuesto.

Levantó la lanza que sostenía con su grueso brazo y la clavó en el costado del caballo, que vibró por un instante en el silencio horrorizado que siguió a las palabras del sacerdote.

Creúsa no estaba segura de lo que había ocurrido a continuación. Ella no vio las serpientes, aunque muchas personas aseguraron haberlas visto. No estaba mirando los juncos sino al hombre, Sinón, y su rostro sucio e impenetrable. El único indicio de que entendía lo que había dicho Laocoonte fue que las cuerdas que todavía lo sujetaban se tensaron contra sus bíceps. En cuanto a los dos hijos de Laocoonte, ella pensó que habían corrido hacia el agua. ¿Por qué no habrían de haber ido? Hacía rato que se habían hartado de oír discutir a los hombres y, como todos los niños de Troya, nunca habían bajado a la orilla ni jugado en la arena. De modo que siguieron el río hasta que llegaron a la playa, y antes de que alguien los echara de menos, los dos se habían adentrado en los bajíos.

Creúsa sabía que allí las algas formaban enormes frondas. Cuando era pequeña, su niñera la había advertido que no se metiera nunca en el agua y que evitara sus tentáculos verdes. Las puntas de las algas tal vez eran lo bastante finas para que un niño las rasgara, pero el resto de la planta era grueso y fibroso. Era muy fácil tropezar y perder pie, tal como debió de pasarles a los hijos de Laocoonte. Uno debió de caer al engancharse el pie en un nudo de algas y, al no estar acostumbrado a la corriente, le entró pánico y se retorció, enredándose aún más. El otro, al acercarse para ayudar a su hermano, que se había hundido, se encontró en la misma situación. La brisa de la orilla se llevó sus débiles gritos de socorro.

Cuando Laocoonte corrió a salvarlos —demasiado tarde—, las algas habían cobrado una forma malévola. Eran serpientes marinas gigantescas que los dioses habían enviado, dijo alguien, para castigar al sacerdote por haber profanado su ofrenda con la lanza. En cuanto se pronunciaron esas palabras, hubo quienes las creyeron.

Ante la imagen del sacerdote en la playa llorando y acunando los cuerpos de sus hijos ahogados, difícilmente la decisión de Príamo podría haber sido otra. Los dioses habían castigado a Laocoonte. Los troyanos debían hacer caso de la advertencia del prisionero, Sinón, y seguir sus indicaciones. Colocaron troncos debajo del caballo y, turnándose para tirar de las cuerdas, lo arrastraron por las llanuras. Lo hicieron rodar por las calles de la ciudad, aunque apenas encajaba en los surcos dejados por las ruedas de los carros. Lo subieron al alcázar y lanzaron vítores cuando llegó al punto más alto, luego se frotaron los brazos doloridos y enrollaron las cuerdas. Príamo anunció que ofrecerían un sacrificio a los dioses y a continuación habría un gran banquete. Los troyanos lanzaron vítores de nuevo mientras se encendían las hogueras y se cocinaba la carne. Primero sirvieron vino para los dioses y luego para ellos. Troya había ganado por fin la guerra.

Y Creúsa se volvió y contempló su ciudad en llamas. Había conseguido llegar a la muralla, pero el fuego se le había adelantado. No podía avanzar junto a la pared hasta las puertas de la ciudad, tal como había planeado: el camino estaba envuelto en llamas. Si hubiera podido escalar la muralla allí mismo tal vez habría estado a tiempo de escapar. Pero era demasiado alta y empinada, y no tenía dónde asirse. Los hombres a los que había seguido ya no representaban una amenaza para ella: asfixiados por el espeso humo, habían perdido la vida en medio de la masacre. Creúsa vio cómo el fuego reclamaba los cuerpos que yacían en el suelo.

Comprendió el aprieto en el que se encontraba mucho antes que los pájaros que cantaban por encima de su cabeza, sobre tejados que aún no ardían, aunque el cielo estaba negro y la luna había desaparecido tras un espeso humo gris. Los fuegos que se extendían por toda la ciudad eran tan intensos que los pájaros creyeron que había amanecido, y Creúsa supo que recordaría ese prodigio mientras viviera: el fuego, los pájaros y la noche convertida en día.

Y así lo hizo, aunque poco importó, porque mucho antes de que amaneciera estaba muerta.

3

Las troyanas

Las mujeres esperaban en la orilla con la mirada perdida en el mar. El penetrante olor de las algas verdes secas y los tallos doblados de los juncos rivalizaba con el hedor del humo que les impregnaba la ropa y el cabello enmarañado. Después de dos días, los griegos estaban terminando por fin su saqueo sistemático de la ciudad calcinada, y las mujeres, a la espera de averiguar a quién pertenecerían en el futuro, se apiñaron alrededor de su reina, como si sus últimos rescoldos pudieran infundirles calor.

Hécabe, una figura menuda y curtida con los ojos velados, estaba sentada en una roca baja y desgastada por el agua y la sal. Procuró no pensar en su marido, Príamo, que había muerto aferrado a un altar, con la sangre oscura goteándole por el pecho mientras la cabeza le caía hacia atrás, cercenada por la espada de su asesino. Otra cosa que había aprendido mientras la ciudad sucumbía: los ancianos no morían como los jóvenes. Hasta la sangre les brotaba más despacio.

Se le endureció el gesto. El rufián que había masacrado a Príamo, un anciano que suplicaba la protección de un dios, pagaría por su crueldad, su irreverencia y su impiedad. Era lo único a lo que ella podía aferrarse en esos momentos en que todo lo demás estaba perdido: un hombre no podía despreciar el carácter sagrado de un templo y pensar que seguiría viviendo como si tal cosa. Había reglas. Incluso en la guerra las había. Los hombres tal vez podían pasarlas por alto, pero los dioses no. ¿Cómo podía alguien matar a un anciano que doblaba sus rígidas rodillas invocando asilo sagrado? Un comportamiento así era imperdonable, y los dioses, como la reina de las humeantes ruinas de Troya sabía muy bien, eran poco dados a perdonar.

Se mordió el interior de la mejilla y saboreó el gusto metálico. Volvió a repasar la lista mentalmente: los hijos muertos en combate, los que habían muerto en emboscadas, los muertos dos noches atrás, durante el saqueo de la ciudad. Con cada muerte una parte de ella se había secado, como una piel de animal que se deja al sol demasiado tiempo. Luego murió Héctor, su hijo guerrero más valiente, a manos de Aquiles el carnicero, y le pareció que ya no quedaba en ella nada que marchitar. Pero uno de los dioses (no se atrevía a pronunciar el nombre de Hera) debió de oír hasta ese pensamiento arrogante y decidió castigarla aún más. Y todo por culpa de una mujer. Todo por culpa de esa ramera espartana que se había confabulado con ellos. Escupió la sangre sobre la arena. Su deseo de venganza era tan absoluto como inútil.

Vio a un pájaro dar un giro en el viento y volar de nuevo hacia la orilla. ¿Era una señal? Era sabido que en el vuelo de los pájaros había mensajes de los dioses, pero sólo los sacerdotes adiestrados sabían leer el lenguaje de las alas. Aun así, estaba segura de que contenía un mensaje simple y que sólo pretendía recordarle que, de todos sus hermosos hijos, altos y fuertes, aún quedaba uno con vida.

Y estaba vivo sólo porque los griegos no sabían dónde estaba o que existía siquiera. Su último hijo, el más joven, se había ido de la ciudad al amparo de la noche y se había escondido con un viejo amigo en Tracia. Un amigo al que habían pagado generosamente, pues como había dicho Príamo, hasta los aliados necesitaban un aliciente para apoyar al bando perdedor. Y Troya lo había sido durante mucho tiempo: sólo gracias a las recias murallas y a la tenacidad se había mantenido firme contra los griegos durante diez largos años.

Príamo y ella habían metido cuatro aros de oro trenzados entre las pertenencias del muchacho y habían atado bien el fardo antes de que partiera.

—Dale dos aros a tu anfitrión cuando llegues —le indicaron—. Esconde los otros dos y no digas a nadie que los tienes.

—¿De qué me sirven entonces? —preguntó el muchacho, de inteligencia aguda y confiada.

—Cuando los necesites lo sabrás —respondió ella apoyando los dedos en su hombro e inclinando la cabeza hacia atrás para mirarlo a los ojos, pues era muy alto—. La gente hace más por un desconocido cuando éste tiene un poco de oro que ofrecer. —Y mostrándole cómo las varillas del blando metal cedían fácilmente, añadió que, cuando fuera necesario, partiera un trocito y lo utilizara como soborno.

No le dijeron nada de los aros al esclavo que lo acompañaba temiendo que la atracción del oro fuera demasiado fuerte y su hijo acabara con un cuchillo entre dos costillas antes de finalizar la primera jornada del viaje. Era indispensable guardar el secreto, y rezó a los dioses para que el muchacho comprendiera que su vida estaba en juego. Tanto su esposo como ella lo habían prevenido de los peligros que corría. Aún no era su último hijo con vida cuando él la besó por última vez y se marchó por una ruta poco conocida del lado norte de la ciudad. Pero ella había sabido que lo sería mientras se despedía de él llorando.

Sintió un escalofrío y se ciñó bien la estola alrededor de los hombros. Los griegos se estaban tomando con calma el saqueo de la ciudad. Codiciosos como grajillas, hurgaban en cada rincón en busca de objetos brillantes ocultos. Habían sacado el oro y el bronce de todos los escondites y lo habían amontonado en la arena para repartirlo más tarde. Con cuidado, pues en el transcurso del último año la distribución poco equitativa del botín les había acarreado un sinfín de conflictos. Habría más de una argucia, por supuesto. Ya habían sorprendido a varios hombres escondiéndose pequeñas joyas entre la ropa. A uno, según había oído, lo habían pillado con un anillo de oro entre la mejilla y los dientes, y le habían rajado la cara por engañarlos. Ya no volvería a esconder nada en la mejilla. Ni siquiera los dientes.

Abatidas, presas de la impotencia, las mujeres permanecían a la espera. ¿Qué sucedía después del fin del mundo? Políxena estaba sentada a los pies de su madre, Hécabe, frotándole distraída la pantorrilla como si fuera una niña. Andrómaca se había sentado un poco apartada. Ella no era troyana de nacimiento, pero al casarse con Héctor se había convertido en una de ellas. El bebé, acurrucado debajo de su barbilla, lloriqueaba un poco: el estruendo y el pánico circundantes habían perturbado su sueño. Y Casandra se había vuelto hacia el mar y movía la boca sin hacer ruido. Hacía mucho que había aprendido a mantenerse en silencio, aunque no pudiera detener el torrente de palabras que brotaba de sus labios.

Ninguna de las mujeres lloraba. La muerte de sus maridos, padres, hermanos e hijos era para todas una herida reciente. Habían llorado por las noches, arrancándose el cabello y las vestiduras, pero los soldados griegos que las custodiaban no tenían paciencia con los lamentos. El ojo morado que lucía Políxena era una advertencia, y las mujeres guardaban silencio. Cada una se había prometido a sí misma y ante las demás llorar en solitario cuando se presentara la oportunidad. Aunque todas sabían que no volverían a disfrutar de la soledad. Cuando acababa una guerra, los hombres perdían la vida. Pero las mujeres perdían todo lo demás. Y la victoria no había vuelto más clementes a los griegos.

Políxena soltó un grito débil y gutural que se confundió con el parloteo de los cormoranes y no llegó a oídos de sus captores. Por mucho que intentaba reprimir su dolor, no podía controlarse.

—¿Podría haberse evitado todo esto? —le preguntó a su madre—. ¿Troya tenía que caer forzosamente? ¿No hubo un momento en que podríamos habernos salvado?

A Casandra le temblaron los hombros en un esfuerzo por contenerse. Deseó gritar a pleno pulmón que se lo había advertido a todos cientos, miles de veces, y que nadie le había hecho caso, ni una sola vez. Los troyanos no oían ni veían, mientras que ella no podía sino ver el futuro, el tiempo en toda su extensión, hasta la eternidad. Bueno, no exactamente. Pero podía ver su propio futuro con tanta claridad como veía todo lo demás. Su brevedad era su único consuelo.

Hécabe bajó la vista hacia Políxena y le pasó los dedos por el pelo, sin fijarse en la fina capa de hollín que se le quedó pegada en la palma. No podía mirarse las manos con que acariciaba a su hija, sabiendo como sabía que antes de que se hiciera de noche las manos de un griego la estarían profanando. La única pregunta era quién tomaría a cada una de sus hijas y de sus nueras. Quién, no cuándo ni si ocurriría.

—No sé si habría podido evitarse —respondió—, pero los dioses lo saben. Pregúntaselo a ellos. —Y mientras miraba el mar por encima de las cabezas de su maltrecho séquito, advirtió que faltaba una—. ¿Dónde está Téano?

4

Téano

Téano, esposa de Antenor y madre de cuatro varones y una chica, se inclinó para encender la vela, y parpadeó ante la pequeña y humeante llama. Era una madre cuyos hijos ya no podrían enterrarla cuando le llegara la hora. Ninguno de sus cuatro hijos varones había sobrevivido a la guerra. Sus hijos habían sido masacrados por la insensatez del hijo de otra mujer. Sus lágrimas las provocaba el humo, pero también la ira que le ardía dentro del pecho como la vela que acababa de dejar en el centro de la mesa. Su marido estaba sentado frente a ella, con la cara oculta entre sus manos nudosas. Téano no sentía lástima por él: hacía ya diez años que se libraba una guerra fuera de las murallas de la ciudad y él era demasiado mayor para combatir. Ella habría renunciado a los pocos años que le quedaban de vida —habría vivido sin rechistar como una viuda— con tal de pasar un solo instante con uno de sus hijos muertos.

—Príamo ha tenido muchas oportunidades de escuchar tus advertencias —dijo.

Antenor negó con la cabeza. Entre sus dedos asomaron las pobladas cejas grises, y ella le cogió las manos y se las puso sobre la mesa.

—Muchas oportunidades —repitió.

Los ojos llorosos de su esposo se encontraron con los suyos, y se preguntó si él la veía tan vieja y débil como ella lo veía a él: el cabello blanco como la nieve, la cara llena de arrugas, el dolor grabado en el rostro.

—Príamo no atiende a razones —repuso Antenor—. No ve más allá de ella.

Su esposa escupió al suelo. En Troya no había habido otra «ella» en los últimos diez años, una larga década en que le habían arrebatado sus cuatro joyas más preciadas.

—Has servido al rey como debías. Han pasado años desde que le aconsejaste por primera vez que devolviera a esa ramera a su esposo.

—Años —repitió Antenor.

Habían tenido tantas veces esa conversación que le parecía estar repitiendo la letra de una canción que uno sabe de memoria, como sabe el camino a casa.

—Príamo ha sido demasiado orgulloso —continuó su esposa—. No es la primera vez que me lo dice la diosa.

Su marido asintió. Cuando la vio por primera vez, Téano era sacerdotisa en el templo de Atenea, adonde Antenor había ido con sus padres. ¿Cuántos años hacía de eso? No se acordaba. Era una muchacha ágil de ojos vivarachos, eso sí lo recordaba, dotada de una inteligencia aguda que se había ido atenuando con los años, corroída por la impaciencia.

—Presenté la túnica como ofrenda —le recordó ella.

Las mujeres de Troya habían bordado una ornamentada túnica ceremonial para la estatua de la diosa, y su esposa se la había ofrecido el verano anterior. Aun así no había conseguido ganar el favor de Atenea para los troyanos. Para lo que había servido, podrían haberle dado unos harapos, susurró Téano mientras regresaban del campo de batalla con el cuerpo de su hijo pequeño. Su esposo le había suplicado que no blasfemara, pero a ella sólo le quedaba una hija, Crino, y no estaba de humor para recibir reprimendas. La diosa había sido bastante clara: devolved a Helena a Menelao, le dijo Téano. Purgad de elementos contaminantes nuestra ciudad. Enviad con ella diez cráteras de oro —las más grandes y ornamentadas de Príamo—, y diez tapices rojos y dorados de fina factura. Y mandad a Paris para que se postre ante el hombre cuya mujer ha raptado y le pida perdón. Si no daba resultado, añadió su esposa, el hijo malcriado de Príamo tendría que pagar su estupidez con la vida. No era un precio irrazonable por haberse llevado a la esposa de un hombre de su casa, trastocando generaciones de legítima tradición según la cual un huésped debe respetar a su anfitrión.

—Príamo no obligará a su hijo a hacer nada que merme su reputación —dijo Antenor.

—¡Su reputación! —replicó ella—. Las reputaciones sólo se merman si no han sido antes pisoteadas en el barro. Sólo un iluso podría pensar que Paris tiene otra reputación que la de mujeriego, y a la mujer que comparte su lecho siempre se la conocerá como una ramera.

—El rey no lo ve así.

—No tendrá otra elección. —Téano guardó silencio unos instantes—. Pero tú puedes hacer algo. —La conversación nunca había ido por esos derroteros; vio que su esposo la escrutaba con la mirada intrigado—. Has oído el mensaje, Antenor. Sabes que actuarán esta noche.

—No es seguro —respondió él con voz temblorosa—. El mensaje sólo decía que estaban al acecho en un lugar cercano.

—Sabes perfectamente dónde están —resopló Téano—. Están dentro del caballo. Tienen que estar allí.

—Pero ¿cuántos hombres cabrían dentro de unas pocas tablas de madera, Téano, suponiendo que tus sospechas fueran ciertas? ¿Cinco? ¿Diez? No bastan para derrotar una ciudad como Troya, ni mucho menos. Somos ciudadanos orgullosos que hemos resistido diez años de guerra. Un caballo de madera no puede someternos como si fuéramos niños.

—Habla más flojo, que Crino duerme.

Él se encogió de hombros, pero bajó la voz.

—Sabes que tengo razón.

—Sólo conocemos la mitad de la historia —insistió ella—. Los griegos se han marchado de forma ostentosa. Pero ¿y si en realidad no se han ido? ¿Y si están esperando que unos cuantos guerreros se metan en la ciudad dentro de su caballo votivo? ¿Qué pasaría si esos hombres abrieran las puertas de la ciudad a todo un ejército?

Antenor hizo una mueca de dolor.

—Destruirían Troya —respondió—. La saquearían y la quemarían.

—Y matarían a los hombres y tomarían a las mujeres como esclavas —continuó ella—. A todas. A tu esposa, Antenor. A tu hija.

—¡Tenemos que prevenirlos! —exclamó él, mirando a su alrededor agitado—. Debo darme prisa y advertir a Príamo antes de que sea demasiado tarde.

—Ya es demasiado tarde —replicó ella—. El caballo ya está dentro de la ciudad. Sólo puedes hacer una cosa para salvarnos.

—¿Qué? ¿Qué se te ha ocurrido? —preguntó él.

—Baja a las puertas de la ciudad y ábrelas tú mismo.

—Estás loca.

—Los guardias ya habrán dejado sus puestos. Creen que los griegos se han marchado. Creen que solamente queda un griego en suelo troyano y que es esa serpiente llamada Sinón.

Su marido se frotó el brazo izquierdo con la mano derecha, como si le doliera.

—Si tú no las abres lo hará él. Y lo recompensarán a él por su valentía en lugar de a ti.

—¿Quieres que traicione nuestra ciudad? ¿Nuestra casa?

—Quiero que nuestra hija viva —respondió ella—. Vete ya, antes de que sea demasiado tarde. Rápido, esposo. Es nuestra única oportunidad.

El anciano regresó con una piel de animal y una escueta instrucción. Tenía que clavar la piel de pantera en la puerta de su casa y los griegos pasarían de largo.

5

Calíope

Canta, musa, dice el poeta, y esta vez parece bastante irritado. Yo hago lo que puedo por no reír mientras él niega con la cabeza decepcionado. ¿Cómo es que se le sigue resistiendo el poema? Empezó con Creúsa y ella lo llenó de confianza. Tocó todos los temas épicos: la guerra, el amor, las serpientes marinas. Lo pasó tan bien llevándola por toda la ciudad buscando a Eneas... ¿Visteis lo que disfrutó con las descripciones del fuego? Pensé que iba a ahogarse en sus epítetos. Pero apenas pasado el preámbulo, ella se perdió en las calles.

Entonces lo conduje a la orilla para que viera lo que les sucedía a las mujeres que escapaban de los incendios y ni siquiera se percató de que las supervivientes estaban casi tan mal como la pobre Creúsa. Quizá yo habría podido ponérselo más claro, pero él no ha entendido nada. No le estoy ofreciendo la historia de una mujer durante la guerra de Troya, sino la de todas las mujeres en la guerra. Bueno, de casi todas (todavía no he tomado una decisión acerca de Helena; ella me saca de quicio).

Estoy brindándole la oportunidad de ver la guerra de arriba abajo, desde sus causas hasta sus consecuencias. Una historia épica a gran escala. Y a él no se le ocurre otra cosa que echarse a lloriquear por Téano, porque el papel de ésta en la historia ha concluido y él acaba de descubrir cómo puede retratarla. Poeta necio. Ésta no es la historia de Téano ni la de Creúsa. Es la historia de todas. Al menos lo será si deja de quejarse y empieza a componer de una vez por todas.

6

Las troyanas

Los negros cormoranes revoloteaban por encima de ellas, se zambullían en el mar oscuro y volvían a elevarse con el cuello palpitando lleno de peces. Hécabe desplazó el peso de un pie al otro. Notaba el cuerpo entumecido de estar sentada sobre las rocas; un dolor agudo se le extendía desde el coxis a todos los huesos. Tenía hambre, pero no lo dijo. Todas debían de estar hambrientas. Era una tontería pensar que el hambre y la sed desaparecerían sólo porque sus vidas estaban arruinadas. Hasta los esclavos necesitaban comer.

Miró a las mujeres y a los niños a su alrededor e intentó contarlos a todos. Tenía la esperanza de que faltara alguna familia, que un puñado de troyanos se hubiera escabullido en el caos humeante. Empezó por sus hijas y sus nueras antes de pasar a las otras mujeres. Se dio cuenta de que la dulce Creúsa no estaba entre ellas. Su esposo Eneas había sobrevivido a diez años de conflicto; ¿había muerto al incendiarse la ciudad o había escapado con Creúsa y su hijo? Hécabe elevó una fugaz plegaria a Afrodita rogándole que así fuera. Quizá, mientras ella observaba cómo los pájaros se daban un festín en el agua, Eneas y su esposa navegaban allende los mares para buscar un nuevo hogar, lejos de los desalmados soldados griegos.

—¿Quién más falta? —le preguntó a Políxena, que estaba tumbada en la arena, de espaldas a ella.

Pero su hija no respondió. Quizá estaba dormida. Hécabe volvió a contar a las ausentes. Creúsa, Téano y Crino, la hija de Téano.

Una joven de ojos hundidos y tez pálida, sentada cerca de Políxena con un pequeño peine en la mano —de madera, no de marfil, por lo que tal vez le permitirían quedárselo—, respondió por ella. Hécabe no logró recordar su nombre. La conmoción era demasiado grande. Era la hija de... No, eso también se había borrado.

—La familia de Téano se ha salvado.

—¿Salvado? —Hécabe la miró, atónita; no le había parecido que los griegos tuvieran ganas de perdonar la vida a nadie—. ¿Por qué?

Pero lo supo mientras lo preguntaba: Antenor los había traicionado. Su prudente consejo de apelar a los griegos y preguntarles en qué condiciones los troyanos podían devolver a Helena había sido en beneficio propio y no para salvar a la ciudad.

La joven se encogió de hombros.

—No lo sé... Acabo de ver a los soldados delante de su casa. En la puerta había clavada una piel de leopardo. Los griegos, al verla, han pasado de largo con sus espadas y sus antorchas. La piel era una señal.

Se interrumpió. Ella había vivido a dos casas de Téano.

Hécabe resopló —traidores, hipócritas, amigos de sus enemigos y enemigos de sus amigos— y a punto de abrir la boca para expresar su desdén ante semejante perfidia se detuvo. El comportamiento de Antenor era sin duda despreciable, pero no podía negarse que había proporcionado a sus mujeres un destino mejor que el de Príamo a su propia familia. Téano y Crino eran mujeres libres; Hécabe y sus hijas, esclavas.

Advirtió que Andrómaca, la esposa (la viuda, se corrigió de nuevo) de su hijo Héctor, las estaba escuchando, aunque no decía nada. No había hablado desde el día anterior, cuando los soldados griegos la sacaron a empujones de la ciudad, riéndose y manoseándole los pechos antes de arrojarla con las otras mujeres troyanas. Andrómaca había abrazado con fuerza a su bebé mientras caía de rodillas al suelo. Se hizo un corte en el tobillo con el borde afilado de una roca y la herida le había empezado a sangrar sin que ella se diera cuenta. Cuando Hécabe fulminó con la mirada a los hombres, uno de ellos hizo una señal para protegerse del mal de ojo. Hécabe resopló al verlo: necesitarían más que un gesto para librarse del sinfín de desgracias que ella les deseaba a todos ellos.

Se preguntó si Andrómaca también había estado pasando lista mentalmente. Creúsa estaba muerta o había escapado de algún modo. Pero Téano, Crino... A partir de ahora incluiría sus nombres en las maldiciones que Hécabe pronunciaba todas las mañanas al despertarse y todas las noches antes de dormir. No era tan tonta como para creer que se iba a castigar a todos los traidores, asesinos y malhechores que habían participado en la caída de su ciudad, pero se encargaría de que los dioses recordaran quiénes eran. Ellos se vengarían de los que habían roto el juramento. Le bastaba con eso.

Le habría sorprendido descubrir que su nuera estaba pensando justo lo contrario. Creúsa, Téano, Crino... Había al menos tres troyanas libres, estuvieran vivas o muertas. Andrómaca se alegró por ellas de corazón. Allí donde mirase sólo veía mujeres en su misma situación: esclavas que habían caído en manos de soldados y rufianes. Pero había tres que no pertenecían a nadie.

Políxena se despertó gritando. Nadie la reprendió, aunque los soldados griegos encargados de mantenerlas agrupadas la miraron con irritación. Todas tenían pesadillas. Hécabe observó cómo a su hija se le acompasaba la respiración al verla. Seguía inmersa en una pesadilla, pero era menos desagradable que la que había tenido mientras dormía. Sentada junto a las rodillas de su madre, lloró silenciosamente.

—No paro de soñar que la ciudad sigue en pie.

Hécabe asintió. Sabía por propia experiencia que los peores sueños no eran aquellos en los que te caían encima las murallas en llamas, o te perseguían hombres armados, o tus seres queridos morían delante de tus ojos, sino aquellos en los que tu marido seguía vivo, tu hijo todavía sonreía o tu hija esperaba ilusionada su boda.

—¿Cuándo supiste que tomarían Troya? —le preguntó Políxena.

Ella reflexionó unos instantes.

—Supimos que llegaría ese día cuando la amazona cayó —respondió—. Tu padre y yo habíamos contemplado antes la posibilidad, pero el día en que murió la amazona lo supimos con certeza.

7

Pentesilea

Las amazonas se parecían tanto que cuando Hipólita murió, Pentesilea había sentido que le arrebataban algo más que a una hermana. Había perdido su reflejo. Hasta donde le alcanzaba la memoria siempre había sabido qué aspecto tenía con sólo mirarla a ella: cada cambio en su piel, cada arruga, prácticamente cada cicatriz, tenía su réplica en el cuerpo de aquella a la que más amaba. Así, cuando la flecha le atravesó las costillas e Hipólita cayó con el rostro crispado por el dolor, Pentesilea supo que estaba perdiendo a su hermana y al mismo tiempo a sí misma.

Ellas siempre habían tenido armas. Mucho antes de que Pentesilea aprendiera a andar, Hipólita le había enseñado a arrojar piedras por las estancias de su madre. Cuanto más mayores se hacían, más afiladas eran las hojas: no tardaron en reemplazar las espadas y las lanzas de madera por armas de verdad. A ella le encantaban, y a su hermana también. Ser joven y fuerte era maravilloso. Las dos cabalgaban durante horas sobre monturas casi idénticas: primero a trote suave, luego a medio galope y finalmente a galope tendido por las laderas de las montañas, con el cabello bien trenzado bajo sus gorras de cuero bruñido. En los aledaños del bosque, desmontaban y echaban a correr hasta que se tiraban al suelo sin aliento y con una punzada en los pulmones. Tumbadas entre las piñas, miraban el cielo a través de las ramas altas de los árboles y se sentían los seres más felices de la tierra.

Luego solían entregarse a juegos improvisados. Por ejemplo, subían a todo correr las laderas, recogiendo piedrecitas blancas o un nido de pájaros abandonado, y regresaban al pie de la colina para reunir sus tesoros del bosque, y cada una miraba con envidia el montón de la otra, y se maravillaban de la rapidez y la fuerza ajenas. La prueba de velocidad siempre la ganaba Hipólita. Se colocaban en un extremo de un campo abierto y gritaban: «¡Preparados, listos, ya!» Y entonces Pentesilea encajaba una flecha en su arco y la disparaba bien alto; la flecha describía una elegante parábola mientras Hipólita echaba a correr, riéndose de su facilidad para cubrir tanta distancia en tan poco tiempo, al punto que cuando la flecha empezaba a descender, ella ya estaba esperando, lista para atraparla con la mano. Nunca fallaba. Hasta la última vez.

Ahora Pentesilea había perdido a su hermana, a quien quería más que a su vida. Y lo peor de todo era que la había matado ella. Ha sido un accidente, dijeron las demás intentando consolarla. Como si pudiera haber consuelo para semejante desgracia. Lo cierto era que Pentesilea no se veía capaz de seguir viviendo sin Hipólita, por lo que decidió morir.

Pero no bastaba con morir. Por el terrible delito que había cometido, sólo se contemplaba una muerte para ella: en el campo de batalla, no importaba cuál. El único requisito era que hubiera un guerrero lo bastante diestro para matarla, pero eran pocos los hombres —no era por presumir, pues Pentesilea conocía muy bien sus dotes extraordinarias— capaces de derrotar a una amazona como ella. Sin embargo, había uno del que hasta las amazonas hablaban en susurros. Uno incluso más rápido que ellas, según habían oído, el guerrero más veloz que había combatido jamás. De modo que Pentesilea emprendió con sus compañeras el largo viaje rumbo a la legendaria ciudad de Troya.

Pero el trayecto no se les hizo pesado. Las amazonas eran un pueblo nómada y poseían caballos robustos, que avanzaban del alba al anochecer sin dar muestras de cansancio. Dormían un poco durante las horas de oscuridad y volvían a ponerse en camino con las primeras luces. Sus compañeras ardían en deseos de detener a la princesa, querían suplicarle que reconsiderara sus planes de morir, pero la respetaban demasiado para contrariarla. Cabalgaban a su lado y a su lado lucharían. Si ella estaba resuelta a morir, morirían con ella.

La llegada de las amazonas no cogió totalmente por sorpresa al rey Príamo, puesto que a sus exploradores ya les había llegado el rumor de que se dirigían al sur. Dos troyanos a caballo salieron al encuentro de Pentesilea y le preguntaron por sus intenciones. ¿En qué bando iba a luchar, el griego o el troyano? ¿Iban a atacarlos o a defenderlos? Pentesilea aceptó casi sin mirarlos dos grandes trípodes de oro y varios cuencos con joyas incrustadas que había enviado Príamo para intentar ganarlas para su causa. Le traían sin cuidado las alhajas, ¿de qué le servían a una mujer que vivía a lomos de un caballo? Pero temía ofenderlo si las rechazaba.

«Combatiré por tu rey. Vuelve y dile que las amazonas lucharán contra los griegos, y que yo personalmente me enfrentaré a Aquiles y lo mataré o moriré en el intento», anunció. No añadió que ambos desenlaces eran igual de deseables para ella. Los centinelas se inclinaron y trataron de halagarla con desesperadas muestras de agradecimiento, pero ella los despidió de malas maneras. No le hacía falta oír que Príamo le agradecía su apoyo. ¿Cómo no iba a agradecérselo? La historia de lo sucedido a su hijo, el valiente Héctor, el más grande de los guerreros troyanos, había llegado hasta los confines septentrionales de la tierra escita: durante diez largos años había defendido su ciudad y comandado a sus hombres en muchas batallas victoriosas. Pentesilea, como todo el mundo, sabía que Héctor se había enfrentado a un hombre con la armadura de Aquiles y le había dado muerte, y por un instante los troyanos pensaron que el muerto era el mismísimo Aquiles e hicieron retroceder a los griegos hasta su campamento, en el día de combate más glorioso de toda la guerra. Pero cuando le arrancó la armadura al griego caído, Héctor se indignó al descubrir que no era Aquiles sino Patroclo, que había luchado en su lugar. En cuanto se enteró de la muerte de su amigo, Aquiles montó en cólera; Pentesilea sabía que, bramando como un puma, había jurado vengarse de Héctor y de cualquier troyano que se interpusiera en su camino. Así pues, Aquiles cumplió su palabra y recorrió el campo de batalla arremetiendo contra todos los hombres con que se cruzaba hasta que Héctor se plantó ante él. Pentesilea sabía que lo había matado (la sangre negra y espesa salpicó el barro a sus pies) con un grito salvaje de júbilo. Mutiló el cuerpo de su enemigo y le ató los pies con correas de cuero, como si se tratara de una res muerta, sin importarle la irreverencia de sus actos. Luego arrastró el cadáver del príncipe troyano alrededor de las murallas de la ciudad, pasando tres veces por delante de los ojos de sus destrozados padres, su afligida esposa y su hijo pequeño, que miraba sin comprender.

Por supuesto que Príamo agradecía la alianza de las amazonas. No le quedaba otra.

Pentesilea y sus compañeras acamparon junto al río Simois, a pocos kilómetros al norte de Troya: las tiendas eran sencillas y austeras, simples pieles de animal atadas alrededor de estacas. En su interior no había más que las pieles sobre las que dormían las mujeres y las armaduras que llevarían en el combate. Incluso los víveres eran escasos; las amazonas desdeñaban el lujo de sus aliados troyanos. Comida frugal, lo necesario para vivir, nada más. Cualquier otra cosa sólo las ralentizaría. Pentesilea no envió una embajada a los griegos: no tenía ningún deseo de anunciar formalmente su llegada. Ya se enterarían de su presencia a la mañana siguiente, cuando ella condujera a sus huestes a la batalla en apoyo de los troyanos.

Aunque el suelo era duro y pedregoso, Pentesilea durmió del tirón por primera vez desde la muerte de su hermana. Sabía que era su última noche, de modo que tal vez Hipnos había decidido que fuera agradable. Cuando se despertó al amanecer y estiró sus largas extremidades antes de ponerse la armadura, anheló que empezara la batalla. Desayunó junto a las demás unas gachas tibias con frutos secos cocinadas sobre las brasas de la hoguera de la noche anterior. Hablaron poco, y sólo de tácticas.

Luego ella regresó a su tienda y se puso su traje de guerrera. Empezó por el quitón amarillo oscuro, una túnica corta y sujeta a la cintura con un grueso cinturón de cuero marrón del que colgaba la vaina de la espada.

A continuación se puso su preciada capa de piel de leopardo, que le proporcionaba abrigo y fiereza por igual. Esos hombres, los griegos, verían que no podían asustar a una mujer capaz de correr más que un leopardo y abatirlo en plena carrera. Las patas del animal le colgaban por debajo de la túnica, y cuando se movía las garras le acariciaban los muslos. Se ató las correas de las sandalias de cuero alrededor de sus hermosamente musculadas pantorrillas y cogió el casco. El casco de Hipólita, con su alto penacho confeccionado con las crines más negras y las serpientes enroscadas incrustadas alrededor de las mejillas. Cuando la reina amazona cabalgara hacia la batalla, lo haría como su hermana, como la más grande de las guerreras. Cogió el escudo redondo, de cuero duro y rojo, cubierto de cinco capas de piel de becerro. Luego enfundó la espada y blandió la lanza larga para probar el peso y la punta afilada. Estaba lista.

Su montura, una yegua alta y gris con una mordida feroz, esperó pacientemente a que ella le recogiera las crines en una trenza compacta. De ese modo no podrían agarrarla por el pelo, y si algún guerrero lo intentaba, la yegua probablemente le arrancaría los dedos. Cuando acabó de prepararlo todo, Pentesilea se volvió y miró a sus mujeres, cuya imagen le devolvió un imperfecto reflejo de sí misma. En esas tierras bajas, sus amazonas resplandecían como piedras preciosas del norte montañoso. Defenderían una ciudad en la que nunca habían puesto los pies y protegerían a mujeres y niños que no conocían de nada. Le invadía el pecho un sentimiento que en medio del dolor omnipresente tardó en identificar como orgullo. Nada podía hacerse ya por Hipólita, pero Troya aún podía salvarse y las amazonas serían las libertadoras de la ciudad.

Tomó las riendas con la mano que sujetaba el escudo para dejar libre el otro brazo. Había tirado su arco al morir Hipólita, y ni siquiera cuando lo recordó, después de la pira funeraria, fue a recogerlo, segura de que nunca dispararía otra flecha. Pero todas sus mujeres eran buenas arqueras; llevaban la aljaba a la espalda y el arco colgado en bandolera. ¿Qué griego podría rivalizar con ellas?

Las amazonas montaron y empezaron a recorrer las últimas etapas del camino hacia el campo de batalla. Mientras abandonaban las tierras más bajas de las riberas meridionales del Simois, a lo lejos oyeron trompetas anunciando que se abrían las puertas de Troya. Las huestes de Pentesilea pasaron junto a los guerreros troyanos y se colocaron al frente, donde les correspondía estar. A la amazona los troyanos le parecieron un grupo variopinto. ¿Dónde estaban los héroes sobre los que había oído cantar al bardo? Héctor había muerto, sin duda, pero ¿qué había sido de Paris, Glauco o Eneas? Frunció el ceño mientras los recorría con la mirada, y no vio a ninguno que se distinguiera por su estatura o su fuerza palmaria. Sus bíceps no estaban a la altura de los de ella. Debía de haber héroes entre aquella gente, pero no eran los hombres que ella había esperado encontrar.

Cuando los guerreros griegos se acercaron desde el campamento del oeste, notó que se le aceleraba el pulso. Eran apenas más numerosos que los troyanos. ¿Estaba allí todo lo que quedaba del legendario millar de naves que había llevado a sus hombres a las arenosas riberas de la Tróade?, se preguntó. ¿Cuántos habían muerto? ¿Y cuántos simplemente se habían rendido y habían vuelto a casa? No obstante, entre los griegos alcanzó a ver a algunos de estatura apreciable, con armaduras y escudos ornamentados que ponían de manifiesto su condición de nobles. En algún lugar debía de estar el que le daría la muerte que ella tanto anhelaba.

Entonces se fijó en los penachos rojos y negros del casco que lucía uno de los guerreros. Aquiles no llevaba escudo porque, según decían, a esas alturas ya sólo temía a los dioses. Hacía años que ningún troyano lo vencía en combate, y el único hombre que había ofrecido un mínimo de resistencia había sido el pobre Héctor, cuyo cadáver profanado había sido enterrado con retraso. En cuanto hubo matado a Héctor, a Aquiles también había dejado de importarle morir, igual que a ella. Ese hombre, sin duda, era el que Pentesilea estaba buscando. Aquiles, el rey de los mirmidones, con sus escudos negros abriéndose en abanico detrás de él. La muerte de Pentesilea estaba en manos de ese hombre.

El combate entre estos dos grandes guerreros fue increíblemente breve, pese a la transcendencia que tuvo para el pueblo de Troya. Nadie, ni siquiera las amazonas, sabría nunca si Pentesilea se había lanzado a la batalla para morir o matar. Aun así, el resultado fue el mismo. Aquiles era el ser vivo más rápido de la tierra, más veloz que el lince de las montañas y que Hermes, que llevaba a los hombres los mensajes del dios Zeus. Y más raudo que Pentesilea.

Ella y sus amazonas avanzaron de frente en dirección a los mirmidones, que se apartaron como hormigas. Pero después de diez años de guerra, eran combatientes avezados y conocían el terreno como la palma de la mano. Las amazonas, habituadas a luchar en las arduas montañas del norte, no se sentían tan seguras. Sin embargo, sus caballos enseguida comprendieron que los anchos caminos lodosos eran tan traicioneros como los estrechos senderos de piedras. Las arqueras apuntaron y mataron a los hombres hormiga del flanco derecho. Aquiles se volvió sorprendido para ver de dónde provenían las flechas; después de diez años provocando el temor y la huida del enemigo, ¿quién tenía la audacia de atacarlo?

Esos jinetes acababan de llegar, pero no eran muy numerosos. Sus hombres —Aquiles echó un rápido vistazo y negó con la cabeza al advertir que diez ya habían sido derribados— se estaban retirando, y el miedo se propagaba como la peste que había acabado con tantos de sus soldados el invierno anterior. Aquiles no estaba dispuesto a ver a sus hombres derrotados. ¿Era su rey el que cabalgaba detrás de los arqueros con la espada desenvainada? Eso parecía, pues los demás cabalgaban a su alrededor como si lo protegieran para que librara un combate singular. Bueno, pues Aquiles lo complacería; en un abrir y cerrar de ojos, arrojó su lanza corta. Poseía una puntería infalible. El asta se hundió en el cuello del caballo del rey, que cayó al suelo con las patas delanteras dobladas. Pero el jinete no se amedrentó; saltó ágilmente mientras el corcel se desplomaba y aterrizó de puntillas. Los dos líderes se miraron por encima de las cabezas de sus huestes y ambos supieron que era una contienda a muerte. Aquiles gritó órdenes; sus hombres interrumpieron la retirada y se prepararon para hacer frente al siguiente aluvión de flechas.

Como tantas veces había hecho antes, Aquiles se movía por el campo de batalla impasible. No era mucho más fuerte ni más valiente que los otros guerreros. Tal vez un poco, pero cualquier hombre puede tener un día de suerte y matar a un soldado que es mejor que él. Sin embargo, a Aquiles nadie le ponía una mano encima porque nadie podía acercarse lo suficiente para intentarlo. Todos los habitantes de las llanuras sabían lo que las amazonas ignoraban: que la verdadera fuerza de Aquiles estribaba en su impresionante y asombrosa celeridad.

En un instante estuvo a unos cien metros de Pentesilea y al siguiente le hundía la espada en el cuello. Le dio una pequeña sacudida, como haría un perro de caza con su presa, y observó impasible cómo la sangre color vino le brotaba de la garganta y le salpicaba la túnica. Se había ensuciado con la sangre de tantos hombres a lo largo de los años que no le venía de uno más. Aquiles recuperó la espada: el rey se tambaleó y cayó de rodillas; la cabeza se desplomó hacia atrás y el casco cayó al suelo. Sólo entonces el guerrero vivo más grande se percató de que había matado a una mujer.

Sintió una punzada de vergüenza, y no porque nunca hubiera matado antes a una mujer. Tan sólo guardaba un recuerdo vago de aquellos a los que había quitado la vida; al fin y al cabo, todas las muertes eran muy parecidas. Sin embargo, los mirmidones habían devastado tantas ciudades de los alrededores de Frigia durante esa guerra que él debía de haber matado a decenas de mujeres por el camino. No todas se habían ofrecido como esclavas o concubinas; algunas se habían negado a abandonar a sus maridos o habían optado por intentar proteger a sus hijos, a los que él también había matado instantes después. Aquiles no podía recordar sus rostros. Incluso el de Héctor, el único hombre al que había matado movido por la cólera y no por cumplir con su cometido de masacrar al enemigo, se iba desvaneciendo a medida que pasaban los meses. Pero el rostro crispado por el dolor que tenía delante no se parecía a ninguno que hubiera visto antes, y supo que acababa de cometer el único acto del que se arrepentiría. Esa mujer era su reflejo exacto, como lo había sido Patroclo. Aquiles, que nunca había mostrado vacilación ni miedo, se quedó sin aliento cuando la sangre burbujeó entre los labios de la joven. Vio cómo se le nublaban los ojos, como si se le formaran cataratas. La vio abrir la boca y pronunciar una sola palabra, y al instante la luz de sus ojos se apagó del todo. Levantó la vista al cielo, horrorizado, y oyó una risa ronca detrás de él. Se volvió y apuñaló al dueño de la risa; nunca sabría a quién había matado. Los otros griegos se alejaban de él, temerosos de que también los atacara a ellos. Olvidó lo ocurrido y se concentró en la mujer y en su boca llena de sangre.

Se preguntó si alguien más en el mundo había muerto pronunciando la palabra «gracias».

8

Penélope

Mi queridísimo esposo:

¿De verdad han pasado diez años desde que partiste de Ítaca para unirte a Agamenón y a otros reyes griegos con la indigna misión de traer a Helena de vuelta de Troya? ¿Fueron mil las naves que finalmente zarparon? Eso cantan los bardos ahora. Un millar de navíos surcando los procelosos mares con la esperanza de encontrar a la esposa de un hombre. Convendrás conmigo en que es una situación inaudita donde las haya.

No te culpo, Odiseo, por supuesto que no. Sé que hiciste todo lo posible para no alejarte de mí, una joven recién casada, y de nuestro hijo de pocos meses. Hacerse el muerto tal vez habría funcionado un poco mejor, pero fingirse loco también era una buena idea.

Todavía recuerdo tu arrogante rostro argivo cuando araste los campos con sal. Se pensó que habías perdido la razón. Recuerdo que ponías las caras más horribles y que aquel hombre me miró con muchísima lástima. Tener un hijo con un loco; ninguna mujer merecía semejante destino. Qué cerca estuviste de que no te reclutaran. Qué cerca de quedarte conmigo, mientras los otros griegos obraban al dictado de un juramento insensato.

Pero al final fue Agamenón, quién si no, el que destapó la artimaña. Nunca olvidaré el momento en que ordenó a aquel hombre que me arrancara a Telémaco de los brazos y lo dejara en el suelo húmedo delante de ti, exponiéndolo al peligro para poner a prueba tu locura: ¿seguirías avanzando a pesar de todo y pasarías el arado por encima de él, cortando las rollizas extremidades de tu propio hijo? ¿O verías al bebé, lo reconocerías y te detendrías? Perdóname si te digo que no creo haber deseado nunca con tanta intensidad la muerte de alguien como deseé aquel día la de Agamenón. Y no olvides que crecí en Esparta, por lo que he pasado con Helena más tiempo que la mayoría.

A veces, cuando estoy deprimida y el viento del norte sopla a través de nuestra sala abierta, me da por rezar una pequeña plegaria pidiendo la muerte de Agamenón. Antes deseaba que muriera en combate, pero ahora espero un final más ignominioso para él: que le caiga encima una roca, por ejemplo, o lo ataque un perro rabioso.

En esas circunstancias, no pudiste seguir fingiendo que estabas loco, lo entiendo. Para proteger a tu hijo, nuestro hijo, tuviste que detenerte y, al hacerlo, te delataste. Y aunque lloré a la mañana siguiente al verte partir, me consolé pensando que antes de acabar el año volverías a casa. Al fin y al cabo, ¿cuántas lunas se necesitan para localizar a una esposa infiel?

Fueron pasando los días, los meses. Luego las estaciones y finalmente los años. Ya son diez, y Menelao aún no ha logrado persuadir a su esposa para que regrese a casa, ni ha sido capaz de aceptar que es un pelmazo de rostro rubicundo que sólo tiene que buscarse una nueva esposa menos exigente que Helena.

Parece imposible que hayas estado fuera tanto tiempo. Nunca has visto andar a tu hijo, no lo has oído hablar, ni lo has visto colgarse de las ramas bajas del viejo pino que crece junto al muro oriental de nuestro palacio. Ha salido más a mí, ¿sabes? Tiene mi constitución, es alto y delgado. Y aunque lo quiero con toda mi alma, algunas veces me descubro pensando en los otros hijos que podríamos haber tenido si lo hubieras matado aquel día. Habríamos perdido a nuestro primogénito, pero podríamos haber tenido cuatro hijos más.

Es indigno de mí albergar siquiera ese pensamiento en mi mente, lo sé. Pero las estaciones han cambiado demasiadas veces, esposo mío, y ya no soy una jovencita. He suplicado a los dioses que te traigan a casa antes de que la edad me vuelva estéril. Y tal vez mis plegarias han sido atendidas, porque por toda Grecia, incluso en nuestro escarpado puesto de avanzada, corren rumores de que la guerra por fin ha terminado. ¿Es eso cierto? Preguntarlo me da pavor. Pero los centinelas han encendido sus hogueras y las noticias se propagan de una colina a otra: los griegos han vencido por fin. Sé que tú habrás contribuido a la victoria, Odiseo. Le digo a Telémaco que su padre es el hombre más inteligente que ha caminado sobre la tierra. «¿Es más inteligente que Eumeo?», me pregunta él. No es su intención insultarte. Le tiene cariño a Eumeo. Yo digo que sí, que eres más listo que el porquerizo. «¿Más listo que tú, mamá?», pregunta. «No, mi vida —le contesto—, no es tan inteligente como yo.» Y luego le hago cosquillas, para que no me pregunte cómo lo sé.

Pero si me lo preguntara y yo tuviera que responder, le diría lo siguiente: yo no les habría dejado ver que no estaba loca y tampoco habría lastimado a mi hijo, mi hermoso niño. Habría pasado el arado sobre mis propios pies y me los habría cortado a tiras antes que hacer daño a nuestro hijo o dejar que los argivos se me llevaran lejos de aquí. El dolor habría sido terrible, pero efímero. Seguro que te habrían tomado por loco si te hubieras cortado los pies. Y en el caso de que todavía tuvieran dudas, difícilmente te habrían subido a bordo de sus barcos con los pies ensangrentados. Un hombre que no se tiene en pie no puede combatir.

Pero es fácil ser juicioso a posteriori, ¿no es cierto? Te he dicho que no te culpo por lo que sucedió y no lo hago. Hiciste lo que pudiste con una falange de hombres observando cada uno de tus movimientos. Y no te saliste con la tuya por muy poco. Pero te has ido demasiado tiempo, Odiseo, y ya es hora de que vuelvas a casa.

Tu amante esposa,

PENÉLOPE

9

Las troyanas

Hécabe observaba cómo subía la marea con los ojos entornados por el sol. Las mujeres todavía se apiñaban a su alrededor; ella seguiría siendo la reina hasta que las separaran y se las llevaran de allí. Los guardias les habían permitido recoger agua del río en los pocos y maltrechos recipientes que tenían. ¿Cómo iba a saber, cuando huyó de su casa en medio de la noche y el humo, que llevarse un viejo tazón abollado supondría la diferencia entre pasar sed o no? Una joven, al ver que Hécabe no tenía con qué beber, le ofreció su propia taza y compartió en silencio la de su hermana. La reina la tomó sin dar muestras de agradecimiento.

Cuando exigió a los guardias que dieran de comer a las mujeres, ellos se rieron de ella. Pero al cabo de un rato aparecieron con un saco de víveres, un caldero viejo y unas cuantas astillas. Andrómaca, que se había atado al pecho el bebé, encendió el fuego con destreza y las llamas prendieron enseguida. Los guardias dejaron que Políxena fuera a buscar más agua, convencidos de que no intentaría escapar. ¿Cómo iba a dejar a su anciana madre sentada en la orilla? Las mujeres prepararon un caldo claro, sin más condimento que la sal de la espesa y húmeda maraña de algas de la orilla. Se lo tomaron sin rechistar. Los guardias prometieron llevarles más tarde grano para que pudieran hacer pan sobre las brasas. Hécabe quería preguntarles cuánto tiempo pensaban tenerlas en la orilla, sin más cobijo que las rocas y con la ropa hecha jirones, pero temía la respuesta.

Ése sería el último día que vería a sus súbditas. Cuando acabaran de saquear la ciudad, los griegos regresarían al campamento, situado a muy poca distancia de la orilla. Discutirían entre ellos, o tal vez uno de los ancianos llevaría la voz cantante, y las repartirían entre los jefes de las distintas tribus griegas, por orden de relevancia. Las separarían de su familia, sus amigas y sus vecinas, para entregarlas a algún desconocido cuyo idioma ignoraban. Hécabe hablaba un poco de griego, pero preferiría que no se supiera. Quizá también lo hablaban una o dos más. Pero cuando se saqueaba una ciudad se destruía todo lo que había dentro, incluidas sus palabras.

La mente le jugaba malas pasadas. «Si pudieras quedarte con una de ellas, ¿a quién elegirías?», se preguntaba. Como si fueran a concederle tal deseo. Miró a las mujeres y tuvo que admitir que, después de todo, conocía la respuesta. Andrómaca no era de su sangre, así que no la escogería a pesar del aprecio que le tenía y de que había sido una esposa excelente de su hijo favorito y le había dado un hijo. Y Casandra era un verdadero tormento, un tábano que no dejaba de morderla, desde que la locura se había apoderado de ella. Era tan encantadora de niña, recordó Hécabe. Con su cabello negro como el carbón y esos ojos profundos como pozas, correteando por las amplias estancias de piedra con sus hermanos y hermanas. Ella siempre era el centro de atención. Y un día le sucedió aquella desgracia. Apareció en la entrada del templo de Apolo, con la ropa hecha jirones y el pelo enmarañado. Estuvo días sin poder hablar, sólo tartamudeaba y se sacudía como si las palabras pugnaran por escapar de sus labios pero los dientes se lo impidieran. Luego recuperó el habla con ayuda de la niñera que la había cuidado desde su nacimiento, pero no decía más que disparates. Hablaba de un horror tras otro, de que pronto les sobrevendría una catástrofe y luego otra, y otra. Mirara donde mirase, sólo veía muerte y destrucción. La ciudad era pasto de las llamas mientras los hombres morían en sus casas y fuera de las murallas. Pero nadie quería oír sus gritos desgarradores, así que Hécabe ordenó que la encerraran en su habitación con la esperanza de que se apaciguara con el tiempo. Los esclavos pronto dejaron de atenderla, sin importarles que los amenazaran con azotarlos. Casandra les decía que iban a morir pronto, igual que sus padres e hijos. Sólo eran barbaridades y nadie creía las predicciones de la joven trastornada, pero los esclavos se quedaban inquietos. Un día Casandra estuvo chillando y llorando por... Hécabe se detuvo un momento. No podía recordarlo. Su hija se había puesto histérica, como de costumbre. Los detalles apenas importaban, pero Hécabe se acercó y la abofeteó con fuerza. Casandra le cogió la mano y la sostuvo entre las suyas mientras seguía chillando. Y Hécabe la abofeteó con la mano izquierda hasta que en las dos mejillas de su hija aparecieron las marcas rojas de sus dedos y sus gruesos anillos de oro.

Desde aquel día Casandra dejó de gritar; sólo maldecía en voz baja y se pasaba la mayor parte del tiempo en silencio. Su familia y los esclavos todavía hacían signos contra el mal de ojo en su presencia, pero era más fácil ignorarla. Incluso ahora, cuando las mujeres esperaban a averiguar adónde las llevarían y a quién pertenecerían, Casandra hablaba en un murmullo. No se atrevía a hablar más alto.

Hécabe se dijo que si la dejaran quedarse con una de ellas durante los meses y años venideros escogería a Políxena. La más joven de sus hijas y la más hermosa. A diferencia de las demás mujeres troyanas, tenía el pelo rubio. La gente solía decir que una diosa debía de haberla bendecido con tanta belleza. Sin embargo, Políxena nunca había sido engreída. Era una joven amable y considerada, la favorita de todos. Hécabe se estremeció al pensar en el griego que se la llevaría. ¿Neoptólemo, ese carnicero que había derribado a Príamo, el padre de Políxena, mientras se aferraba a los altares buscando refugio sagrado? ¿El taimado Odiseo? ¿El idiota de Menelao?

Ella no dijo nada, pero Políxena de pronto se inquietó, como si pudiera leerle los pensamientos a su madre. Estiró los brazos por encima de la cabeza y se sentó sobre los talones.

—Yo no creo que fuera por la amazona —soltó.

Su madre se mordió la lengua, irritada. Ya tenía una hija que decía disparates, no necesitaba otra.

—¿A qué te refieres? —preguntó Andrómaca en voz baja.

Por fin había recobrado el habla, pero el bebé todavía dormía y no quería despertarlo, pues sólo tenía un poco de grano ablandado con leche para darle.

—Troya no cayó a raíz de la muerte de Pentesilea —explicó Políxena—, sino porque los dioses así lo dispusieron. Estuvimos a punto de salvarnos antes, ¿recuerdas? Pero los dioses debieron de mudar de opinión. Y ni siquiera una amazona habría podido enderezar eso.

—¿Cuándo estuvimos a punto de salvarnos?

—Cuando se llevaron a la hija del sacerdote, mamá. Y a la joven de Lirneso.

10

Briseida y Criseida

A nadie le hacía falta preguntar quién era la hija del sacerdote, aunque en Troya había muchos sacerdotes y todos tenían muchas hijas. Si alguien hablaba de la hija de un sacerdote, siempre se refería a Criseida, la hija de Crises. ¿Quién más habría sido lo bastante ingeniosa para escapar de una ciudad sitiada y lo bastante despreocupada para dejarse capturar por los griegos?

Apuñalaron al pastorcillo que apacentaba un rebaño en las laderas bajas de las montañas y con el que la joven había estado viéndose a escondidas. El muchacho tenía mucho miedo de que una noche de luna los griegos lo descubrieran y lo mataran para llevarse su rebaño y saciar su hambre. Pero nunca había compartido su preocupación con ella porque era tímido y no quería pasar por cobarde delante de una chica que no parecía conocer el miedo. Por eso, cuando los dos centinelas griegos que exploraban los alrededores de la ciudad como comadrejas en busca de huevos de pájaro los encontraron, ella no estaba nada preparada para lo que sucedió.

A él lo mataron, tal como había temido que le ocurriría. Pero Criseida no pudo ver la sangre derramándose de su pecho porque estaba demasiado oscuro; había dejado caer la antorcha cuando los dos hombres se abalanzaron sobre ella y se la arrancaron. El suelo estaba húmedo y la llama se había apagado de inmediato. Mientras la arrastraban a su campamento, notaba sus manos grasientas tocándole el cuerpo y la ropa. Estaba aterrada, pero no gritó; por ridículo que parezca, le preocupaba más que la encontraran los troyanos que morir a manos de los griegos. Pensó en la dulce y suave boca del pastorcillo, que nunca volvería a besar, y sintió una punzada de dolor.

Mientras los hombres la conducían hacia la costa, lejos de la ciudad, Criseida vio las llamas de los fuegos sagrados que ardían en el templo de Apolo, en el alcázar de Troya. A esa hora su padre estaría haciendo ofrendas al dios. El dolor que sentía por la pérdida de su pastorcillo se intensificó al pensar que había abandonado a su padre.

La esposa de Crises, un sacerdote de Apolo de cabello negro y espaldas anchas, había muerto al dar a luz a Criseida. La hemorragia había empezado al nacer la criatura y ya no se había detenido. Exangüe y cenicienta, con mechones de pelo apelmazado pegados a sus pálidas mejillas, la madre murió antes de que su hija cumpliera un día de vida. El desconsolado viudo carecía de instinto paternal, así que entregó a la niña, aún sin nombre, a una nodriza, sin darle instrucciones sobre si debía alimentarla o dejarla morir en las laderas del monte Ida. Cuando el dolor remitió y el sacerdote pudo soportar la presencia de la niña, ya le habían puesto nombre: Criseida, hija de Crises.

Con el cabello oscuro cayéndole sobre los hombros y los ojos casi negros, Criseida se parecía a su madre. Tenía la piel dorada y andaba con pasos pequeños y precisos, como una bailarina. Pero su madre había sido una mujer paciente y obediente que siempre estaba donde debía, con una lanzadera en una mano y una madeja de lana en la otra, mientras que Criseida era terca como una mula. Decían que había nacido con el espíritu combativo, no en vano cuando había algún conflicto en la ciudad siempre parecía estar involucrada.

Esta vez se había metido en un problema fuera de las murallas de Troya, cuyos habitantes más jóvenes habían crecido bajo el asedio y no conocían otra vida. Para Criseida, que en el décimo año de la guerra tenía dieciséis años, la ciudad era hogar y prisión a la vez. Pero a diferencia de las hijas de Príamo, Políxena y Casandra, y las otras jóvenes, ella se negaba a confinarse. La ciudad estaba llena de rutas secretas que podían llevar a una joven aventurera a las llanuras de los alrededores si se atrevía a explorarlas. Nunca se le ocurrió que los otros hijos e hijas de Troya tal vez no buscaban escapar de la ciudad, o que si no se usaban esas rutas no era tanto por no conocerlas como por miedo.

Una de esas salidas era un túnel que pasaba por debajo de las murallas y estaba detrás del templo de Apolo, donde transcurrían los días de su padre. Criseida había tomado esa ruta para ir al encuentro del pastor. Al recordar al muchacho de boca suave sintió una nueva punzada de aflicción, seguida de una oleada de ira hacia su padre, que había dejado a su aburrida e ingeniosa hija sola fuera del templo durante horas mientras él atendía las necesidades del dios, aun sabiendo perfectamente que ella haría travesuras. Una vez un sacerdote le había pegado por jugar con los cabritos que tenían fuera del recinto para los sacrificios. «Son animales sagrados. ¿Cómo te atreves a tocarlos? ¡Los estás contaminando!», le gritó mientras la abofeteaba y le golpeaba los brazos con sus manazas. Su padre se quedó mirando cómo la maltrataban sin decir nada. Al principio ella no lo entendió, pero luego se dijo que debía de estar abochornado por el comportamiento de su hija. Sin embargo, había dejado que se entretuviera sola, aun sabiendo que se metería en líos. Quizá le daba igual lo que le sucediera, pensó con amargura. Tal vez Criseida había puesto a prueba su paciencia demasiadas veces y ahora él estaba profundamente avergonzado de su hija.

Ninguno de los dos centinelas parecía tan rápido como ella y varias veces se le pasó por la cabeza escapar. Pero desistió al imaginarse el rostro de decepción de su padre cuando la viera y recordar su mortificación cuando la había pillado cometiendo infracciones menores. Esos pensamientos la distrajeron y aminoró el paso sin darse cuenta hasta que uno de los soldados griegos la pellizcó en la cintura y se rió cuando ella gritó.

Comprendió que el miedo a contrariar a su padre había guiado mucho más su conducta que cualquier otra cosa. Desde que descubriera el túnel, había explorado muchas veces la llanura y las laderas de las montañas, escondiéndose detrás de los árboles y las rocas para que no la vieran los centinelas desde la ciudad o cualquier conocido que pudiera decírselo a Crises. Nunca había imaginado que los soldados griegos podían encontrarla y asesinarla en el acto, dejando un charco de sangre en la arena. Tampoco se le había ocurrido que tal vez era aún peor que la capturasen y se la llevaran.

Cuando llegó al campamento, oyó muchos gritos y alboroto, pero apenas entendía lo que vociferaban los hombres. ¿Hablaban otro idioma o un dialecto con un acento muy marcado? No habría sabido decirlo. Todos llevaban coraza e iban armados, y el estrépito de metal contra metal le dio dolor de muelas. Al final la llevaron de malos modos hasta una tienda y la empujaron dentro. Se envolvió bien con la capa y parpadeó a la luz de las antorchas hasta vislumbrar un grupo de prisioneras que se abrazaban entre sí para protegerse del frío. Criseida examinó sus rostros con la esperanza de reconocer a alguien, pero todos sus amigos y familiares se hallaban a salvo detrás de las murallas de la ciudad, donde debería haber estado ella. No conocía a esas mujeres y ninguna le dirigió la palabra.

Le llamó la atención una mujer alta y esbelta que estaba algo apartada. A la luz de la lumbre vio brillar sus ojos azules, su piel nívea y el cabello del color del oro. Parecía la estatua criselefantina de Artemisa que moraba en el templo de la diosa cerca del santuario de Apolo que atendía su padre. La estatua era obra de artesanos que habían bañado la piedra en oro, pintado las túnicas y cubierto el rostro con finas capas de marfil y los ojos con lapislázuli. Hasta ese instante, Criseida siempre había creído que nunca vería nada tan hermoso. Ahora comprendió que la estatua era una pálida copia de esa mujer, o de alguien que se le parecía mucho. La hija del sacerdote se sorprendió pensando que mientras estuviera cerca de esa mujer de oro y marfil todo iría bien, así que dio unos pasos hacia ella y contuvo el impulso de tocarle el cabello.

—¿Dónde te han encontrado? —le preguntó una mujer.

La luz parpadeaba detrás de ella y Criseida sólo veía su silueta. De pronto se dio cuenta de que entendía lo que decía. Tenía un acento muy marcado, pero hablaba la misma lengua que ella.

—En la linde de la llanura —respondió ella—. Al pie de la montaña.

La mujer alta no se inmutó. La silueta volvió la cabeza y la miró fijamente. Criseida sólo podía ver el reflejo de la luz de las antorchas en sus pupilas, pero percibió la irritación de la mujer.

—Tú no eres pastora. Basta con verte para saberlo. Eres de la ciudad, ¿verdad? ¿Cómo te han capturado fuera?

Criseida no supo qué contestar.

—¿Dónde te encontraron a ti? —le preguntó a su vez.

—En Lirneso. A todas nos sacaron de Lirneso y de Tebas.

Criseida guardó silencio unos instantes.

—¿Están cerca?

La mujer resopló.

—Hasta hoy nunca te habías alejado mucho de Troya, ¿verdad?

Criseida no explicó sus anteriores correrías por los alrededores de la ciudad. A esas mujeres no les impresionaría como a sus amigas su espíritu aventurero.

—Sí —continuó la mujer—. Lirneso se encuentra a una jornada de arduo viaje. Los griegos saquean nuestra ciudad constantemente. Llevan muchos años intentando doblegar vuestra ciudad y necesitan que les den de comer en otros lugares. Ya han asolado todas las ciudades de aquí a Lirneso. —Suavizó el tono—. No es de extrañar que nunca hayas oído hablar de los lugares que están invadiendo ahora. Cada año que pasa lanzan más lejos las redes. Si no se apoderan de lo que no les pertenece y queman todo lo que no pueden llevar consigo no están contentos.

—¿Le hicieron eso a vuestra ciudad? ¿La saquearon e incendiaron? ¿Acaso vuestros hombres no pudieron defenderos? —preguntó Criseida.

¿Quiénes eran esas pobres mujeres abandonadas por sus hombres? Los guerreros troyanos, entre ellos su padre, eran mucho más valientes que los maridos y los hijos de esas mujeres.

—¿Qué hombres? —replicó la mujer—. Mataron a todos los hombres.

—¿A todos? —repitió Criseida.

Según su padre, los griegos no eran mejores combatientes que los demás hombres. Ni más valientes, ni más fuertes, ni más queridos por los dioses. ¿Le había mentido?

—No ves gran cosa desde las murallas de tu ciudad, ¿verdad? —respondió la mujer—. Los griegos siempre hacen lo mismo. Matan a los hombres y toman a las mujeres y a los niños como esclavos. Lo han hecho por toda la península, y lo harán en Troya cuando las Parcas lo decidan.

Criseida negó con la cabeza. Ese día no llegaría. Su padre ofrecía sacrificios a Apolo y hacía ofrendas todas las mañanas, y él sólo era uno de los muchos sacerdotes de los numerosos templos dedicados a todos los dioses que había por toda la ciudad. Los dioses no abandonarían Troya, un lugar donde abundaban sirvientes tan leales. No le cabía ninguna duda.

—Vuestras murallas no podrán contenerlos eternamente —añadió la mujer—. Pucde que tú seas la primera mujer troyana que han capturado, pero te aseguro que no serás la última. Y cuando vayan a por tus hermanas y tu madre —Criseida no se molestó en corregirla—, vuestros hombres no serán de más ayuda que los nuestros. Un soldado caído no puede combatir, y los griegos nos superaban en número hasta tal punto que nunca tuvimos la menor oportunidad de vencerlos. Estos griegos no son un ejército, sino una auténtica plaga.

—Siento mucho vuestra pérdida —dijo Criseida, utilizando la fórmula que había oído pronunciar tantas veces a su padre.

La mujer asintió secamente.

—Pronto compartiréis la misma pérdida. Guárdate la pena para entonces.

Criseida apartó la mirada y se encontró mirando a la mujer alta de ojos azules.

—Siento mucho vuestra pérdida —repitió.

La estatua de cabellos dorados bajó la vista al fin y pareció verla por primera vez.

—Gracias —respondió con una voz débil y suave, y un acento menos gutural que el de la otra mujer.

—¿Puedo sentarme a tu lado? —le preguntó Criseida.

La mujer que estaba en la sombra contestó en lugar de la estatua.

—Puedes sentarte donde quieras, troyana. Pero los hombres nos separarán por la mañana. Todas correremos la misma suerte.

—Entonces sólo por esta noche —respondió Criseida. Estaba convencida de que si se le concedía ese deseo su suerte mejoraría. Y añadió—: No tengo a nadie más.

La estatua dio unas palmaditas en el suelo y Criseida se sentó a su lado.

—Yo tampoco —le susurró.

—¿A nadie? —A Criseida la invadió una inesperada sensación de calor.

El hecho de saber que esa mujer tampoco tenía a nadie hizo que se sintiera paradójicamente menos sola. La mujer negó con la cabeza. De cerca no parecía tanto una estatua; un vello dorado le cubría la piel.

—Él los mató a todos —respondió—. A mi marido, a mi padre y a mis tres hermanos. Luchaban para defender nuestro hogar, pero él les segó la vida como si fueran trigo maduro.

Contaba esa historia atroz con una voz tan extrañamente melódica que Criseida fantaseó con la idea de que era un poema, una canción sobre otra mujer, otra familia perdida. No podía soportar que esa mujer hubiera pasado por semejante suplicio.

—Todo ocurrió muy rápido. De pronto estaban allí, armados y listos para atacar, y un momento después caían al suelo, todos a la vez. Al principio pensé que fingían. Ya sabes, antes de que la sangre empiece a manar pasa un rato.

¿Era eso lo que le había sucedido al pastorcillo? ¿También había tardado en brotar la sangre? Criseida no se atrevió a interrumpir a la mujer; había perdido tanto y ella en comparación tan poco; tan sólo a un muchacho, esa misma noche. Todavía recordaba el calor de su mano rodeándole la muñeca. Notó que se le humedecían los ojos, pero no cedería al llanto, pues no quería distraer a esa mujer de su propia historia.

—Un instante antes estaban vivos. Pero luego yacían en un charco de sangre, mucho más grande de lo que puedas imaginar. Él los había matado a todos, como la gente nos había anunciado. Y cuando pensaba que había perdido a toda mi familia vi a una mujer de pelo canoso, enloquecida por el dolor como una ménade, que se arrojaba a las patas del caballo de aquel hombre. No iba armada. No sé qué se proponía. ¿Derribarlo de la silla, matarlo, quitarse la vida? El caballo ni siquiera se detuvo. Él se inclinó un poco y movió levemente el brazo con que sujetaba la espada; de pronto ella también estaba tendida en el suelo, con el cuello rajado. Al principio no la reconocí. Luego vi que la muerta que yacía junto a los hombres que acababa de perder era mi madre. Así que ya ves que no miento cuando digo que no tengo nada. Se me llevaron antes de que pudiera arrojar un puñado de tierra sobre ninguno de ellos, de modo que por no tener no tengo ni eso.

Criseida observó a la mujer. No tenía los ojos hinchados, ni parecía haberse mesado el cabello, ni rasgado la túnica. Al notar su mirada, la mujer asintió.

—No permitiré que vean mi dolor —prometió—. No se lo merecen. Lloraré por mi familia cuando esté sola.

—¿Y si nunca lo estás? —le preguntó Criseida.

—Entonces lloraré por la noche, cuando nadie pueda verme. ¿Cómo te llamas, niña?

—Criseida —respondió la hija del sacerdote—. ¿Y tú?

—Briseida —respondió la mujer de ojos azules.

Criseida estaba acurrucada contra la espalda de Briseida cuando empezó a clarear. No había dormido nada. Nunca había estado en compañía de tantas mujeres; debido a la prematura muerte de su madre, había crecido en una casa solitaria. Siempre había deseado tener una hermana, casi tanto como había añorado a su madre. Había pasado la noche pensando en la familia de Briseida, en que sus cuerpos seguían sin enterrar mientras sus almas debían de estar deambulando por las orillas del río Leteo, sin nada que dar al barquero, y sin forma de cruzar y entrar en el Inframundo hasta que alguien se apiadara y arrojara un puñado de tierra sobre ellos. ¿Cuánto tiempo tendrían que esperar?

Pero Briseida cumplió su palabra y no lloró ni gimió. Se limitó a extender su capa en el suelo y dio unas palmaditas; allí también había espacio para Criseida. La muchacha se acurrucó a su lado y sintió el calor que emanaba del cuerpo de la mujer. Su cabello dorado olía a hierbas y a algo que no supo identificar. Un olor animal, reconfortante.

Por la mañana los griegos entregaron algunos alimentos y agua a la mujer con la que había hablado la noche anterior —Criseida nunca supo cómo se llamaba—, y ella preparó un caldo claro e insulso para las mujeres. Al fin se abrieron las portezuelas de la tienda y dos hombres ordenaron a todas que salieran: la espera había terminado.

Los guardias las colocaron en fila siguiendo un orden incomprensible para ellas. De vez en cuando se paraban para discutir sobre si a una le correspondía estar a la izquierda o a la derecha de su vecina. Las mayores estaban lejos de Criseida, por lo que se preguntó si las ordenaban por edad. Entonces, ¿por qué Briseida seguía a su lado y no otras dos chicas que parecían tener sus mismos años? Después de unos cuantos empujones y tirones más se encontró al final de la fila. Los hombres hablaban deprisa y con una voz gutural, por lo que le costaba entender lo que decían, salvo algunas palabras sueltas.

Así que se concentró en el campamento, que se extendía hasta el mar, y en las grandes naves con las que los griegos habían arribado a Troya tantos años atrás. Las tiendas de campaña se apretujaban en el campo, sucias y desgastadas por la intemperie, y aquí y allá se veían corrales con animales de aspecto famélico. Volvió la mirada y vio las fortificaciones del extremo norte del campamento, y las estacas de madera que apuntaban como flechas a la ciudad, su ciudad. Uno de los hombres la agarró del brazo y la obligó a mirar al frente como las demás. Ella no gritó y pensó que su autocontrol habría impresionado a Briseida. Si una mujer que había perdido tanto era capaz de mantener la calma, ella también podía.

Esperaron en fila mientras el sol atravesaba las nubes de primera hora de la mañana y caía sobre ellas con su resplandor implacable. Criseida observó a las mujeres en fila y notó el miedo en sus miradas. Algunas ni siquiera se molestaban en ocultarlo: lloraban sin disimulo, clavándose las uñas en la piel y arrancándose el cabello. Criseida casi deseó llorar con ellas, por su padre ausente y por la pérdida de su pobre pastor. Pero no dejaría que esos hombres, esos enemigos de Troya, la vieran asustada. Ella era hija de un sacerdote y ningún griego la vería llorar.

Finalmente un heraldo se llevó el cuerno a los labios y tocó la llamada. Los hombres fueron apareciendo de forma escalonada, desde todos los rincones, y se congregaron delante de la fila de mujeres en grupos con los que compartían el uniforme, las armas y la vivienda. Criseida trató de recordar la lista de los griegos sobre los que su padre había pedido a Apolo que lanzara una maldición: los beocios, los mirmidones, los argivos, los etolios. Le parecieron tan cansados de combatir como los troyanos. Tenían el rostro y los brazos llenos de profundas cicatrices. Muchos cojeaban por heridas que ella no podía ver.

Observó los rostros burlones que escudriñaban a las mujeres. Luego levantó la vista hacia las naves. ¿La subirían a una de ellas y la llevarían a Grecia? La idea de no volver a ver Troya ni a nadie conocido nunca más le parecía tan absurda como inevitable. Intentó no pensar en ella, así que se concentró en el barco y en lo que debía de sentirse al navegar. Nunca había viajado por el agua, ni siquiera recordaba haberse bañado en el mar. ¿Su padre la había llevado a la playa de niña? No se lo imaginaba allí de pie, con sus ropas sacerdotales, junto a una niña que jugaba en la orilla. Era demasiado ridículo. Como él le había repetido hasta la saciedad, Criseida había nacido para decepcionarlo y ella había cumplido su cometido con creces.

De la multitud de hombres se elevó un murmullo. Estaban llegando los últimos, debían de ser los jefes de cada una de las tribus, pensó. Parecían más altos que sus soldados, y tenían el cuello ancho y los brazos fornidos. Tal vez sólo se movían con más aplomo. Y su ropa estaba más nueva, sin tantos remiendos y cosidos. Entre ellos debía de estar el que había matado a la familia de Briseida. Según ésta era un gran guerrero, un hombre de una rapidez y una crueldad prodigiosas. No podía haber sido un soldado de a pie. Recorrió la multitud con la mirada intentando adivinar cuál de ellos era. Entonces recordó que todos esos jefes habían matado a su gente en el transcurso de los últimos nueve años: ya fuera un primo, un tío o el padre de un amigo. No tenía sentido desear ser tomada por uno en particular, pues todos eran igual de malos. Pero podía desearlo para Briseida, pensó. Deseó que no le tocara el hombre que le había arrebatado todo.

Sin embargo, si los dioses andaban cerca, no se molestaron en escuchar a Criseida. El heraldo hablaba con más parsimonia que los otros griegos, y gritaba para que lo oyeran los que estaban más alejados. Después se entregaría el botín a los comandantes que habían destacado en las incursiones recientes, explicó. Los hombres vitorearon: «¡En primer lugar al rey de Micenas, Agamenón!»

Sus palabras se perdieron en un mar de gritos, aunque a Criseida le pareció que no todos eran de aprobación. Tenía delante un hombre corpulento de pelo canoso y con la línea del cabello en forma de V sobre la frente. Ella sabía que era el griego más poderoso de todos, el rey de reyes, y hermano de Menelao, cuya esposa se encontraba en el alcázar de Troya con su amante, Paris. Agamenón era el jefe que había reunido a los griegos para lanzar su campaña contra Troya. Acalló el clamor de sus soldados argivos con un ademán y dio un paso al frente.

—A Agamenón —repitió el heraldo— se le concede escoger a la primera esclava.

Agamenón apenas miró la hilera de mujeres que tenía delante.

—Me quedo con ésa —dijo señalando a Criseida con un movimiento de la cabeza.

Una mano masculina la agarró por detrás y la empujó hacia el rey argivo. Los hombres se rieron cuando ella tropezó, pero se las arregló para mantenerse erguida. Sintió un dolor intenso en el pie y lo agradeció, porque la distrajo momentáneamente de mirar al grueso anciano que acababa de hacerla suya.

—Vamos —le dijo él—. No, espera. —Se volvió hacia el heraldo—. Reparte primero a todas las mujeres y luego las llevaremos a nuestros aposentos. Quiero ver cuáles eligen los demás.

Sus hombres volvieron a reírse a carcajadas mientras Criseida regresaba con las demás.

—¡En segundo lugar —gritó el heraldo—, el guerrero más grande entre nosotros: Aquiles!

El clamor fue ensordecedor. Ése era el hombre al que más amaban los soldados. Criseida observó la expresión de Agamenón cuando oyó los vítores con que aclamaban a Aquiles. En su rostro de anciano —Agamenón era mayor que su padre, y ella intentó contener la nostalgia— se traslucieron los celos que lo consumían. Criseida se volvió hacia donde el clamor era más ensordecedor. Un hombre salió de una hilera de guerreros vestidos de negro: debía de ser Aquiles, el azote de los troyanos. Era rubio y tenía la tez dorada, como un dios. Los troyanos decían que era hijo de una diosa, una ninfa marina, y ella comprendió por qué. Era hermoso, aun con el rictus cruel que esbozaban sus labios. No se molestó en hacer callar a sus soldados cuando lo vitorearon. Se limitó a abrir la boca, sabiendo que callarían por sí solos.

—Yo me quedaré con la de al lado.

Se volvió hacia el hombre que iba con él, un poco más bajo y menos musculoso, un reflejo oscuro de Aquiles. Él asintió.

—La del pelo rubio —confirmó Aquiles.

Sus hombres volvieron a aclamarlo y Briseida emitió un suspiro casi inaudible. Sólo Criseida, cuyos oídos estaban a la altura de sus labios, pudo oírla y saber de inmediato que los dioses habían rechazado sus plegarias. Era Aquiles quien había matado a la familia de Briseida delante de sus ojos. Y ahora ella le pertenecía y ninguna de las dos podía hacer nada por evitarlo. Aun así, Criseida no lloraría, y Briseida tampoco. Las dos estaban tensas como las cuerdas de un arco, pero resistirían.

La repartición del resto de las mujeres y de la enorme pila de objetos de oro y plata que habían saqueado de sus casas se alargó mucho. Pero Criseida no oyó casi nada de lo que se dijo. Apretó la mano de Briseida mientras esperaban juntas bajo el sol abrasador el momento en que dejarían de ser personas para convertirse en posesiones. Cuando todo terminó, los guardias le gritaron y se rieron al verla sobresaltarse.

—Si tienes algo en la tienda, es el momento de ir a buscarlo —le dijo uno de los hombres.

Ella estaba a punto de responder que no tenía nada que recoger cuando Briseida asintió hacia los guardias y la cogió de la mano. Las dos regresaron a la tienda donde habían pasado la noche.

—Pero si no tengo nada.

—Sí que tienes. —Briseida hurgó en la capa sobre la que habían dormido las dos y sacó una bolsita de cuero—. Toma. Échaselo en la jarra cuando te pida que le sirvas vino.

Criseida la miró en silencio.

—¿Me oyes? —Briseida le sacudió el brazo—. Échale una pizca en el vino. Lo toma con tanta miel que no lo notará. Es importante.

—¿Qué sucederá? —le susurró Criseida—. ¿Es veneno?

Briseida negó con la cabeza.

—Lo dejará... —Se interrumpió detuvo—. Lo dejará inapetente. O impotente. Puede que se enfade y te golpee, pero seguirá siendo impotente, ¿comprendes?

Criseida asintió —Briseida conocía sus temores mejor que ella misma— y le cayó un mechón en la cara. Sin pensar, Briseida se lo puso detrás de la oreja.

—Si se enfada mucho, pregúntale si tiene una hija —continuó—. Se pone melancólico cuando se acuerda de ella. Y es menos probable que te haga daño.

—Gracias. Pero ¿qué harás tú? ¿No te harán falta?

Briseida se encogió de hombros.

—No te preocupes, me las arreglaré.

—¿Volveré a verte? —le preguntó Criseida.

—Por supuesto. El campamento no es tan grande. Los hombres se ausentarán muchas veces para combatir y entonces nos veremos. Por las mañanas, junto al río. ¿Lo recordarás?

Criseida asintió de nuevo. Nunca olvidaría sus palabras.

• • •

Briseida caminaba cinco pasos detrás del hombre que había matado a su familia. Observaba cómo se le hinchaban las pantorrillas, increíblemente indemnes después de tantos años combatiendo, al apoyar los pies en el suelo. Era alto, ancho de hombros y estrecho de caderas, y tenía unos bíceps como las ancas de un toro. Pero andaba a un paso tan ligero que sus botas de cuero apenas crujían. El hombre que lo acompañaba no era tan alto, ni tan ancho ni tan musculoso. Tenía el cabello más oscuro, de un castaño desvaído, y la piel cubierta de pequeños tatuajes de guerra: las líneas rojo carmesí correspondían a heridas cicatrizadas hacía tiempo. Se vio obligado a alargar la zancada un poco más de lo normal para seguir el paso de Aquiles. Briseida percibió el movimiento de caderas del hombre mientras intentaba no quedarse atrás. Cada pocos pasos miraba hacia atrás para comprobar que ella los seguía. Era imposible que la creyera capaz de huir: estaba rodeada de mirmidones, los hombres de Aquiles. Sin embargo, cada cierto tiempo se daba la vuelta para mirarla y luego se volvía hacia Aquiles.

—Viejo tonto y pretencioso —le decía Aquiles—. Su desesperación me repugna. Hasta la huelo.

—Por supuesto que está desesperado —respondió el hombre. Su tono era tranquilizador, como si calmara un caballo nervioso—. Sabe lo que saben todos, que tú eres el más grande de los griegos. Lo consume la envidia. Lo carcome por dentro.

Aquiles asintió.

—¿Cuántas vidas más tendré que segar para que me valoren? —preguntó con una voz quejumbrosa, como la de un niño.

—Los hombres te valoran —respondió su amigo. Sin embargo, habló despacio, con un tono que buscaba más consolar que llevar la contraria—. No es de extrañar que Agamenón no reconozca tu superioridad. ¿Qué le quedaría entonces?

—Su orgullo hueco —soltó Aquiles—, que es todo lo que se merece. Él no ha nacido de una diosa, y en su linaje no hay más que sangre maldita y buena suerte. Pero va por ahí, henchido de una autoestima que está fuera de lugar, eligiendo antes que yo el tesoro que sólo mi espada ha obtenido.

Su amigo guardó silencio, pero Briseida percibió cierta tensión entre los dos hombres.

—No sólo la mía —se corrigió Aquiles.

—La mayor parte del botín se obtuvo con tu espada —murmuró su amigo.

—Con la de los mirmidones que están bajo mi mando —coincidió Aquiles.

Briseida lo había visto cruzar la ciudad de Lirneso a lomos de su caballo, blandiendo la espada y matando a todo el que no se apartaba de su camino. Su anciano padre, su valeroso esposo, sus hermanos pequeños, su trastornada madre, todos habían sido derribados por él, uno detrás de otro, sin que se detuviera a considerar su valía como adversarios o su aptitud para luchar. Había masacrado a los habitantes de su ciudad con la misma facilidad con que respiraba. Sólo había necesitado a sus hombres para reunir el botín y a las mujeres y los niños que habían apresado gracias a la matanza de un solo hombre. Briseida se dio cuenta de que Aquiles trataba de consolar a su compañero por no ser tan diestro con la espada y que éste, a su vez, intentaba calmarlo. «Qué curioso —pensó—. Dos guerreros decididos a ser amables el uno con el otro.»

El hombre más menudo sonrió.

—Ha escogido la joven equivocada.

Aquiles lo miró.

—Desde luego. Escogió la del extremo. Estaba cantado que en cuanto los guardias la colocaron allí él se fijaría en ella. Cuando los demás hombres la señalaron como la más hermosa, él se sumó a ellos. Le falta iniciativa en todo, incluso en lo que respecta a las mujeres.

—No entiendo con qué criterio ordenaron a las mujeres —respondió el segundo hombre—. Hasta un ciego puede ver que ella es la mujer más hermosa que hemos capturado. Ni la mismísima Helena podría ser más perfecta.

Aquiles sonrió con una dulzura que Briseida supo que era falsa.

—¿No te lo imaginas? —le preguntó.

El hombre se detuvo en seco y luego tuvo que correr unos pasos para alcanzar de nuevo a Aquiles.

—¡Los sobornaste! —exclamó.

Aquiles se rió.

—Por supuesto que los soborné. Dijiste que la querías y yo quería que tú la tuvieras. Me habría gustado elegirla a ella primero, como era mi derecho. Pero sabía que no querrías que volviera a discutir con Agamenón por eso, así que manipulé su elección a tu favor. Él no se daría cuenta, porque la otra era más joven. Pero a ti te gustaba más ésta.

El hombre no dijo nada.

—No estás enfadado, ¿verdad? —le preguntó Aquiles, y Briseida volvió a oír al niño que había en él.

—Claro que no —respondió su amigo, dándole una palmada en el brazo—. Sólo me ha sorprendido. No pensé que se te dieran bien los subterfugios.

—Fue idea de Néstor. Ese astuto anciano hará cualquier cosa con tal de mantener la paz, ya lo sabes. Aunque eso signifique engañar a su rey para que no elija primero.

—Agamenón eligió primero. Nunca podrá decir lo contrario.

—Imagina la cara que pondrá cuando mire esta noche a esa joven a la luz de las antorchas y se dé cuenta de que es apenas una niña —respondió Aquiles—. Deberías enviar todos los días a la tuya a recoger agua lo más cerca posible de sus tiendas para que vea lo que se ha perdido.

—Lo haré. La llevaré yo personalmente para verle la cara y te informaré con todo detalle.

—Eso por sí solo justificaría el soborno.

Sin decir nada, con los ojos clavados en el suelo, Briseida seguía andando detrás de ellos.

Criseida se había sentado en un taburete bajo a las puertas de la tienda del comandante argivo, y respiraba a grandes bocanadas el aire puro. La tienda de Agamenón hedía como un establo inmundo. Él no parecía notar el ambiente viciado, pero a ella le provocaba arcadas. Aunque sus consejeros no se atrevían a decir nada, Criseida había visto cómo se reían de él a sus espaldas. El hombre bajo y rechoncho de ojos astutos, Odiseo, y ese joven que parecía un árbol robusto, Diomedes, se miraban en cuanto Agamenón se daba la vuelta. Los aposentos privados del rey les parecían tan repugnantes como a ella.

Pero al menos Criseida tenía las hierbas que le había dado Briseida. Había seguido las instrucciones de ésta y tan pronto como el sol empezaba a ponerse sobre el mar echaba una pizca de hierbas al vino de Agamenón. Todas las noches el comandante se abalanzaba sobre ella y la sujetaba con fuerza, pero caía en un profundo sueño antes de que pudiera hacer algo más que arrancarle la ropa. Criseida se preguntó si se estaba excediendo en la dosis. Aunque no le hubiera importado envenenarlo, temía verse en apuros si lo encontraban muerto con pequeños rastros de espuma en las comisuras de los labios. Pero todos los días miraba la pequeña bolsa de cuero tratando de calcular cuándo se le acabarían las hierbas. Quizá Briseida pudiera proporcionarle más o indicarle dónde encontrarlas, aunque lo más probable era que hubiera traído la mezcla desde Lirneso. A Criseida se le hizo un nudo en el estómago al pensar que la bolsa que tenía en las manos era posiblemente todo lo que quedaba.

Sentada detrás de las tiendas, tardó un momento en advertir el frenesí de actividad que había en la parte delantera del campamento argivo. Oyó el estruendo de hombres y cascos cruzando el campo a toda velocidad, luego gritos, susurros apagados y más gritos, y finalmente la voz de Agamenón exigiendo saber quién le pedía audiencia.

Criseida prefería quedarse donde los soldados no pudieran verla, en los lugares donde se congregaban las otras mujeres capturadas y las que seguían a los soldados: cerca de las cazuelas y del arroyo donde lavaban la ropa. Pero no pudo resistir la curiosidad y rodeó con sigilo la tienda sin apartarse de ella, con la esperanza de no llamar la atención.

De todas las humillaciones que había sufrido en los últimos días —los tocamientos, las miradas lascivas, las risas burlonas—, ésa fue la peor, pensaría más tarde, porque al mirar más allá de la tienda para ver a qué se debía tanto alboroto, vio a su padre de pie frente a Agamenón, con el cayado en la mano y el tocado ceremonial en el cabello. Debía de tener uno o dos años menos que el rey, calculó Criseida: su madre y él habían estado muchos años intentando engendrar un hijo. Ella había sido su última oportunidad, el último golpe de suerte de su madre. En medio de esos griegos a su padre se le veía viejo y menudo. Detrás de él se había congregado una hosca multitud de soldados argivos.

Criseida se quedó helada por el miedo y la vergüenza. De pronto tomó conciencia de su condición de esclava con más intensidad que durante los últimos días, en que lavaba y esquivaba al rey griego, y sus noches, cuando lo drogaba y dormía en el duro suelo del extremo más alejado de su tienda. El hecho de que su padre, que nunca la había soportado, hubiera acudido a rescatarla contradecía todo lo que había pensado de él hasta la fecha. Nunca hubiera imaginado que acabaría implorando a un griego, y mucho menos por ella. Y ahora se sentía tan cerca de ese padre que había creído que nunca volvería a ver que le hubiera gustado llamarlo y disculparse por todos los errores que había cometido y que los había llevado a esa situación. Le escocían los ojos y se dio cuenta de que estaba al borde de las lágrimas. Al mismo tiempo se sentía profundamente avergonzada por lo pequeño que se veía su padre. Siempre lo había creído capaz de derrotar a cualquier griego. Pero ahora que estaba entre ellos, vio que sólo era un hombre. Un simple sacerdote.

Sin embargo, era un sacerdote que conocía el valor que le otorgaba el dios al que servía. La humildad no se encontraba entre sus cualidades y, aunque pedía la libertad de su hija, nunca mendigaría. Cuando Agamenón apareció ante él, Crises inclinó la cabeza, pero sólo brevemente. No se postró en el suelo. En lugar de ello habló como si estuvieran negociando una transacción.

—Rey Agamenón, te pido que me devuelvas a mi hija. —Su tono era moderado, incluso suave.

Pero, como sabía Criseida e ignoraba su padre, Agamenón no reaccionaba bien ante la mansedumbre. Era un hombre que tendía a gritar antes que a hablar, y desconfiaba de cualquiera que se comportaba de forma diferente.

—No tengo a tu hija, sacerdote. ¿De dónde has sacado esa información?

—Me lo ha dicho Apolo.

Un murmullo recorrió la multitud. Algunos hombres se rieron sin disimulo de ese sacerdote viejo y loco que se había presentado allí con tales ínfulas y no velaba por su seguridad. Pero otros guardaron silencio.

—Entonces has malinterpretado el mensaje de Apolo, viejo —replicó Agamenón—. Sacrifica una o dos cabras y mira a ver si puedes hilar más fino.

Los hombres volvieron a reírse. Todo el mundo sabía que a Troya le quedaban pocos animales que ofrecer en sacrificio. Una ciudad sitiada se mostraba comedida con sus ofrendas, lo que únicamente reforzaba la convicción de los griegos de que los dioses estaban de su parte, y no con los troyanos.

Criseida sintió vergüenza ajena y notó que le ardía el rostro. ¿Por qué su padre no podía ser más...? Rebuscó en su mente la palabra, pero no la encontró. ¿Por qué no podía ser menos él mismo? Si hubiera sido posible, se lo habría preguntado. Él le había pedido en innumerables ocasiones que cambiara de conducta, pero ella casi nunca le había hecho caso. De pronto, al observarlo desde fuera, Criseida vio con una claridad meridiana que su padre era igual que ella. Exactamente igual. Se tocó la mejilla. Quizá no todo el calor provenía de la vergüenza ajena.

—No puedes engañar al Arquero y no me engañarás a mí —respondió su padre aún en tono sosegado, pero con un deje de cólera en la voz. Ella había oído ese tono muchas veces antes—. Tienes a Criseida y exijo que me la devuelvas.

Al oír el nombre de la muchacha, los soldados argivos dejaron de reírse. Agamenón había obtenido a una chica troyana en el último reparto de botín, ¿verdad? ¿Y no la había llamado alguien por ese nombre?

—¿Cómo te atreves a venirme a mí con exigencias? —Agamenón se rió, pero su voz no transmitió ningún alborozo, y aunque ella no podía verle la cara, imaginó que sus ojos tampoco—. No eres bienvenido en este campamento. Y si en estos momentos no yaces muerto en el suelo es gracias a la devoción que siento por tu dios. No pongas más a prueba mi paciencia.

—Apolo castigará a todo el que no respete a sus sirvientes —dijo Crises.

Criseida se había enfrentado muchas veces al carácter inflexible de su padre y se sorprendió casi compadeciendo a Agamenón. Aunque se moría por dejar el campamento griego y volver a su casa, no alcanzaba a imaginar cuál sería el terrible castigo que le impondría su padre. En el pasado había llegado a golpearla para castigarla por faltas mucho menores. ¿Qué haría si Agamenón se ablandaba de pronto y la dejaba en libertad? Ella no deseaba nada más en el mundo que regresar a Troya. Pero no podía engañarse sobre la gravedad de sus actos, pues había humillado a un sacerdote troyano ante un ejército invasor.

—Apolo no castigará a ningún hombre que te eche de este campamento por tu insolencia y estupidez —replicó Agamenón—. Nadie puede agotar la paciencia de sus enemigos de este modo sin esperar represalias.

—Muy bien. —Crises se irguió un poco más. Parecía casi aliviado, pensó Criseida. Su padre prefería el conflicto al compromiso, la batalla al debate—. ¿Es ésa tu respuesta? ¿No me devolverás a mi hija, como exige Apolo?

—No te devolveré a tu hija. Creo que blasfemas, viejo: no eres tan piadoso como quieres hacernos creer. No son las peticiones de Apolo las que lanzas en mi campamento sino las tuyas.

—Si eso es lo que quieres creer, no puedo convencerte de otra cosa. —A esas alturas su padre casi susurraba. Esta versión serena de su ira había sido la más aterradora para ella cuando era niña—. Yo no. Ya se ocupará de ello Apolo.

Agamenón gritó órdenes a dos de sus hombres.

—¡Llevadlo al otro lado de las fortificaciones. No mataré a un sacerdote, aunque se lo merezca. ¿Lo has oído?! —le gritó a Crises—. Aunque tu arrogancia es intolerable, saldrás ileso de mi campamento.

Crises se quedó inmóvil hasta que dos soldados se le acercaron por detrás y lo sujetaron por los brazos. Mientras se lo llevaban miró fugazmente a Criseida, medio escondida detrás de la tela de la tienda. Ella notó que volvía a sonrojarse, como si él la hubiera abofeteado.

—Te llevaré a casa —le susurró su padre.

Aun sintiéndose humillada, esta vez a ella no le sonó como la amenaza de un progenitor que reprende a una joven descarriada, sino como la promesa de un padre a una hija. Cuando reflexionó sobre esa cuestión por la noche, mientras el rey griego dormía a pierna suelta en el otro extremo de su tienda inmunda, no pudo explicar cómo había sabido su padre que ella estaba allí, o cómo había oído ella sus palabras, pues nadie más parecía haberse dado cuenta de que él había hablado.

Briseida estaba sentada en el diván, peinándose. El amigo de Aquiles, Patroclo, la observaba, como llevaba haciendo todas las noches desde que ella había llegado al campamento de los mirmidones.

—Nunca había visto un cabello de semejante color —le susurró—. Es parecido a la miel que se vierte de un tarro.

Briseida había oído cumplidos como aquél y muchos otros desde que era niña. Tanto hombres como mujeres se le acercaban para tocarle el cabello y alabar su color extraordinario. Tenía que agradecer a su belleza el esposo que había tenido y ahora la esclavitud e incluso el seguir con vida. Si su marido no la hubiera pedido en matrimonio y si los hombres griegos no hubieran reparado en ella, seguiría siendo una mujer libre. O habría muerto asesinada.

—¿Siempre has tenido este aspecto tan triste? —continuó él.

Ella contuvo las ganas de gritar.

—¿Tienes alguna hermana? —le preguntó Briseida a su vez.

Él negó con la cabeza.

—¿Una madre, entonces? —sugirió ella.

—Murió cuando era muy pequeño. No la recuerdo.

—¿A quién amas más?

Él reflexionó un momento.

—A Aquiles. —Se encogió de hombros—. Hemos estado juntos desde que éramos niños.

—¿Puedes imaginar por un momento cómo te sentirías si te lo arrebataran? —le preguntó Briseida.

—Me gustaría que alguien lo intentara. —Patroclo sonrió—. No viviría para contarlo.

—¿Y si alguien te separara de él? —preguntó Briseida—. Me parece que no eres tan rápido con la espada como él.

Ella pensó que el hombre se ruborizaría cuando ella le recordara su inferioridad, pero no lo hizo. Su devoción por Aquiles excluía la envidia.

—Entonces me sentiría como tú, privado de mi mayor felicidad.

—Vi a tu amado amigo masacrar mi mayor felicidad. Fui testigo de cómo toda mi familia se desangraba sobre la arena. ¿Cómo puedes preguntarme si siempre estoy triste?

—Te he preguntado si siempre has tenido este aspecto triste —la corrigió él—. El sufrimiento realza tu rostro. Tienes un hueco... —Le tocó los pómulos y luego la clavícula—. Quería saber si siempre has tenido este aspecto o si era consecuencia de tu esclavitud.

—La libertad me importa menos que la tristeza —respondió ella—. Con mucho gusto habría renunciado a mi libertad con tal de proteger a mi esposo y a mis hermanos.

—Pero lo perdiste todo —replicó él—. Los dioses favorecen a Aquiles. Tu ciudad debería haber reconocido el lugar que ocupa él en la historia y haberse rendido. Ahora todo lo que quedará de Lirneso será el medio verso que cante el bardo sobre esta guerra.

Briseida lo fulminó con la mirada, pero se dio cuenta de que no pretendía provocarla. Todos los griegos eran iguales: no reconocían más valía que la de los suyos.

—Las vidas de mi familia no pueden medirse por sus muertes. Y tu amigo no debería dar por hecho que los bardos lo tratarán con tanta amabilidad. Muchos hombres podrían no ver ni rastro de gloria en el asesinato de un anciano y de su esposa. Podrían cantar sobre su crueldad inútil y su falta de honor.

Patroclo se rió.

—Lo describirán como el héroe más grande que jamás ha existido —respondió—. ¿Qué son las vidas de tus familiares entre las de los cientos de personas que Aquiles ha matado en el pasado?

—¿Es ésa la única medida de la grandeza, haber matado a tantas personas que has perdido la cuenta? ¿No hacer ninguna distinción entre guerreros y hombres y mujeres desarmados?

—Argumentas bien para ser una mujer —respondió Patroclo—. Tu marido debía de ser un hombre paciente.

—No hables de mi marido o te retiraré la palabra.

Se hizo un silencio mientras ambos se preguntaban cómo iba a responder él ante la ira de ella. Patroclo continuó sentado, luego se puso de pie y cruzó la tienda a grandes zancadas. Le quitó el peine de las manos y lo dejó junto a ella en el diván.

—No sé qué les dio Aquiles a esos guardias para impedir que Agamenón te reclamara, pero debería haberles pagado el doble.

Briseida no respondió.

Al día siguiente murieron las primeras cabras. No era algo tan insólito, ya que las cabras de la península de Troya eran unos animales escuálidos que carecían de la elegancia y la robustez de las cabras griegas. De modo que nadie le dio mucha importancia. Pero, un día después, había más cabras muertas que vivas en los corrales, y las vaquillas que los griegos habían robado de todas las parcelas cercanas también empezaron a enfermar. Las vacas eran más resistentes que las cabras y, en consecuencia, tardaban más en morir. De hecho, casi medio día antes de que la primera se desplomara y exhalara su último aliento espumoso murió el primer soldado.

La fiebre llegaba de forma tan súbita que era difícil de detectar. Para cuando un hombre comprendía que ardía porque estaba enfermo, y no porque el sol caía a plomo y había muy poca sombra en el campamento, ya se hallaba al borde de la muerte. Ni siquiera los curanderos pudieron hacer gran cosa. Estaban entrenados para el combate y su experiencia se reducía a vendar cortes y cauterizar heridas. Sus brebajes de hierbas no tuvieron efecto alguno sobre esa plaga que se propagaba por el campamento como el cálido viento del sur. Los hombres se rascaban como si insectos fantasmas corrieran por su piel, provocándose llagas en los brazos y úlceras en las piernas. Se les formaban ampollas en la boca y los párpados y no tardaban en abrirse heridas con las uñas afiladas. Igual que las cabras, el ganado e incluso los pocos perros que habían hecho del campamento su casa, los hombres se estaban muriendo. Sus compañeros primero rezaban y luego lloraban. Al ver que ninguna de esas dos respuestas daba resultados, fueron a ver a su rey.

Cuando se presentaron los hombres, Criseida estaba sentada en su escondite acostumbrado, detrás de la tienda de Agamenón. Sabía que pasaba algo malo, alguna enfermedad. Una de las mujeres que lavaban ropa en el río por las mañanas había muerto el día anterior y ahora otra estaba enferma. Nadie había visto a Briseida ni a las demás mujeres del campamento de los mirmidones desde hacía varios días. La idea de que su hermosa amiga hubiera enfermado era más de lo que podía soportar. Después de todo lo que ella había perdido, de lo que ambas habían perdido, ¿se les iba a arrebatar también la vida? Quería mandarle un mensaje, pero no tenía a nadie en quien pudiera confiar. Además, entre las mujeres de la orilla corría el rumor de que los mirmidones se negaban a mezclarse con los otros griegos. En el campamento de los mirmidones aún no se había infectado nadie, decían. La plaga, al igual que las espadas de sus enemigos, ni rozaría a Aquiles, que era intocable como un dios.

De entrada Agamenón se negó a recibir a los hombres que se habían reunido junto a su tienda pidiendo audiencia. Pero ellos no se dispersaron, y el murmullo de la multitud se hacía cada vez más intenso mientras esperaban. Criseida sabía que el rey tendría que hablar con ellos tarde o temprano, pero ya se había dado cuenta de que era un cobarde. Evitaba a toda costa discutir porque casi nunca lograba derrotar a nadie con las palabras, sin embargo su irritabilidad siempre daba pie a discusiones. El único hombre con el que Criseida había convivido era su padre. Y aunque a menudo lo había considerado frío e inflexible, en ese momento comprendió que también era un hombre fuerte y de principios que no eludía sus responsabilidades.

Todo lo contrario de Agamenón, que pasaba mucho tiempo presumiendo de su propia importancia, pero casi nunca quería tomar las decisiones que debe tomar un rey. ¿Cómo un hombre tan débil y mezquino podía haber alcanzado semejante posición de autoridad?, se había preguntado Criseida en más de una ocasión. Y había llegado a la conclusión de que el egoísmo, intrínseco en los griegos, era la causa: todos los dirigentes miraban primero por sí mismos y luego por sus hombres, y sólo después se preocupaban por los demás griegos, si es que lo hacían. El mérito de un hombre se medía por lo que poseía y no por sus acciones. Criseida comparó al rey argivo con su padre, que nunca habría permitido tanta frivolidad ni en él mismo ni en su hija. Así que, aunque temía los tocamientos y el mal genio del hombre que ahora la poseía, se sorprendió sintiéndose superior a él.

Desde el interior de la tienda la joven oyó cómo cesaban los murmullos frenéticos de los consejeros. Cuando por fin salió, Agamenón fue recibido con las burlas airadas de los hombres que habían estado esperando bajo un calor sofocante para hablar con él. Pero el rey no estaba para bromas.

—¡Volved a vuestras tiendas! —gritó—. Ya hemos visto antes la fiebre del verano, y la de ahora no es diferente. En uno o dos días todo habrá terminado.

—Esto no es la enfermedad del verano —replicó un hombre en medio de la multitud—. Es algo peor.

El murmullo aumentó de intensidad, como el parloteo de unos pájaros asustados.

—Volved a vuestras tiendas —volvió a ordenar Agamenón.

—¡Dile lo que nos has dicho! —chilló otro hombre.

Criseida no pudo contenerse por más tiempo. Necesitaba ver lo que estaba pasando. Se arrastró de rodillas hasta el hueco entre las dos tiendas para espiar.

—¡Díselo! —pidieron más voces.

Alguien dio un paso al frente. Un sacerdote, Criseida lo supo de inmediato. Vio la arrogancia en sus ojos y la túnica ornamentada para servir al dios, que subrayaba también su propia importancia.

—¿Qué pasa, Calcas? —le preguntó Agamenón—. ¿Qué te gustaría sacrificar hoy?

A Criseida le pareció extraño que dijera eso. El rey tenía que saber que sólo quedaban unos pocos becerros escuálidos en los corrales. La posibilidad de elegir víctimas de sacrificio era para hombres más felices que ese grupo de griegos desastrados.

—He hablado con los dioses y los hombres tienen razón: ésta no es una enfermedad cualquiera. Es un castigo que nos envía Apolo —contestó Calcas.

El parloteo era cada vez más fuerte, hasta que Agamenón levantó el puño.

—¿Apolo? Entonces sacrifica una hecatombe —replicó con risotadas burlonas.

Pero no habrían llegado ni a la quinta parte de las cien que se necesitaban para ello aunque hubieran reunido todas las reses del campamento.

—Podríamos sacrificar doscientas vacas y no tendría ningún efecto —repuso Calcas—. El Arquero tiene una petición: que devuelvas la hija a su padre, el sacerdote.

A Criseida se le hizo un nudo en la garganta. ¿Había cumplido la amenaza su padre y vuelto la ira de Apolo contra los griegos?

El rostro de Agamenón adquirió un tono rojo enfermizo.

—¿Que devuelva mi recompensa? Eso nunca.

—Ésa es la única cura para la plaga —insistió Calcas—. El sacerdote pretende recuperar a su hija y ha invocado la maldición del dios al que sirve. La plaga no desaparecerá hasta que se la devolvamos.

—¡¿Que se la devolvamos?! —chilló Agamenón—. Ella no es nuestra, sino mía. ¿Por qué iba Apolo a querer que un solo hombre renunciara a su recompensa? ¿Y por qué ese hombre debo ser yo, el rey de todos los griegos? ¿Por qué no puede ser Odiseo o Áyax?

Hubo un largo silencio.

—Porque tu recompensa es la hija del sacerdote de Apolo —respondió Calcas.

—Siempre has conspirado contra mí. Incluso antes de que zarpáramos de Grecia. Tus intrigas ya me han costado una hija, la mayor. —Se le quebró la voz y entonces Criseida comprendió por qué Briseida le había aconsejado que mencionara a su hija si temía que él podía hacerle daño. Agamenón había perdido a su propia hija y no podía soportar que se lo recordaran—. Y ahora te propones quitarme mi recompensa. A mí, de entre todos los jefes griegos. Lárgate de mi vista o te mataré con mis propias manos.

—Te aseguro, rey, que no pretendo ser portador de malas noticias —insistió Calcas, y Criseida supo al instante que no había nada que le gustara más al sacerdote, que casi se relamía—. Pero hay que devolver a la joven a su padre o lo pagaremos todos.

—¡Devuélvela! —vociferó alguien.

—¡Devuélvela! —se hicieron eco otros, y el grito no tardó en extenderse entre la multitud.

La mirada de Agamenón iba de un grupo a otro, pero no vio indicios de desunión. Parecían compartir la misma opinión, y esa opinión estaba en contra de él. Criseida comprendió que su estancia en el campamento griego había tocado a su fin. Su padre había hecho exactamente lo que había prometido que haría. Ella debería haber sabido que conseguiría que se sometiera a su voluntad hasta un ejército invasor.

—No renunciaré a mi recompensa. ¡Tú! —Señaló a Odiseo—. Ve a Aquiles y dile que quiero a su esclava. Si me quitan la mía, me quedaré con la suya.

Los gritos se silenciaron. El rey no podía hablar en serio. Odiseo estaba apoyado en el tronco de un árbol que llevaba mucho tiempo muerto, y frunció el ceño, confundido.

—¿Estás seguro de que eso es lo que quieres? —le preguntó, irguiéndose muy despacio.

—Segurísimo.

Criseida percibió cierto titubeo pese a su bravuconería, y supo que a sus hombres tampoco les había pasado inadvertido. Pero Agamenón no se echaría atrás.

—Tráeme a su esclava y que alguien escolte a la mía hasta su maldito padre.

Briseida había prometido a la troyana que no dejaría que esos griegos la vieran llorar, y había mantenido esa promesa mucho más tiempo del que había previsto. No había llorado por su familia. No había llorado cuando Aquiles la eligió a modo de trofeo por el saqueo de su ciudad. Ni siquiera cuando Patroclo se la llevó a su lecho, a pesar de que el recuerdo de su esposo seguía tan reciente que todavía sentía su presencia detrás de ella, absteniéndose de juzgarla. Su marido siempre había sido un hombre bueno, como lo habría sido Patroclo en otras circunstancias.

Tampoco lloró cuando Odiseo se presentó en el campamento de los mirmidones y le comunicó a Aquiles que Agamenón reclamaba a su esclava. Aquiles sí lloró, de rabia e impotencia, y Patroclo lloró con él al verlo tan enfadado. Pero ella no derramó una sola lágrima mientras la llevaban a la tienda y al lecho de otro hombre. Tampoco envidió a Criseida cuando se enteró de que su padre, que gozaba de la atención del dios, la había llevado de vuelta a Troya. ¿Qué sentido habría tenido?

La guerra de los mirmidones cesó bruscamente el día en que trasladaron a Briseida a la tienda de Agamenón. Ese día, Aquiles, furioso con el comportamiento del rey argivo, se retiró del campo de batalla con sus guerreros.

Briseida oyó a los otros jefes tribales —Diomedes, Áyax, Odiseo, Néstor— aconsejar a su rey. «No te preocupes, su ira no durará mucho; echará de menos la masacre y el calor de la sangre en las manos», le dijeron. Agamenón afirmó que le traía sin cuidado lo que el príncipe de los mirmidones hiciera o dejara de hacer. Los griegos no lo necesitaban; contaban con numerosos héroes luchando en su bando, además del favor de los dioses, que entendían que un hombre no podía apoderarse de la esposa de otro y esperar salir impune. Aquiles no les hacía ninguna falta, por muy rápida y precisa que fuera su espada.

Briseida también oyó a los consejeros murmurar entre sí mientras salían de las dependencias de Agamenón. La ira de Aquiles contra él nunca se aplacaría. Había jurado no luchar más e iba a cumplirlo. En el campamento había muchos guerreros, y ahora que había pasado la plaga todos estaban impacientes por regresar al campo de batalla. Pero Aquiles era más que un guerrero; era un héroe, un caudillo épico. El rey primero había sufrido la plaga y ahora perdía a su mejor combatiente: no todos tenían claro que los dioses siguieran estando del lado de Agamenón.

Sin embargo, regresaron a la llanura con sus lanzas y espadas y combatieron. Todos los días volvían salpicados de sangre, llevando a compañeros en camillas improvisadas. Después de dieciséis días registrando las peores pérdidas que había sufrido el bando griego en más de nueve años de guerra, los consejeros apremiaron a Agamenón a actuar. Era preciso que construyeran un muro para proteger las naves. En caso contrario los troyanos, envalentonados por las recientes victorias de Héctor, de nuevo los obligarían a retirarse al campamento y retroceder hasta la orilla. Si los troyanos llegaban a las naves las incendiarían. Y éste era el mayor terror de los griegos que todas las mañanas iban a combatir por Agamenón. Si quemaban las naves no podrían volver a casa.

De entrada Agamenón se negó a escuchar, como era su costumbre. Pero luego llegó su hermano Menelao, con su cabello pelirrojo aclarado por el sol y su rubicundo rostro sonrojado por el bochorno. Si no se construía el muro, él se veía incapaz de garantizar el apoyo de sus hombres, los espartanos. No había amenazas ni sobornos que pudieran persuadirlos de quedarse; lo que más temían era acabar varados en la península de Troya y ser capturados por sus enemigos. Sus hombres no habían zarpado hacía diez años para morir lejos de casa. Menelao no podía prometer que no se rebelaran contra él y aquella guerra y zarparan hacia Esparta sin él. Ante esas palabras, Agamenón se puso a lloriquear como un niño al que le han roto su juguete favorito. Pero al final cedió y aprobó levantar el muro.

Un día después de su construcción, los troyanos, capitaneados por Héctor, los hicieron retroceder con tal ímpetu que les faltó poco para perder el muro, la vida y las naves. Ahora los griegos se estaban amotinando abiertamente y muchos empezaban a recoger sus pocas pertenencias, listos para zarpar por fin rumbo a casa y olvidar la última década de sus vidas como si se tratara de un lamentable error. Néstor, el hombre más anciano del campamento y el que tenía una mayor influencia en Agamenón, lo persuadió para que enviara una embajada a Aquiles. Devuélvele a su esclava, lo instaron los hombres. Dale diez más. Ruégale que vuelva al campo de batalla.

Esta vez Agamenón tampoco cedió al principio, pero su resistencia duró poco tiempo. Pese a su descomunal orgullo, se dio cuenta de que le estaban pidiendo lo único que podía salvarlos. Pero Aquiles no recibió a los hombres que acudieron a defender la causa de Agamenón. Al final enviaron a Néstor, pensando que un joven no podría rechazar las súplicas de un anciano, pero, aunque el griego más prominente se lo pidió de rodillas, Aquiles siguió negándose a combatir. Néstor decidió hablar con Patroclo, cuya rabia no era tan terrible como la de su amigo, y al final lo persuadió para que regresara al campo de batalla en lugar de Aquiles. A cambio Agamenón le devolvería su botín de guerra a aquél. Nadie quedó contento, pero algunos expresaron su satisfacción.

Después de pasar dieciocho días en la tienda de Agamenón, sufriendo sus bruscos cambios de humor causados por el avance de los troyanos y los consejos de los griegos, Briseida sintió un gran alivio cuando la separaron del despiadado e irascible comandante. La devolvieron a Aquiles, y por tanto a Patroclo, la noche antes de que éste acudiera a combatir contra los troyanos. Patroclo le peinó el cabello con una delicadeza casi amorosa.

Cuando a la noche siguiente regresaron con el cadáver de Patroclo sin la armadura que había pertenecido a Aquiles y que Héctor había robado al cuerpo todavía caliente, Briseida lo estaba esperando. Mientras Aquiles aullaba de dolor, ella lo lavó y lo vistió con sus mejores galas. Tuvo ocasión de hacer por ese hombre, su captor y su amo, lo que no le habían dejado hacer por su marido. Pero no lloró.

No lloró cuando colocaron a Patroclo sobre la pira funeraria. No lloró cuando Aquiles, furioso como un puma al que le quitan sus crías, regresó al campo de batalla para vengar a su amigo muerto, aunque todos sabían que la marea de la guerra había cambiado: se olía en el aire, como una tormenta que llega del mar. Y no lloró cuando Aquiles regresó del campo de batalla con el cadáver maltrecho de Héctor atado a la parte trasera de su cuadriga, después de haber dado tres vueltas alrededor de las murallas de la ciudad.

Aquiles dejó que el héroe troyano se pudriera fuera de su tienda. Briseida planeó escabullirse a primera hora para lavar el cuerpo y prepararlo para el entierro o la pira funeraria, pero al final no se atrevió. Tres noches más tarde, el anciano rey de Troya, un hombre del que Briseida había oído hablar pero a quien nunca había visto, se presentó ante Aquiles y le rogó que le devolviera el cuerpo de su hijo. A Príamo se le quebró la voz al suplicar a ese cruel asesino que se apiadara de él, y la mujer se llevó una sorpresa cuando el griego se ablandó y dejó que el anciano recuperara a su hijo muerto a cambio de un inmenso tesoro.

Después de haber contenido las lágrimas durante tanto tiempo, Briseida creía que sus ojos habrían perdido la capacidad de llorar. Sin embargo, muchos días después, de pie frente a la pira funeraria de Aquiles —quien, según dijeron, había sido abatido en combate por Apolo—, por fin lloró. Y lloró por todos menos por él.

11

Tetis

Es cierto que se derramaron lágrimas por Aquiles, pero se mezclaron de forma imperceptible con el agua del mar. Tetis lloró por su hijo el día de su muerte como había hecho incontables veces a lo largo de su vida. En realidad había llorado mucho antes de que él naciera. Las otras ninfas marinas se burlaban de su llanto fácil: las profundas aguas verdes del mismísimo Océano se reponían gracias a Tetis y sus incesantes penas. De haber sido una ninfa del bosque, comentó otra nereida con malicia, no habría tardado en convertirlo en una ciénaga.

La primera vez que lloró fue cuando Peleo, un hombre mortal que distaba muchísimo de estar a la altura de una nereida, pidió su mano en matrimonio. Sollozó de nuevo cuando quedó claro que Zeus no pensaba protegerla de esa unión degradante. Una profecía había anunciado que el hijo de Tetis iba a ser más grande que su padre, y Zeus, consciente de su resistente piel, decidió que el niño sería medio mortal.

Ella siempre había sabido que su hijo la haría sufrir. ¿Más grande que su padre? ¿Acaso los hombres no eran siempre más grandes que sus padres? Despreciaba la sangre mortal de su marido y detestaba pensar que corría por las venas de su hijo, por las que debería fluir icor. Anhelaba que fuera un dios, así que lo bañó en las aguas del Estigia para engrosar su fina piel humana. Y cuando llegó la guerra trató de protegerlo. Sabía, siempre lo había sabido, que si Aquiles iba a Troya no regresaría; Zeus no era el único que oía las profecías. Ella escondió a Aquiles cuando los comandantes griegos acudieron a buscarlo, pero lo descubrieron de todos modos. El insufrible Odiseo era demasiado inteligente para dejarse engañar por las artimañas de Tetis. Ella le guardaría rencor mientras viviera. El mar nunca sería un lugar seguro para el rey de Ítaca, al menos mientras ella morase en sus oscuras profundidades.

Sin embargo, durante nueve largos años Aquiles se había mantenido a salvo. La lista de sus muertos se había hecho cada vez más larga y gloriosa, pero él seguía ileso. Ella se había permitido un instante de esperanza cuando Aquiles se retiró de la batalla en el décimo año de la guerra a raíz de una pelea trivial por una joven mortal. Pero, como nunca podía negarle el consejo, dejó el cálido mar oscuro y le dijo a su hijo lo que siempre había sabido: que debía escoger entre una vida larga y una fama breve, o una vida corta y la gloria eterna. Después de todo, sólo la mitad de él era dios. No podía tener ambas cosas.

En cuanto sus húmedas palabras cayeron en los oídos de él, Tetis supo que la decisión ya estaba tomada. Su hijo nunca elegiría la vida antes que la fama; su origen divino rechazaba la misma idea. De modo que Tetis persuadió a Hefesto para que forjara una nueva armadura, un nuevo escudo para Aquiles, después de que los indeseables troyanos hubieran robado el suyo del cadáver de su amigo. Con la protección de los dioses, pensó ella, Aquiles dispondría de un poco más de tiempo antes de grabar su nombre en piedra.

Aun así, Tetis sabía que una vez que mataran a Héctor, e incorporaran el nombre de Pentesilea a la larga lista de héroes a quien Aquiles había abatido, su hijo no tardaría en cruzar el río Estigia. Y cuando su hijo murió asesinado por Apolo (tal vez engañara a algunos al disfrazarse del adúltero Paris, pero no a Tetis), ella lloró pese a que siempre había sabido que llegaría ese día. Su cuerpo era tan hermoso que no podía creer que estuviera muerto por una pequeña herida. Una flecha envenenada era todo lo que había necesitado el Arquero para matar a su amado hijo. Y ahora Aquiles vivía en la Isla de los Benditos, y Tetis sabía que se arrepentía de haber tomado la decisión equivocada. Un día Odiseo lo encontraría en el Inframundo y le preguntaría cómo era la muerte, y Aquiles respondería que prefería ser un campesino vivo a un héroe muerto. Que su hijo dijera eso la llenaba de ira y vergüenza. Estaba claro que él era mortal si valoraba su preciosa vida por encima de todo. ¿Cómo podía ser tan estúpido e ingrato cuando ella le había dado tanto? A veces pensaba que no podía conocer a fondo la mente de su hijo porque ella nunca moriría, pero eso sólo la llevaba a despreciarlo más: la sangre de su padre le corría por las venas más de lo que ella había creído. Y entonces lloraba, pero sus lágrimas no sabían a nada.

12

Calíope

Si vuelve a pedirme que cante lo muerdo. El atrevimiento de estos hombres es extraordinario. ¿Cree que no tengo otra cosa que hacer que estar aquí y ser su musa? La suya. ¿Cuándo olvidaron los poetas que son ellos los que están al servicio de las musas y no al revés? Y si él puede recordar versos nuevos durante sus recitados, ¿por qué nunca se acuerda de decir «por favor»?

«¿Tienen que morir todos?», pregunta quejumbroso como un niño. Quizá pensó que estaba escribiendo sobre una de esas otras guerras. La guerra es devastación, y lo es por naturaleza. A veces le susurro en sueños (es verdad que tengo otras cosas que hacer, pero me gusta mirarlo cuando duerme): «Sabías perfectamente que Aquiles moriría. Sabías que Héctor moriría antes que él. Sabías que Patroclo moriría. Has contado sus historias antes. Si no querías pensar en hombres muertos en combate, ¿a qué vino ese interés en componer versos épicos?»

Pero ahora veo cuál es el problema. No es la muerte de esos hombres lo que le molesta. Simplemente sabe lo que se avecina y le preocupa que su composición tenga más de tragedia que de relato épico. Veo cómo le sube y le baja el pecho mientras echa una cabezada. ¿Acaso las muertes de los hombres son épicas y las de las mujeres trágicas, se trata de eso? Éste ha entendido mal la naturaleza misma del conflicto. La épica es un sinfín de tragedias entrelazadas entre sí. Los héroes no se convierten en héroes sin una masacre, y las masacres tienen causas y consecuencias. Y éstas no empiezan y acaban en un campo de batalla.

Si realmente quiere comprender la naturaleza de la historia épica que estoy dejando que componga, debe aceptar que las víctimas de una guerra no son sólo las que mueren. Y que una muerte fuera del campo de batalla puede ser más noble (más heroica, si así lo prefiere) que una en pleno combate. «Pero duele», dijo cuando Creúsa murió. Preferiría que su historia se hubiera apagado como una chispa que no logra prender unas astillas húmedas. «Duele», susurré yo. Tiene que doler. Ella no es una nota al pie; es una persona. E igual que a todas las mujeres troyanas, deberíamos conmemorarla como a cualquier otra persona. Y a las mujeres griegas también. La guerra no es una competición que se decide en un rápido enfrentamiento sobre una franja de tierra disputada. Es una red que se extiende hasta los confines más alejados del mundo y que atrae a todos hacia sí.

Se lo habré inculcado antes de que él se vaya de mi templo, o se irá sin ningún poema.

13

Las troyanas

La marea alta arrastraba las algas contra la arena mientras las mujeres seguían esperando sobre las rocas. Hacía tiempo que los centinelas griegos habían desaparecido, después de que un hombre se acercara corriendo desde el punto más meridional de la costa e insistiera en que lo siguieran de inmediato. Pero a ellas no se les pasó por la cabeza intentar escapar. ¿Qué sentido tenía reunir sus tristes pertenencias y fugarse? No habrían sabido adónde ir. Las naves griegas, dispuestas en hilera en la bahía, esperaban la orden para zarpar. Lo único que no estaba en manos griegas en esos momentos eran las ruinas humeantes de Troya.

—Aquiles habría continuado luchando de todas formas, aunque no hubiera recuperado a Briseida —dijo Hécabe—. Vivía para matar, atormentar y torturar. No le bastó con matar a mi hijo.

Nadie le preguntó a qué hijo se refería. Siempre hablaba de Héctor, a pesar de que Aquiles también había matado a muchos de sus hermanos.

—Encima profanó su cuerpo. Dejó que Príamo le suplicara de rodillas que le devolviera a su hijo muerto. Un anciano, implorando de rodillas. Así era Aquiles. Habría vuelto a combatir junto a los demás griegos aunque Agamenón le hubiera quitado otra vez a su esclava y la hubiera degollado allí mismo. Las masacres eran lo suyo.

Casandra miró el cielo, donde las gaviotas empezaban a reunirse y volar en círculos. El día anterior a esa hora las había visto hacer lo mismo. Políxena había advertido años atrás que a su atribulada hermana la reconfortaba lo repetitivo. Las gaviotas pronto empezarían a zambullirse una tras otra en un banco de peces que había cerca de la orilla.

Un poco más allá, por encima de donde habían estado los centinelas, otro grupo de pájaros se cernía en el aire esperando. Casandra ya sabía por qué.

—¿Crees que es cierto? —le preguntó Políxena a su madre—. ¿Aquiles estaba destinado a ser un asesino?

Hécabe se encogió de hombros y se estremeció al notar la fresca brisa que llegaba del mar. Políxena desenrolló su estola de lana fina —antaño de un brillante amarillo azafrán y ahora llena de rayas grises— y se levantó para echársela a su madre sobre los hombros sin esperar a que le diera las gracias. Hécabe no dijo nada.

—Si ésta es la opinión que tienes de él —dijo Políxena—, eso significa que no tuvo otra elección. ¿Cómo podemos odiarlo si sólo obedecía órdenes de las Parcas? ¿Si no podía decidir su vida más que tú o que yo?

—Sí tuvo elección —respondió Hécuba—. Eligió matar a mis hijos y a los hijos de otras mujeres. Aquiles sólo servía para masacrar.

Casandra asintió y susurró mirando la arena bajo sus pies.

—Él no ha terminado, no ha terminado, no ha terminado.

14

Laodamia

El calor apretaba en Falase incluso a esa hora tan temprana. La ciudad estaba enclavada en la baja Tesalia, entre el golfo Pagasético al este y los montes Ftiótide al sur y al oeste, y siempre hacía calor. El sol ardía tan implacable en el pequeño reino de Protesilao que ningún árbol crecía lo bastante alto o exuberante para proporcionar algo más que una sombra exigua e inútil. Las montañas ascendían a lo lejos describiendo un zigzag pronunciado y recto, y Laodamia a menudo había deseado corretear como una cabra por ellas. Seguramente hacía más fresco allá arriba, donde los árboles eran más frondosos. Notó que le sudaban las sienes y el dorso de las piernas. De niña, sus padres le contaban cuentos antes de dormir, y todavía recordaba el de Helios, el dios del sol, que todos los días se detenía para que sus caballos descansaran sobre la ciudad que ella llamaba su hogar.

Laodamia hacía siempre la misma ruta: salía del palacio, llegaba a las murallas de la ciudad y seguía por la carretera que llevaba de Filace al mar. Allí esperaba todos los días a los marineros y comerciantes que llegaban a tierra firme. ¿Cuántos días tardaba un hombre en ir en barco de Troya a Tesalia? Había que bordear la isla de Lemnos, cruzar el oscuro Egeo y rodear la costa de Eubea hasta adentrarse en el golfo Pagasético. Tenía toda la ruta grabada en la mente porque los días anteriores a su partida Protesilao no había hablado más que de su regreso a casa.

—No llores, mi pequeña reina —le dijo él.

Pero sus lágrimas eran tan abundantes que ella pensó que la ahogarían. Él le enjugó las lágrimas con sus dedos finos, más adecuados para tocar la lira que para empuñar una espada.

—Estaré de vuelta antes de que puedas echarme de menos. Lo prometo.

Y ella asintió, como si le creyera.

—Tienes que prometerme algo más.

—Lo que sea —respondió él.

—Tienes que prometerme que no serás el primero.

Protesilao continuó pronunciando sonidos suaves y tranquilizadores, como si calmara a un caballo asustado. Sólo delató su confusión arrugando su hermosa frente, esa parte de él que ella había amado desde el principio.

—Hablo en serio.

Ella quería que dejara de acariciarle los brazos y prestara atención a lo que le decía. Pero la luz de las antorchas brillaba sobre la piel dorada de su amado y descubrió que tampoco ella podía concentrarse.

—Deja que tu barco se quede atrás cuando lleguéis a Troya. El tuyo no debe ser el primero en echar amarras.

—Dudo que sea yo el que esté al timón, amor mío. —Notó que ella se ponía rígida a su lado y añadió—: Pero le pediré al timonel que no se apresure. Lo distraeré hablándole de monstruos marinos y torbellinos.

—No me estás tomando en serio —replicó ella. Trató de apartar el brazo y protestar, pero no pudo. Ya echaba de menos sus caricias—. Deja que los demás hombres bajen del barco antes que tú. Todo irá bien si te quedas un poco atrás y dejas que los otros desembarquen primero.

—Ya. Pero cuanto antes baje del barco, antes podré regresar a él y a ti.

—No, por favor —insistió ella—. No puedes ser el primero en bajar. —Y volvió a derramar lágrimas.

Protesilao sonrió pacientemente y le alborotó el cabello.

—He dicho que no llores, mi pequeña reina. Para, por favor.

El dormitorio no era grande ni opulento comparado con los de otros palacios, de eso ella no tenía ninguna duda. El reino era pequeño, el palacio era pequeño, también ella era pequeña. O delicada, como decía entre risas Protesilao. Siempre afirmaba que se habría casado con ella aunque no hubiera sido hermosa, porque era la única reina que cabía en su casa de techo bajo. Pero los gruesos muros mantenían fresco el palacio, el único remanso de frescor en su pequeña y calurosa ciudad. Por eso podían llenar su dormitorio de colchas y antorchas mientras el resto del reino se cocía al sol de la tarde. A ella le gustaba estar allí más que en cualquier otro lugar, entrelazada a su esposo en sus dependencias privadas.

Cuando llamaron a los pretendientes de Helena para que concentraran sus naves en Áulide, la sencilla y perfecta felicidad de Laodamia empezó a resquebrajarse. Ella ya sabía que, en su día, Protesilao había pedido la mano de Helena. Fue antes de conocerlo, por lo que apenas le guardaba rencor. Pero ojalá no lo hubiera hecho. Porque todos los pretendientes habían jurado devolver a Helena a quien fuera que se llamara su esposo si alguna vez desaparecía. De lo contrario ella no habría podido casarse, pues todos los reyes griegos la habían pedido en matrimonio. Alguna consecuencia tenía que arrastrar el hecho de que hubiera habido tantas proposiciones en pugna.

El hombre que finalmente se la llevó no era griego y no había jurado nada. Sin embargo, el juramento que obligaba al marido de Laodamia no podía romperse. Así que cuando Helena desapareció con el príncipe de Troya, Protesilao recibió órdenes de unirse a sus compañeros griegos y librar una guerra para recuperarla. Sólo porque el rey espartano había perdido a su reina, cien reinas perdieron a sus reyes. Y Laodamia guardaba al menos tanto rencor a los griegos como a los troyanos. Ella había pedido muy poco a la vida: sólo que su esposo fuera suyo y estuviera a salvo, a su vera.

Y en ese momento él no cumplía ninguna de esas condiciones. Lo supo en cuanto sucedió, días antes de que llegara el mensajero con la noticia que había temido por encima de todo. Siempre lo había sabido, pensó, incluso antes de que pudiera expresar con palabras el miedo. En cuanto conoció a Protesilao, supo de algún modo que lo perdería. Recordó las sensaciones encontradas que la embargaron cuando su padre los presentó: devoción inmediata mezclada con un desesperado presentimiento de que iba a sufrir.

Ella lo supo cuando lo abrazó por última vez junto a su barco, hasta donde lo había acompañado para despedirse de él. Una vez más, ella le suplicó que no tuviera prisa en acercarse a las arenosas costas de Troya, que fuera el último, el penúltimo, todo menos el primer griego en pisar tierra extraña. Ella había ocultado las lágrimas a su esposo para que pudiera llevarse su sonrisa. Pero en cuanto le pareció que él ya no podía verla se echó a llorar compulsivamente y ya no paró. Contempló su silueta hasta que dejó de distinguirla, luego el barco hasta que se convirtió en una mota. Pero no soportaba apartarse de la orilla, tan fuerte era el presentimiento de que en cuanto diera la espalda al mar daría la espalda a la felicidad. Al final los esclavos la llevaron de regreso a palacio; su sirvienta la sostuvo por la cintura para que no tropezara y cayera, pues la tenue luz del crepúsculo y las lágrimas le impedían ver bien. La pobre muchacha no podía saber que Laodamia ya había caído y nunca volvería a levantarse.

Sus padres la consolaron: Protesilao volvería, la distancia no era tan grande y el mar estaba en calma. Calma chicha, más bien. A los pocos días de zarpar de Tesalia, Protesilao envió el recado de que, como el resto de los griegos, se encontraba en Áulide, donde se habían quedado inmovilizados por falta de viento. La flota no podía navegar y Laodamia se permitió albergar la esperanza de que abandonaran la misión y su marido regresara a casa. Y de que la imagen que ella seguía viendo —sus hermosos pies de dedos alargados apuntando hacia el horizonte, el pie izquierdo delante del derecho sobre la proa del barco— fuera Protesilao desembarcando en la costa de Tesalia en lugar de ir en busca de su muerte a Troya. Podía verlo con todo detalle: las rodillas ligeramente dobladas, como un bailarín, desplazando el peso del cuerpo hacia delante con deliberada precisión.

Pero, naturalmente, sabía que era inútil. Al final Agamenón, el jefe de la expedición, cometió una atrocidad para apaciguar a los dioses y conseguir que el viento volviera a soplar, y la flota zarpó, como ella se había temido. Llegó a Troya sin incidentes y su amado esposo, desesperado por dar comienzo a la guerra para poder regresar cuanto antes junto a su pequeña reina, saltó de su barco a las aguas poco profundas que lamían la orilla. Los troyanos los estaban esperando, pero Protesilao no era cobarde. Ella no había sabido que su marido era tan buen guerrero hasta que llegó el mensajero con la terrible noticia. Si se lo hubieran preguntado, habría dicho que sí, por supuesto, pero con el mismo orgullo que habría afirmado que volaba. No fue un consuelo para ella averiguar que su esposo era tan valiente y diestro con la lanza como con la espada. Habría preferido que se hubiera agazapado tembloroso en un rincón, negándose a combatir. ¿Quién amaría a un cobarde?, había oído preguntar a una mujer en cierta ocasión. Laodamia tenía la respuesta: alguien para quien la alternativa es amar a un cadáver.

Aunque ella no hallaba consuelo en la valentía que había demostrado su marido, era consciente de que a los demás sí los confortaba. Sus conciudadanos se sentían orgullosos del difunto rey. Sentados bajo toldos de lino blanqueados por el sol, se contaban unos a otros sus hazañas. Cómo había bajado de un salto del barco al frente de sus hombres y había matado a tres troyanos, no, a cuatro, antes de que las naves de los mirmidones hubieran atracado siquiera. Éstos llamaban a su rey Aquiles, el de los pies ligeros, pero Protesilao, el rey de Filace, había sido aún más ligero. Cómo se vanagloriaban de él sus súbditos; eso le dijeron a Laodamia sus esclavos, que esperaban aliviar el sufrimiento de su señora con esos relatos. Y quien había dado muerte a su marido no había sido un troyano cualquiera, sino nada menos que Héctor, el hijo predilecto de Príamo, el rey bárbaro. Tenía la constitución de un buey, según decían. Pero no sólo era alto y fuerte, también luchaba en defensa de su ciudad. Todos coincidieron en que quienes luchaban para proteger algo valioso para ellos combatían con más fervor que los que atacaban sin más. Había sido necesario un hombre como él para derribar a su joven rey, convirtiéndolo en el primer griego en morir.

Cuando llegó la noticia de su muerte, Laodamia no supo qué hacer. Se rasgó las vestiduras, se arrancó el cabello y se arañó las mejillas, porque eso era lo que se esperaba que hiciera. Se clavó en la piel las mismas uñas afiladas que había deslizado por la columna vertebral de su marido en los momentos de placer. Al hacerse daño sentía alivio. Y aunque el dolor físico era sólo un reflejo superficial del que la laceraba por dentro, por insatisfactorio que fuese era mejor que nada. La pena sorda que seguía era insuficiente. Las heridas acabaron sanando, pero la tristeza no cedió. Incapaz de soportar la conversación de sus padres, amigos o sirvientes, todos los días caminaba hasta el extremo oriental de la ciudad, donde se sentaba bajo un árbol esmirriado a esperar a alguien que nunca volvería y una noticia que no llegaría.

Todos los días los habitantes de Filace la dejaban sola con su dolor, hasta que el herrero, que tenía la fragua frente a ese árbol raquítico, se apiadó de ella. Alto y corpulento, con unos antebrazos enormes ennegrecidos por el hollín y una gran barriga sostenida por un cinturón de cuero curtido, había visto a su reina sentada delante de la herrería desde el día que partió Protesilao. Él nunca se había considerado un hombre sentimental: había forjado las puntas de lanza del rey y sabía lo que sucedía en un campo de batalla. Pero la tristeza que emanaba de ella como un hedor, y que obligaba a los demás a apartarse y apresurar el paso, incluso cuando hacía demasiado calor para moverse, a él no lo ahuyentó. Le recordó a su difunta esposa, que había perdido a su segundo hijo unos meses después del parto. El bebé dormía poco y lloraba a menudo; una mañana al despertar lo encontraron frío en su cuna. Muerto parecía más hermoso que cuando estaba vivo, siempre respirando con dificultad. El herrero se lo llevó para enterrarlo en una fosa que él mismo había cavado. Su esposa estuvo días sin hablar. Él le recordaba que todavía tenían un hijo que caminaba con paso inseguro y tiraba de sus faldas, y que seguramente volvería a quedarse embarazada, pero el dolor se había plantado ante su esposa como un obstáculo inamovible que ella no era capaz de sortear. Cada día estaba más delgada y más pálida por no salir de casa. Al cabo de un tiempo él empezó a llevarse a su hijo a la forja por las mañanas, pues temía que su mujer no diera de comer al niño. Rogó a sus hermanas y a las esposas de sus hermanos que hablaran con ella, pero sus esfuerzos por consolarla fueron en vano. Un mes después de la muerte del niño la enterró.

El herrero era un buen hombre y podía mantener una familia, por lo que al cabo de un año se casó de nuevo. Con su segunda esposa, de caderas anchas y risa fácil, además de diez años más joven que él, engendraron cinco hijos, uno detrás del otro. Ella siempre trató al hijo mayor de su marido como si fuera suyo, razón por la que a éste todavía se le empañaba la voz cuando la mencionaba. Sus amigos se reían a carcajadas y alzaban las copas al ver al gran hombre emocionarse de ese modo. Pero las risas nunca eran crueles.

Todas las mañanas veía a Laodamia caminar hacia su árbol. Y todas las tardes, al concluir la jornada, seguía trabajando un poco más. No era un hombre rico, pero había vendido muchas armas a los griegos, que en esos momentos estaban librando la guerra contra Troya. Y tenía un gran pedazo de bronce que había llegado después de que éstos zarparan y que no había reservado para nadie. Su esposa no se quejaba cuando llegaba a casa un poco más tarde ni le preguntaba qué lo retenía en la forja. En lugar de ello le frotaba aceite de oliva en las rozaduras del dorso de los brazos y bajo el cinturón, donde la sal del sudor acumulado le había desollado la piel.

Dos meses después de que el rey hubiera partido hacia el golfo Pagasético, el herrero se encontró esperando a que pasara la minúscula reina mientras moldeaba unas grebas a martillazos. Lo había hecho tantas veces que no necesitaba mirar. Las grebas encajarían perfectamente en las pantorrillas de su dueño, que acudiría a recogerlas al día siguiente.

Cuando Laodamia llegó al pie del árbol, el herrero se preguntó por última vez si estaba obrando bien. La figura de pajarito de la reina estaba muy disminuida, pero no podía seguir fingiendo que no la veía. Se acercó a ella muy despacio; era consciente de su tamaño y no quería asustarla.

—*Potnia* —la saludó, inclinando ligeramente la cabeza.

Se sentía tonto. Confió en que, como era muy temprano, sus vecinos estuvieran ocupados y no lo vieran. La reina no dio muestras de haberlo oído. Él se puso de cuclillas delante de ella.

—¿Señora? —repitió.

Ella apartó los ojos del horizonte para mirar la gran roca que había rodado hasta sus pies. Se asombró al descubrir que era un hombre.

—No puedo ayudarte —le contestó. Lo que fuera que él le estuviese pidiendo, comida, agua, ella no lo tenía. Tampoco contaba con los recursos mentales para conseguirlo—. Perdona, pero no puedo ayudarte.

Se miraron y él vio una vez más en sus ojos la hondura del dolor de su primera esposa. No había podido salvar a Filonoma, pero salvaría a esta muchacha.

—No necesito tu ayuda, *potnia* —respondió él.

Ella casi sonrió al oír la palabra. Protesilao la había llamado así en el dormitorio que compartían.

—Ven conmigo —le dijo el herrero, y ella lo miró confundida.

Él le tendió una mano carnosa y ella puso la suya encima, como si fuera su padre y ella una niña. La condujo por el camino de tierra, esquivando los surcos dejados por los carros cargados de mármol y piedra.

—Por aquí.

La llevó a su fragua, apenas separada de la calle por unos muros bajos. Ella lo siguió y pasó junto a un fuelle colgado, hecho de un cuero que el herrero había pulido con su sudor hasta darle un brillo intenso. Detrás del yunque maltrecho y la colección de puntas de lanza pequeñas y afiladas que había forjado con los trozos de metal sobrantes mientras trabajaba en piezas más grandes, había una puerta que conducía a un cuarto para guardar cosas. Ella esperó un momento a que se le acostumbraran los ojos a la penumbra; vio ollas abolladas y calderos partidos que esperaban a ser fundidos o ensamblados de nuevo.

Detrás de todo eso, en el rincón más alejado, había un montón de tela. No, no era un montón. Se fijó en que era un trozo de tela extendido sobre algo grande. Algo más alto que ella.

—¿Aceptarías el regalo de un extraño? —preguntó el herrero, y apartó la tela de un tirón.

A ella se le vaciaron de aire los pulmones, estrujados como el fuelle que había visto fuera, porque ahí, de pie ante ella, estaba Protesilao. Se acercó sin darse cuenta de lo que hacía y alargó la mano para tocar el rostro perfecto de su esposo. El bronce estaba caliente al tacto, como si corriera la sangre bajo su superficie. Abrió la boca, pero no logró emitir ningún sonido.

—Siento mucho tu pérdida —dijo el herrero—. Si te gusta, puedo llevarlo al palacio cuando quieras.

Ella asintió.

—Sí, sí.

El herrero la miró y sacudió la tela para extenderla de nuevo sobre su obra.

—¡No! —gritó ella—. Por favor, no hagas eso. —Rodeó la estatua con los brazos y la estrechó con fuerza.

El herrero sonrió.

—No te preocupes. Mis muchachos estarán aquí dentro de nada. Puedes esperar aquí con ella, si quieres, y acompañarlos cuando la lleven a tu casa.

—Con él —lo corrigió ella—. Gracias. Así lo haré.

Durante los días y los meses que siguieron, Laodamia no perdió de vista a su esposo de bronce. Se negó a comer o a beber a menos que la estatua estuviera presente, y no se dejó convencer para salir de su habitación. Sus padres temían por su cordura. Los esclavos hablaban de ella como una figura trágica, pero con el paso del tiempo empezaron a desdeñar a esa muchacha que no era capaz de aceptar la muerte de su marido y volver a casarse. Todavía era joven para dar hijos a otro hombre.

Sus padres intentaron razonar con ella, y cuando eso no tuvo ningún efecto, decidieron actuar en su interés. Una noche esperaron a que se durmiera para ordenar a los esclavos que sacaran la estatua de su dormitorio. Cuando ella se despertó la encontró sobre una pira funeraria, ardiendo en lugar del cuerpo que nunca había regresado a Grecia. Lanzó un aullido entrecortado y se arrojó a las llamas.

Extrañamente, los dioses se apiadaron de ella. Cuando su padre la sacó de la pira y la encerró de nuevo en su habitación, por su propia seguridad, enviaron a Hermes a negociar con el señor del Inframundo. Por primera y última vez, Hades concedió lo que le pedían. Mientras derramaba lágrimas desesperadas sobre una almohada empapada, Laodamia sintió una mano cálida en la espalda.

—Chist, mi pequeña reina, no llores —le dijo su marido.

Y ella por fin dejó de llorar.

Pasaron un solo día juntos, luego la paciencia de Hades se agotó y Protesilao fue devuelto a la morada de los muertos. Incapaz de vivir después de esa nueva pérdida, Laodamia hizo una soga con las sábanas y lo siguió. Los dioses destacaron la lealtad de la joven y recibieron con una sonrisa los rezos cuando los habitantes de Filace levantaron un altar en honor a su rey y su reina.

15

Ifigenia

Su padre le había comunicado su intención de casarla con Aquiles, pero los sirvientes de su madre le habían preparado el equipaje y lo habían sacado del palacio en tan poco tiempo que ella supuso que temían que el gran hombre cambiara de idea. ¿Por qué Aquiles no iba a alegrarse de casarse con ella? Era hija de Agamenón y Clitemnestra, hermana de Orestes y Electra, sobrina de Menelao y prima de Hermione. Mientras que ¿quién era él? A decir de todos, el guerrero más grande que el mundo había conocido, pero todavía tenía que combatir en una guerra. Y cuando se pusiera las grebas y desenvainara la espada, lo haría por la familia de ella. Las tropas se estaban reuniendo en Áulide, listas para zarpar rumbo a Troya, pero al mando de los griegos estaba su padre, no Aquiles. Éste sólo mandaba a sus hombres, los mirmidones. Y sí, tal vez era más ágil que Apolo, más rápido que Hermes y más destructivo que Ares, como se rumoreaba, pero casarse con ella no era ninguna deshonra. Ifigenia levantó la barbilla mientras reprendía a sus acusadores imaginarios por su poco meditado desaire.

Entonces Ifigenia y su madre se pusieron en camino hacia Áulide antes de que ella supiera siquiera dónde se encontraba esa ciudad. Electra se había quedado en casa con la nodriza, y sólo las acompañaba su hermano pequeño. Viajaron los tres en un pequeño carro que avanzaba traqueteando por los caminos pedregosos. Cuando la ruta se volvió intransitable, su madre y ella se apearon y continuaron andando para aligerar la carga de los caballos. Nadie quería perder un caballo en la región montañosa del norte de Micenas. Incluso al torcerse el tobillo por culpa de la arenilla que cubría una piedra traicionera, ella se consoló pensando en su bonito vestido color azafrán que viajaba en una caja, a salvo del sol blanqueador y las nubes de polvo. Sería una novia espectacular; todos los soldados de su padre la contemplarían encandilados.

Pero esos pensamientos sólo la consolaban a ella. En cuanto llegaron a Áulide, su madre se puso de mal humor por el exceso de calor y polvo, y sobre todo porque su padre no había acudido a recibirlas. Agamenón estaba en alguna parte del campamento, les dijo un hosco soldado mientras las conducía con prisas a su tienda, aunque nadie parecía saber dónde se encontraba exactamente.

«El comandante querrá ver a su esposa y a sus hijos», les advirtió Clitemnestra a los hombres que pasaban con prisas por su lado cargados de forraje y armas. Pero ninguno se detuvo para escucharla. La reina de Micenas no pintaba nada allí.

Sabiendo que era poco probable que el humor de su madre mejorara, Ifigenia se llevó un rato a su hermano pequeño a las pozas para que buscara cangrejos con un palito que había cogido por el camino. Allí pudo estudiar su reflejo en el agua, pero su imagen, vista desde abajo, no la favorecía porque parecía tener papada. Retrocedió un poco e inclinó el cuello para verse mejor. Llevaba el pelo oscuro peinado con raya en medio y recogido en trenzas muy pegadas a la cabeza que se soltaban en la coronilla y le caían en profusos bucles por la espalda. Sabía que su pelo combinaría perfectamente con el vestido de novia color azafrán. Pero ninguno de los soldados que veía —hablando y peleando entre sí, o poniendo a prueba su fuerza y astucia— mostraba interés en ella. ¿Tanto miedo le tenían a su prometido que no querían flirtear con una princesa, y menos con una muchacha sentada de forma tan encantadora e iluminada por el sol de la tarde?

Ella se había figurado que Aquiles querría presentarse o bien oficialmente, en la tienda de su madre, o bien en privado, acercándose a ella mientras Orestes se entretenía con una estrella de mar cuyos brazos carmesí se curvaban como pétalos al tocarlos. Pero no lo hizo. Tal vez estaba nervioso, pensó. Aunque el héroe del que había oído contar tantas hazañas no podía ser un cobarde.

Cuando volvió a la tienda con Orestes, encontró a Clitemnestra un poco de mejor humor después de un breve encuentro con Agamenón y Menelao. Su madre seguía molesta porque nadie había acudido a recibirlos, aunque se había calmado cuando los hombres le dijeron que habían llegado mucho antes de lo esperado. Era una mujer vanidosa y pocas cosas le daban más satisfacción que ganarse la admiración de los hombres como si fuera uno de ellos. Se consideraba reina antes que esposa, por eso no soportaba que la compararan con otras mujeres a menos que fuera con el propósito de demostrar su inmensa superioridad sobre ellas.

«La boda será mañana al amanecer», le anunció a Ifigenia, que asintió alegremente. Ella no compartía el desdén de su madre hacia las cosas propias de las mujeres y buscó entre sus pertenencias el maquillaje que pensaba utilizar a la mañana siguiente: círculos rojos en la frente y las mejillas, cada uno rodeado por una pequeña hilera de puntos rojos, como soles diminutos. Y una gruesa raya negra alrededor de los ojos y a lo largo de sus pobladas cejas para oscurecerlas. También tenía unas finas cadenas de oro que llevaría ensartadas en el cabello. Cuando empezara la ceremonia de la boda, estaría lista. Sería la novia perfecta.

Ifigenia se levantó antes del amanecer. A la luz humeante de una antorcha, se preparó para la ceremonia. Se pintó la raya y los círculos. Se ensartó las brillantes hebras de oro en sus mechones cuidadosamente trenzados y una sirvienta le arregló el cabello siguiendo sus instrucciones. Se alegró de haber ensayado el peinado durante el viaje. Todo tenía que ser perfecto; le pidió a la esclava que supervisara su obra. Levantó la barbilla y la inclinó a la izquierda y luego a la derecha, para asegurarse de que los puntos que se había pintado en cada mejilla estaban a la misma altura antes de rellenarlos con los pulcros círculos. Su madre no se maquilló, pero se puso un vestido rojo intenso que Ifigenia nunca le había visto, y las dos se sonrieron cogiéndose de las manos.

—Estoy guapa —afirmó Ifigenia, sin poder formularlo como una pregunta.

—Sí. La novia más guapa que estos hombres han visto jamás, no importa de qué parte de Grecia sean —repuso su madre—. Aquí tienes. —Sacó un frasquito de un aceite intensamente perfumado, e Ifigenia se esparció el aroma de flores trituradas primero en las manos y luego en su cabello lustroso—. Perfecto. Hoy me llenarás de orgullo. Mi primogénita, casada con el guerrero más grande de toda Grecia.

Oyeron el ruido de unos pasos pesados seguido de un grito débil. Ya estaban allí los soldados para acompañarla al altar que habían instalado en la orilla. Orestes todavía dormía. Por un momento Clitemnestra se planteó despertarlo para que las acompañara y que el príncipe de Micenas viese cómo la princesa se convertía en reina de los mirmidones. Pero la idea de un niño revoltoso amargándoles el día de la boda era más de lo que podía soportar y al final decidió dejarlo con los esclavos. Abrieron la portezuela de la tienda y vieron un grupo variopinto de soldados aguardándolas.

—Ésta no es precisamente la guardia de honor que esperábamos —señaló Clitemnestra—. ¿No tenéis más respeto hacia Agamenón y su familia?

Los hombres murmuraron una disculpa, pero se notaba que no eran sinceros. Estaban ansiosos por irse a la guerra, pensó Ifigenia. No tenían el menor interés en una boda entre un guerrero al que la mayoría de ellos nunca había visto combatir y la hija del hombre a cuyo mando estarían durante la batalla. Era demasiado pronto para el orgullo y el honor. Pero su madre era incapaz de verlo.

Los soldados esperaron a que ella se pusiera bien la sandalia para que no le rozara la tirilla, y recorrieron la corta distancia hasta el mar. Ella caminó en silencio al lado de Clitemnestra, pensando en el aspecto que debía de tener de perfil, con el cuello bien recto. Por un momento deseó que su padre estuviera allí para decirle que todo iría bien, pero no había regresado a la tienda desde el día anterior. Hasta que rodearon las altas dunas que había cerca de la orilla no lo vio ante ella, junto a un altar improvisado.

Había muchísimos hombres puestos en fila en la orilla y numerosas naves en el mar detrás de ellos. La ciudad de Troya jamás resistiría semejante despliegue. Ifigenia sintió una punzada de tristeza al pensar que su marido no podría destacar en una contienda tan breve. Tal vez habría otras guerras. Continuó andando hacia su padre, magníficamente ataviado con ropajes rituales, erguido junto al sacerdote. Pero al sentir la arena entre los dedos de los pies se percató de que algo iba mal.

Las velas de las naves estaban completamente inmóviles. Era demasiado pronto para que hiciera calor, pero se percibía en el aire una sensación de estancamiento sofocante. Había pensado lo mismo el día anterior, mientras veía a su hermano jugar en las pozas, pero no le había dado importancia, se dijo que estarían en una parte protegida de la orilla. Y allí estaban ahora todos esos hombres con todas esas naves sin que hubiera nada de brisa: todas las velas colgaban sin vida. Tan cerca del agua nunca dejaba de soplar la brisa. ¿Era un presagio? Notó que se le aceleraba el pulso. ¿Los dioses estaban advirtiéndola contra ese matrimonio? ¿O todo lo contrario, habían calmado los vientos en honor a la ceremonia? Deseó preguntárselo a su madre, pero Clitemnestra no había percibido nada fuera de lo normal. Avanzaba con paso firme, como si se tratara de su propia boda, y pareció sorprendida cuando los soldados se interpusieron entre ella y su hija, la condujeron a un lado, y acompañaron a la novia hasta el altar.

No fue sólo la falta de viento lo que en esos momentos preocupó a Ifigenia. Había algo más. Sabía que a los hombres no les atraían tanto las bodas como a sus esposas y hermanas. Pero el ambiente no era nada festivo, y eso que la perspectiva de los odres de vino que seguirían debería haber bastado para animar a la concurrencia, pensó. En cambio, los hombres se mostraban herméticos, tanto entre ellos como con ella. Al pasar por su lado, arrugaron el entrecejo y miraron al suelo en lugar de recrearse en su belleza. Por un horrible instante pensó que había hecho algo mal, que llevaba un vestido espantoso o se había maquillado de manera inapropiada. Pero había recibido elogios de todos los esclavos de su madre. Iba vestida adecuadamente para una boda.

De pronto vio destellar el cuchillo de su padre al sol de la mañana y lo comprendió todo, como si un dios hubiera dejado caer las palabras en su cabeza. La traicionera quietud del aire era un designio divino. Artemisa se había ofendido por algo que había hecho su padre, y ahora exigía un sacrificio o no permitiría que las naves zarparan. De modo que no habría matrimonio ni marido para Ifigenia. Ni en ese momento ni nunca. Ella mantuvo la cabeza totalmente clara mientras se le nublaban los sentidos. Oyó el grito de rabia que dejó escapar su madre, aunque de forma muy vaga, como si reverberara en las paredes de una cueva. Los hombres se detuvieron al pie del altar y ella subió los tres escalones desvencijados hacia su padre. No lo reconoció.

Se arrodilló en silencio ante él. Le caían las lágrimas sobre la barba, pero tenía el cuchillo en las manos. Detrás estaba su tío, cuyo cabello pelirrojo brillaba al sol de la mañana. Se fijó en que le tendía una mano a su padre, infundiéndole fuerzas para el acto terrible que estaba a punto de cometer. Ifigenia miró el mar de armaduras de cuero y se preguntó cuál de ellos era Aquiles. A la derecha podía ver a su madre, con la boca abierta en un grito salvaje, pero le zumbaban los oídos y no pudo oír las palabras. Vio que la sujetaban cinco hombres y que uno de ellos le hacía una llave en el cuello. Pero su madre no cayó inerte en los brazos de los hombres; continuó gritando y agitándose aun cuando ya no le quedaba aire en los pulmones.

Muchos de los hombres de las primeras filas apartaron la mirada cuando el cuchillo descendió. E incluso los que no palidecieron apenas pronunciaron una palabra después de lo que vieron. Un soldado aseguró que, en el momento crucial, la joven había desaparecido misteriosamente y había sido reemplazada por un ciervo. Pero ninguno de ellos le hizo caso, ni los que aún no habían combatido en muchas batallas ni los que tenían hijas y habían combatido en demasiadas, porque hasta los que habían mirado para otro lado mientras el cuchillo caía, o habían cerrado los ojos para no ver brotar la sangre del cuello, hasta ellos habían visto el cuerpo blanco y sin vida que yacía a los pies de su propio padre. Y entonces sintieron que los envolvía una suave brisa.

16

Las troyanas

Esa tarde, mientras distribuían sus trofeos ilícitamente ganados y se repartían a las últimas mujeres, quedó claro que los griegos se proponían permanecer en la península troyana más de un par de días. Casi todas habían sido adjudicadas, ya sólo quedaba por repartir la familia real —Hécabe, sus hijas y sus nueras— entre los hombres que se consideraban a sí mismos héroes.

Anochecía de nuevo cuando aparecieron dos soldados griegos llevando a rastras a una mujer.

—¿Qué hacéis? —soltó ella—. Llevadme ante Menelao.

Los hombres la ignoraron y se rieron mientras la empujaban hacia el círculo de las mujeres troyanas.

—Menelao vendrá a buscarte por la mañana —le dijo uno de los soldados—. En cuanto se entere de que estás aquí. Pero hasta entonces pasarás la noche con tus amigas troyanas.

Se apresuraron a volver a su campamento, aunque sabían que con la poca luz que había era poco probable que los vieran los demás soldados y que ninguna de las mujeres podría identificarlos al día siguiente.

Empezaba a refrescar y Casandra se puso a avivar el fuego. Hasta Hécabe, siempre dispuesta a burlarse de lo inútil que era su hija sacerdotisa, debía admitir que tenía buena mano con el fuego. Dotada con el don de la profecía, Casandra continuaba asustada por el encuentro que estaba a punto de presenciar. Después de tantos años, aún seguía sin poder apartar la mirada de esa mujer de extraordinaria belleza que no perdía ni un ápice de su aplomo cuando la insultaban los griegos.

Helena estaba igual que diez años atrás, cuando había entrado en la ciudad con Paris. Éste volvía de Esparta y declaró que ahora Helena era su esposa, y Troya, el nuevo hogar de la mujer. Hacían una bonita pareja: él, tan moreno, con su cabello negro y perfumado; ella, tan alta y rubia, como un cisne entre gorriones. La gente decía que había salido de un huevo, hija de Zeus y Leda, pues al pobre Tíndaro le había hecho cornudo un dios con forma de cisne. Había algo inhumano en el cabello dorado, la piel pálida, los ojos oscuros y la ropa resplandeciente de esa joven. Cuando no estaba delante resultaba difícil describirla, como si la mirada mortal no pudiera retener el recuerdo de tanta perfección. En el palacio real, era habitual que la gente buscara excusas para estar en la misma habitación que ella. No sólo los hombres —aunque, como era natural, siempre había hombres—, también las mujeres respiraban hondo cuando ella pasaba por su lado. Ni siquiera las que la aborrecían, que eran la mayoría de las madres, esposas e hijas troyanas, podían soportar estar mucho tiempo separadas de ella. Tenían que posar los ojos en ella aun cuando la despreciaban.

• • •

—¿«La ramera de Troya», es así como te llaman ahora? —le preguntó Hécabe, torciendo el gesto con desdén.

—Supongo. Los soldados de mi marido nunca han sido muy imaginativos. Y los hombres de Agamenón no les van a la zaga, desde luego. Así que digamos que la respuesta a tu pregunta es «sí».

—Pensé que Menelao te reclamaría enseguida. Cuesta creer que quiera pasar otra noche lejos de ti, después de todos estos años.

—Estoy segura de que podrá esperar hasta mañana. Lo único que ha querido en su vida es tener a Helena como esposa. La tuvo, la perdió y ahora la tiene de nuevo. Aunque mi presencia no le importa demasiado, siempre y cuando no esté con otro hombre, claro.

—¿Esperas que te compadezca por tener un marido tan bruto? —le espetó Hécabe—. ¿Tú?

—¿Yo, que todo lo que toco lo destruyo, lo contamino y lo estropeo por el solo hecho de existir? —Helena arqueó las cejas, indignada—. No, ni espero ni quiero tu compasión. Simplemente respondía a tu pregunta sobre la indiferencia de Menelao.

—Los griegos no parecen querer que vuelvas —señaló Hécabe.

—¿Por qué querrían que volviera? Me culpan de la guerra exactamente igual que tú.

—Por supuesto que te culpan. —Andrómaca habló en voz tan baja que Casandra apenas la oyó por encima del ruido de las olas—. Todo el mundo os echa la culpa a ti y a Paris.

—Al menos no me consideráis la única culpable —dijo Helena.

Héctor había aborrecido a Paris, pero Andrómaca y él siempre habían sido amables con su inesperada cuñada. Andrómaca negó con la cabeza.

—Yo sí —intervino Hécabe—. Yo te culpo sólo a ti. Paris es... —Se interrumpió—. Era un necio inmoral. Pero tú eras una mujer casada. Deberías haberlo rechazado.

—Paris también estaba casado —replicó Helena—. ¿Por qué siempre lo olvidáis todos?

—Él estaba casado con una ninfa —respondió Hécabe—. Era bastante difícil que ella asediara nuestra ciudad para conseguir que él regresara sano y salvo.

Helena se acercó a una roca irregular y cubierta de algas y se sentó encima. Al instante pareció que estaba sentada en un trono. El sol poniente debería haberse reflejado en sus ojos, pero no se atrevió.

—Entonces, ¿por qué me cargas con toda la culpa? —le preguntó Helena—. Fue Paris quien fue a buscarme, ¿recuerdas? Vino a Esparta y al palacio de Menelao con el único propósito de seducirme.

—Y dejarte seducir fue tu delito.

—Sí. —Helena suspiró—. Ése fue mi delito. Darle a tu apuesto hijo todo lo que me pidió, como habían hecho todos los demás, porque era guapo y encantador, y muy agradecido.

Hécabe no podía negar la verdad de aquellas palabras. Paris había sido un niño risueño y fácil de contentar, y ella lo había consentido demasiado. Sus otros hijos se habían esforzado más y habían sido más obedientes, pero ella amaba a Paris como a un animal de compañía. Nadie podía resistirse a él, de ahí que siempre lo hubieran malcriado. ¿Acaso lo había cuestionado Príamo cuando Paris pidió un barco para ir a Grecia? ¿Alguien le había preguntado adónde se dirigía o qué iba a hacer?

Por supuesto que no. A Hécabe se le arrebolaron las arrugadas mejillas al pensarlo. Y cuando Paris regresó a Troya con Helena y vieron que su sonrisa vaga —ella nunca la olvidaría— había mutado en una mueca de malhumorada confusión, Paris y ella habían retrocedido espantados. A Paris le sorprendió que su familia no acudiera a darles la bienvenida a él y a su nueva esposa. Le sorprendió menos la llegada de la flota griega a la bahía, pero todavía parecía creer que si los troyanos le negaban su aprobación era por alguna causa maliciosa en lugar de porque estaban sinceramente horrorizados con su conducta y sus consecuencias. Mientras observaba cómo sus hermanos, amigos y vecinos luchaban y morían en una guerra que él había iniciado, nunca ofreció una disculpa ni asumió responsabilidad alguna. Según Paris, el problema no era su comportamiento, sino la reacción de Menelao, que le parecía totalmente desproporcionada. Siempre le habían permitido e incluso alentado a tomar lo que quisiera. Y eso hizo y de pronto desató una guerra.

—¿Por qué aceptó Menelao la visita de Paris? —preguntó Hécabe—. ¿Qué clase de hombre deja a otro solo con su esposa?

Helena puso los ojos en blanco.

—Un hombre como Menelao, que jamás seduciría a la esposa de otro hombre, por lo que no se le pasa por la cabeza que alguien pueda comportarse de otra manera. Un hombre que recibiría diligentemente a un desconocido en su casa, pero que enseguida se cansaría de su cabello perfumado, sus atuendos decadentes y su voz suave. Un hombre que no querría ofender a los dioses rogándole al desconocido que se marchara, pero que no se vería capaz de pasar un día más en su compañía. Un hombre que se iría de caza después de pedir perdón a su esposa por hacerla cargar con el tedioso invitado y de prometer que regresaría en unos días cuando la costa estuviera despejada. Un hombre que no vería cómo su esposa y su invitado se miraban y no caería en la cuenta de que la caza tenía lugar en casa mientras él estaba fuera con sus perros.

—Pero tú podrías haber rechazado a Paris —insistió Hécabe—. Abandonar a tu marido, a tu hija...

Helena hizo un gesto de indiferencia.

—¿Quién de nosotras es capaz de rechazar a Afrodita? —preguntó a su vez—. El poder de un dios es mucho mayor que el mío. Cuando ella me instó a que acompañara a Paris a Troya, intenté resistirme. Pero ella no me dejó otra opción. Me dijo lo que tenía que hacer y luego se retiró, y en su ausencia oí un ruido agudo, como un grito distante. Desde el momento en que Paris entró en nuestra sala, ese ruido fue constante. Pensé que estaba volviéndome loca porque nadie más podía oírlo y nunca paraba. Me puse cera en los oídos, pero no sirvió de nada. Y cuando Paris me besó y me lo llevé al lecho, los gritos se hicieron más débiles. Al subir a su barco, dejaron de oírse del todo. Eso es lo que pasa cuando desobedeces a un dios, que te vuelves loca.

Hécabe miró sin pestañear a Casandra, que dibujaba algo en la arena con la punta de un palito, un símbolo encima de otro, hasta que todos se mezclaron volviéndose ilegibles.

—Lo que tú digas. —Se volvió para mirar a Helena—. Pero si te hubieras negado a acompañarlo el ruido tal vez habría desaparecido por sí solo. Además, si Menelao era tan irreflexivo como insinúas, ¿por qué juntó a todos esos griegos para hacerte regresar?

—Porque Tíndaro, mi padre, los había obligado a todos a hacer un juramento —dijo Helena—. Cuando llegó el momento de que me casara, todos los hombres de Grecia me quisieron por esposa.

—Cómo no —espetó Hécabe.

—Te estoy contando lo que pasó porque me lo has preguntado —replicó Helena—. Reyes y príncipes cruzaron toda Grecia para pedirle mi mano a Tíndaro. Él enseguida comprendió que podía estallar una guerra, pues se iba a ver obligado a contrariar a todos los pretendientes menos a uno. Por ello los instó a todos a hacer un juramento por el que se comprometían a defender a quien se casara conmigo. Si Afrodita le hubiera ofrecido a tu hijo cualquier otra mujer como premio, no habría habido guerra. Enfádate con la diosa, no conmigo.

Hécabe abrió la boca para responder, pero Casandra dejó escapar un aullido entrecortado.

—Cállate —le siseó su madre levantando la mano para abofetearla.

Su hija no la veía, tenía la mirada perdida en la costa, donde la luz ya se estaba desvaneciendo. Dos soldados griegos regresaban al campamento de las mujeres llevando un objeto pesado en una litera. Pero ella ya sabía que no era un objeto, sino una persona.

17

Afrodita, Hera, Atenea

Las tres diosas habrían negado tener algo en común, pero todas compartían una aversión profunda hacia cualquier acontecimiento social que no girara en torno a ellas. Y a todas se les daba igual de mal ocultar su desdén. Así que su mal humor el día de la boda de Tetis y Peleo estuvo asegurado antes de que el sol emprendiera su travesía por el cielo.

De las tres, Hera quizá tuviera el genio menos apropiado para una diosa. Su figura se erguía alta y majestuosa, con el rostro, hermoso y perfecto, alterado por un ligero mohín de enfado, y sus enormes ojos castaños fijos en algún lugar por encima del bullicio circundante. Tetis era una simple ninfa marina, apenas digna de despertar rencor en la reina del Olimpo. No sólo eso, sino que había hecho algo de lo más insólito: había rechazado las insinuaciones del esposo de Hera, Zeus. La razón que solía tener Hera para odiar ya fuera a una ninfa, a una diosa o a una mortal eran las constantes infidelidades de Zeus. A veces pensaba que él debía de haberlas amenazado o engatusado para llevárselas a su lecho. Y al cabo de un tiempo esa costumbre se había vuelto insoportable; por todas partes aparecían semidioses que reclamaban a Zeus como padre. Lo que más le molestaba era la falta de delicadeza, la vulgaridad de todo aquello. Y aunque hacía todo lo posible por castigar a su marido, su capacidad para vengarse del rey de los dioses era limitada. Sencillamente, Hera tenía menos poder que Zeus y poco podía hacer al respecto. Sólo le quedaba castigar a las jóvenes, especialmente a las mortales, engañándolas y torturándolas cada vez que se le presentaba la oportunidad. Pues aunque Zeus les juraba a todas que las protegería, rara vez les dedicaba su atención durante mucho tiempo, sobre todo porque se le iban los ojos detrás de la siguiente criatura joven y hermosa. Los ojos de Hera no se distraían tan fácilmente. Aun así, Tetis no había hecho nada para justificar la desaprobación de la diosa. Cuando Zeus le mostró, como era de esperar, su entusiasmo, ella huyó.

Quizá fue ese rechazo, antes que la profecía, lo que impulsó a Zeus a actuar. Como fuera, él había insistido en casar a Tetis con un hombre mortal en contra de su voluntad. La diosa ni siquiera recordaba cómo se llamaba el futuro esposo, algún rey griego de la isla en la que se encontraran en esos momentos. Era imposible controlar todos los rincones del archipiélago. Si no había un templo con una estatua de Hera grande y favorecedora en su interior, no hacía ningún esfuerzo por recordarlos.

Pero los murmullos disimulados se debían a la profecía: a Zeus le habían dicho, o eso contaban los dioses, que el hijo de Tetis sería algún día más grande que su padre. Eso era lo que todo hombre debería desear y lo que todo dios debería temer. En particular, el dios que ocupaba el trono más alto del Olimpo después de haber derrocado a su propio padre, Cronos, quien en su día había derrocado al suyo, Urano. Engendrar un hijo que estaba señalado con un destino tan grande y alarmante no era un riesgo que el todopoderoso Zeus estuviera dispuesto a correr. De modo que se decidió que el hijo de Tetis sería medio mortal, reduciendo así su grandeza a la de un simple hombre. El riesgo fue atajado y la insatisfacción de Tetis con el compromiso matrimonial no importó a nadie más que a ella misma.

Afrodita, por otro lado, veía cada boda como una pequeña derrota. Tenía en gran consideración el amor, pero no el conyugal. ¿Qué clase de amor era ése? ¿Compañerismo? ¿El paso previo a tener hijos? Hacía todo lo posible por no resoplar. ¿Qué era el compañerismo al lado de una pasión que lo consumía todo? ¿Quién no cambiaría un marido por un amante que la excitara en lugar de reconfortarla? ¿Quién no querría que su hijo se escabullera de una habitación sin ser visto si eso significaba que su amante podía colarse por otra puerta? Costaba creer que alguien eligiera el amor conyugal por encima de esa clase de deseo indestructible que Afrodita creía que le pertenecía. La gente siempre decía que apreciaba a sus cónyuges, a su prole —ella misma tenía un hijo que le gustaba—, pero Afrodita sabía la verdad. Cuando en la madrugada hombres y mujeres susurraban sus plegarias secretas, se las dirigían a ella. No pedían salud ni una larga vida, como hacían durante las horas del día. Suplicaban para que la fuerza cegadora y ensordecedora de la lujuria se apoderara de ellos y fuera correspondida. Todo lo demás —riqueza, poder, posición— sólo eran accesorios, colocados alrededor de lo que realmente querían, para obstruirlo o disfrazarlo. Y eso no tenía nada que ver con el matrimonio. Podía verse en el rostro de ese pobre tonto vuelto hacia su futura esposa, intentando por todos los medios que se encontraran sus miradas sin conseguirlo. Él sabía lo que era sentir ese deseo, y sabía que el matrimonio no haría nada para calmarlo. Se llevaría a Tetis al lecho, pero su desdén corrompería cualquier placer que podría haber alcanzado con ella. Una ninfa podía amar a un mortal —Afrodita repasó mentalmente la breve lista de ninfas que lo habían hecho: Mérope, Callirhoé, Enone...—, pero no Tetis, quien no mostraba más que desprecio hacia ese griego.

Para Atenea, que se retrasó y llegó después de Afrodita, las bodas siempre habían sido una fuente de irritación. La diosa de ojos grises no era tan alta como Hera, pero solía llevar un casco echado hacia atrás que le daba la estatura que no tenía. Atenea detestaba acercarse a Afrodita porque a su lado se veía en los huesos. A ésta el cabello le caía en perfectos bucles por la espalda y el peplo se le pegaba al cuerpo como si estuviera mojado. Atenea se miró el vestido, que le colgaba informe desde los hombros hasta los tobillos, y se preguntó por qué Afrodita tenía un aspecto tan distinto con una prenda que, en esencia, era la misma. Afrodita siempre parecía líquida de una forma extraña y atractiva, con sus ojos del color azul verdoso del mar y el suave olor a sal de su piel. Su cuerpo se cimbreaba bajo el vestido como un delfín en el agua. Atenea se preguntó cómo era posible odiar y desear a la vez a alguien. Anhelaba tanto alejarse como verse envuelta por la diosa que tan incómoda la hacía sentir. Agarró con más fuerza la lanza, recordándoles a todos que era la pasión por lo cerebral y lo marcial lo que ella representaba. Hombres y mujeres le rezaban por su experiencia y su sabiduría. No le pedían amor, hijos ni una salud mejor, sino consejo en la batalla, así como estrategia y destreza. De modo que ella portaba la lanza y el casco para dejar bien claro que no tenía ningún interés en lo que fascinaba a la mayoría de las mujeres. Por ejemplo las bodas. Y no se permitía pensar en el itacense —un joven inteligente con un destino complejo por delante—, que despertaba en ella los sentimientos de los que hablaban otras mujeres cuando se ausentaban sus maridos. Odiseo, en ese momento, solamente tenía ojos para su joven esposa, Penélope. Pero la astucia de Atenea no se limitaba al ámbito de la guerra y sabía que algún día él se extraviaría. Ella sólo tenía que asegurarse de estar en el lugar apropiado en el momento oportuno. Y, si era necesario, con el disfraz adecuado.

Las tres diosas se habían resignado a pasar un día aburrido y desagradable; todos los olímpicos estaban allí para asistir a la boda, y no habían podido eludir el compromiso. Pero mientras alrededor de Tetis pululaban sus compañeras ninfas, y Peleo miraba la cohorte de inmortales preguntándose en qué momento dejaría de hacer pie, las tres diosas maldijeron por lo bajo el matrimonio. El sentimiento era en gran medida compartido, ya que Tetis también habría preferido que ninguna de ellas estuviera presente. Le habría gustado no casarse con Peleo, pero él había hecho un trato con Zeus, y la ninfa del mar sabía que no le convenía cerrarse en banda a esa situación. Ya sacaría partido de su sentimiento de culpa —el dios tenía que sentir algo parecido a los remordimientos por haberla emparejado con aquel patán— en el futuro, cuando necesitara algo. No lo olvidaría.

Pero, puestos a casarse, se habría ahorrado el rostro ceñudo de Hera, que estaría mucho más favorecida si simplemente borrara de su cara esa perpetua expresión de desaprobación. Habría estado feliz si Atenea, que iba a todas partes acompañada de una lechuza chillona, como si ésta viviera en un nido enorme, también hubiera decidido no acudir. Y ninguna mujer, inmortal o no, habría querido ver en su boda a Afrodita con un mohín enfurruñado. Todos los ojos, incluso los de Tetis, estaban vueltos hacia ella. Tetis había llegado con un hermoso peplo verde mar, pero su futuro esposo apenas se fijó, ocupado como estaba en contemplar a la diosa nacida de la espuma. Tetis quería que las tres desaparecieran en el mar, pero sus deseos no tenían ningún peso aquel día.

Les dio la espalda, decidida a ignorarlas. Miró hacia las bajas costas de arena de la isla de Egina, donde Zeus había decretado que se celebrara la boda. Al ver a todos los dioses y ninfas reunidos, la invadió una oleada de rabia por el hecho de que hubiera acudido tanto público a presenciar su humillación. Deseó poder vengarse de todos.

Pero la venganza, cuando llegó, lo hizo desde otro flanco y rodó, reluciente y dorada, por el suelo.

La primera vez que aquel objeto brillante le tocó el pie Afrodita apenas lo notó. Estaba acostumbrada a que tanto las personas como los animales, además de los dioses, buscaran pretextos para tocarla, por endebles que fueran. A veces hasta los árboles dejaban caer las ramas para intentar engancharse en su cabello. Sólo al cabo de un rato, cuando un copero se le acercó presuroso para ofrecerle ambrosía antes que a la novia, el novio o cualquiera de los otros dioses, y ella dio un paso adelante para tomar la copa, vio el brillo del metal precioso, que se alejó rodando empujado por su sandalia.

Desde que había visto los pendientes de Tetis, Afrodita no había dejado de pensar en el oro. Hasta ella sabía lo inoportuno que sería abordar al novio en su propia boda para preguntarle si podía quedarse con los pendientes que se disponía a regalar a la novia. Aun así, se lo había planteado. Eran preciosos: una serpiente de dos cabezas que envolvía en un aro perfecto a un par de monos sentados, y alrededor del círculo sartas de cuentas de cornalina oscura, cada una acabada en un diminuto pájaro dorado. Qué bonitos quedarían colgados de sus orejas. Era absurdo que fueran para Tetis y no para ella, pues se perderían entre sus oscuros bucles de algas marinas.

Afrodita se disponía a agacharse para recoger la esfera dorada del suelo, pero Atenea, que tenía ojos de lince y era codiciosa, se le adelantó. Al tomar la copa de néctar, Afrodita había empujado sin querer con la sandalia la esfera, que había rodado poco menos que hasta el talón de Atenea.

—Es mía —le dijo.

Atenea miró a izquierda y derecha con aire de inocencia.

—No lo creo. Ha rodado hasta mi pie y eso hace que sea mía.

—Dámela —la instó Afrodita.

Tenía la boca contraída en un rictus malhumorado, pero las dos diosas sabían que eso sólo era el comienzo. En un instante podría emplear todas sus dotes persuasivas y Atenea, por mucho que intentara resistirse, no podría sino entregarle la esfera. Nadie podía privar de algo a Afrodita si ella lo quería. Con la excepción de Hera.

—¿Por qué estáis discutiendo? —les siseó ésta.

—Atenea me ha robado mi juguete —le respondió Afrodita—. Y quiero que me lo devuelva.

—No es de ella —replicó Atenea—. Es mío. Me lo han tirado a los pies.

—Eso no es verdad. Se me ha caído y ha ido rodando por la arena hasta ti. Pero eso no significa que sea tuyo. —Afrodita se volvió hacia Hera—. Eso no significa que sea suyo.

—Deja que lo vea. —Hera trató de coger la esfera y sonrió cuando Atenea cerró la mano que sostenía el objeto en un acto reflejo—. He dicho que me dejes verlo. —Le agarró el puño con ambas manos y le quitó la esfera.

Atenea trató de impedírselo, pero tenía la lanza en la otra mano y no pudo.

—Es mío —repitió de nuevo.

Los otros dioses se dieron cuenta de que pasaba algo. No podían resistirse a una buena pelea y se apiñaron alrededor.

—No es una esfera. Mirad —dijo Hera sosteniendo en alto una manzana de oro perfecta.

Era casi esférica, pero algo más ancha por la parte superior, donde sobresalía un diminuto tallo dorado. Una hendidura en la parte inferior permitía asirla cómodamente entre el dedo índice y el pulgar.

—Aun así es mía —insistió Atenea.

—Tiene una inscripción —señaló Hera, dándole la vuelta en la mano, y leyó—: «*Te kalliste.*»

—Ya te he dicho que es mía. —Afrodita se encogió de hombros—. ¿A quién más podría referirse sino a mí?

Hubo un momento de silencio.

—Podría ser mía —replicó Hera—. ¿Alguna de las dos se ha parado a pensarlo?

—Devuélvemela —dijo Atenea—. ¡Papá!

Las diosas buscaron con la mirada la figura alta y barbuda de Zeus, que se marchaba a toda prisa a donde no pudiera oírlas.

—Es evidente que te estás escabullendo —le espetó Hera.

Zeus se detuvo con un suspiro estremecedor. Retumbó un trueno en un cielo despejado y los hombres corrieron a los templos dedicados al dios para aplacarlo. Él se volvió hacia su esposa.

—¿Tienes algo que consultarme? —le preguntó—. ¿O podéis arreglarlo entre vosotras?

Apolo, el de cabello dorado, le dio un codazo a su hermana Artemisa en las costillas. Esas diosas eran incapaces de ponerse de acuerdo en nada, algo que a los dos les divertía enormemente.

—Esta manzana tiene inscritas las palabras «Para la más bella» —le explicó Hera—. Por lo que no está tan claro a quién podría pertenecer.

—Está más claro que el agua —intervino Afrodita.

—No lo está —aclaró Atenea.

—Sólo hay una respuesta al enigma —las interrumpió Hera—. Alguien tiene que decidir cuál de nosotras debería quedársela. —Y observó a la multitud de dioses que tenía ante ella.

Los que se habían abierto paso hasta la primera fila se arrepintieron de pronto amargamente y clavaron la vista en el suelo como si tuvieran que contar todos y cada uno de los granos de arena.

—Y ese alguien deberías ser tú, esposo mío —continuó Hera.

Zeus miró a su mujer, que tenía una expresión entre irritada y orgullosa, y luego a su hija, cuyo semblante era de dolor y de queja. Su otra hija estaba impasible como siempre, aunque sólo un necio pensaría que esperaba que él eligiera a una de las otras dos. O que lo perdonaría si no la escogía a ella.

—No puedo ser yo —replicó—. ¿Cómo voy a elegir entre mi esposa y mis hijas? Ningún esposo o padre podría hacer tal cosa.

—Entonces dame a mí la esfera —exigió Afrodita, apretando sus diminutos dientes en forma de concha.

—Es una manzana —la corrigió Atenea—. Y es mía.

—¡Qué presuntuosas sois las dos! —exclamó Hera—. La tengo yo en las manos.

—¡Porque me la has arrebatado! —gritó Atenea.

Hubo un resplandor tenue y las diosas notaron que la arena se movía bajo sus pies. ¿Se había unido a la discusión Poseidón, el sacudidor de tierras? Los dioses ya no se apiñaban alrededor de ellas, que más bien se vieron envueltas en una nube brillante y de pronto el terreno bajo sus pies se volvió más pedregoso. La nube se disipó y se encontraron en la ladera de una colina, rodeadas de verdes pinos.

—¿Dónde estamos? —preguntó Afrodita.

—Creo que en el monte Ida —respondió Atenea, y al mirar en derredor reparó en las torres del alcázar que se alzaban en la llanura a lo lejos—. ¿Eso no es Troya?

Hera se encogió de hombros. ¿A quién le importaba Troya?

El joven apareció frente a ellas como si lo hubieran soñado. Unos bucles de cabello negro le enmarcaban la frente y llevaba un gorro terminado en punta un poco ladeado, lo que le daba un aire licencioso.

—¿Quién eres? —le preguntó Hera.

—Paris, el hijo de Príamo —respondió él.

Su tono casi ocultó la confusión que sentía en un entorno que le resultaba familiar y extraño a la vez. Hacía apenas un momento se encontraba paciendo sus ovejas en los prados al pie del monte Ida y ahora, inexplicablemente, estaba en un oscuro claro en el que nunca había reparado. Y, a juzgar por las vistas, se hallaba cerca de la cima de la montaña, sólo que el aire era demasiado cálido para que fuera cierto. Y tres mujeres de un tamaño algo desmesurado y con un tenue brillo dorado, como si estuvieran iluminadas por dentro, lo miraban fijamente. Supuso que eran diosas.

—Tú serás nuestro juez —declaró Afrodita, quien no tenía ninguna duda de que un hombre mortal la consideraría a ella la más hermosa. Y si no lo hacía, lo destruiría en menos de un latido de su patético corazón humano.

—¿Juez? ¿Y qué debo juzgar, señora? —le preguntó Paris.

—Según esta inscripción, esta manzana es para la más bella —respondió Atenea, señalando con el dedo la manzana que Hera tenía en las manos—. Dásela a él. Así lo ha decidido Zeus.

Hera suspiró e hizo una seña al joven para que se acercara.

—Toma. —Lanzó la manzana a las manos de Paris—. Tienes que decidir a quién pertenece legítimamente la manzana.

—¿Yo? —replicó Paris.

Un instante antes se había preguntado si el rebaño estaría a salvo en las praderas al pie del monte sin que nadie lo vigilara. Pero si en ese momento hubiera oído el rugido de los pumas o el aullido de los lobos, no habría movido un músculo. Le dio vueltas a la manzana en las manos, admirando su cálido brillo. No era de extrañar que discutieran por un objeto de oro macizo tan hermoso. Vio las letras inscritas en él y sintió una punzada de tristeza, porque quien las había grabado había utilizado la palabra en femenino, «*kalliste*». Si hubiera puesto «*kallisto*», se lo habría quedado él sin pensárselo.

—Sí —afirmó Afrodita, que reconocía el deseo cuando lo veía—. Es bonito, ¿verdad?

—Como lo sois las tres —respondió Paris con estudiada galantería.

—Eso tenemos entendido —repuso Atenea—. Ahora escoge.

La mirada de Paris fue de un rostro a otro con genuina perplejidad. Afrodita, por supuesto, era increíblemente hermosa, como siempre había oído decir. Parecía que la ropa se le tensara en los pechos, pegándose a la carne de tal manera que a Paris le era imposible mirar su rostro perfecto, por mucho que quisiera. Se imaginó entrelazando los dedos en sus cabellos de miel, sintiendo la presión de su cuerpo, viendo cómo abría la boca debajo de él, y no pudo seguir. Claro que le daría la manzana a ella. Era asombrosa.

Pero Hera carraspeó y la conexión se rompió. No se rompió exactamente, pero por un momento se desvaneció. Hera era alta, él se dio cuenta al verla de pie entre Afrodita y Atenea. Alta, elegante y en cierto sentido poderosa, como si pudiera llegar hasta él, levantarlo y estrellarlo contra una roca. La delicadeza de sus muñecas y tobillos hacía que esa perspectiva resultara curiosamente atractiva. Quizá no le convenía desairarla, pensó de pronto. Y se detuvo cuando se dio cuenta de que no había pensado en nada de todo eso. Las palabras simplemente habían aparecido en su mente, como si las hubiera oído. Sin embargo, nadie había hablado. Él le miró la boca como esperando que se le revelara el secreto, pero no lo hizo.

Finalmente, a su izquierda, estaba la más sorprendente de las tres. En un templo de la ciudadela de Troya se erigía una estatua de Atenea. Algo mayor que el tamaño natural, y con el rostro afilado y definido de una mujer que te estrangularía con sus propias manos para que no le mancharas de sangre su vestido, tenía un aspecto imponente. Pero la diosa de carne y hueso que en esos momentos estaba unos pocos metros delante de él no tenía nada que ver con ella. Conservaba la expresión amenazadora, pero en un rostro tan joven que pasaba de ser imponente a encantador. Era como la hermana marimacho de un amigo a la que siempre has tratado como a un niño más, y un día te das cuenta de que se está convirtiendo en una mujer muy deseable que sabe que es demasiado buena para ti. En ese momento Paris habría dado lo que fuera por ser lo suficientemente bueno para ella.

Afrodita golpeó el suelo con su piececito.

—Si ella ha dicho que elijas, entonces tienes que hacerlo. —Y las palabras parecieron deslizarse por el suelo que había entre ellos y enroscarse alrededor de él como serpientes—. ¿De quién es la manzana?

—No lo sé —respondió Paris—. Criticadme por mi indecisión si queréis, pero la verdad es que sois las tres criaturas más hermosas que he visto en mi vida. Entre vosotras y cualquier mujer mortal hay tanta distancia que apenas puedo abarcarla. Es como pedir a una hormiga que diga desde su nido subterráneo cuál es la montaña más alta. No puedo.

—Necesitas más tiempo —le dijo Atenea, con la intención de que Paris no notara lo feliz que se sentía por que la manzana no estuviera ya en las peligrosas manitas de su hermana—. ¿Podemos ayudarte a decidir?

Hubo un breve silencio.

—Yo puedo ayudar —se ofreció Afrodita, y se contoneó de tal modo que los broches que le sujetaban el vestido a los hombros se aflojaron y éste cayó al suelo, dejando ver su cuerpo desnudo.

Pareció que Paris iba a atragantarse con su propia lengua.

—¿En serio? —preguntó Atenea—. ¿Vamos a jugar a esto? —Y se desató los broches del vestido y se quedó allí de pie, alta y esbelta, sin nada más que el casco y la lanza.

Sin decir nada, Hera también se quedó desnuda en un abrir y cerrar de ojos.

—No puedo... —tartamudeó Paris.

—¿No puedes hablar? —le preguntó Afrodita.

—No puedo respirar —respondió él. Tiró con torpeza de las tiras de su gorro frigio y lo arrojó al suelo. Tenía el pelo pegado a la cabeza.

—¿Te hemos ayudado a decidirte? —le preguntó entonces Hera.

Él no se había dado cuenta antes de lo profunda y gutural que era la voz de esa diosa.

—Con franqueza, no —confesó—. Más bien al contrario.

—Zeus te ha traído aquí para que tomes una decisión —insistió ella—. Tienes que pronunciarte.

—Necesito un poco de tiempo —respondió Paris—. ¿Hay algún manantial cerca? Me vendría bien beber un poco de agua.

—Ya beberás cuando hayas elegido —replicó Hera, con tanta amabilidad que la amenaza quedó casi velada. Dio un paso hacia él, y Paris hizo un esfuerzo sobrehumano para no retroceder—. Deja que te lo ponga más fácil.

Si él hubiera sido capaz de concentrarse en cualquier cosa que no fuera el rostro radiante de la diosa, a un palmo del suyo, habría visto a Atenea y a Afrodita mirar al cielo con la indignación habitual de las hermanas.

—Como ves, la manzana es para la diosa más bella —continuó Hera. Paris casi se había olvidado de que la tenía en la mano, aunque en esos momentos parecía latir con un calor interior—. Pero la belleza de una diosa es diferente a la de una mujer mortal. No se trata sólo de apariencia física, sino de talento. Como puedes ver, yo misma soy muy hermosa.

Paris asintió débilmente. Pensó en comentar lo sorprendente que le parecía el hecho de que Zeus se hubiera alejado alguna vez de Hera, teniendo en cuenta el extraordinario brillo que irradiaba, y no sólo alguna, sino en múltiples ocasiones. Pero los ojos centelleantes de la diosa lo convencieron de que el comentario no iba a ser recibido como el cumplido que pretendía ser.

—Pero no sólo soy hermosa —continuó ella—. También soy sumamente poderosa. Soy esposa y hermana de Zeus, y vivo con él en la cima del monte Olimpo. Con mi favor los reinos se levantan, sin él se desmoronan. Tienes que elegirme a mí. —Paris notó que se le erizaba el cabello, como si pudiera sentir su aliento inexistente en la nuca—. Elígeme y te concederé el dominio sobre cualquier reino que desees. Cualquiera. ¿Lo has entendido? Puedes tener Troya, si lo deseas, o Esparta, Micenas o Creta. Tú decides. La ciudad se postrará ante ti y te llamará «rey».

Dio un paso atrás y Paris tragó saliva.

—¿Realmente vamos a...? —Atenea lanzó a Hera una mirada furibunda—. De acuerdo. —Dio un paso adelante y ocupó el espacio que había dejado libre Hera.

Paris notó que le caían gotas de sudor por las sienes y la parte baja de la espalda—. No hace falta que te diga que tienes que darme la manzana a mí.

Sus ojos, de un verde grisáceo, eran muy diferentes de los de Hera, pensó Paris. Los de ésta eran de un castaño tan oscuro que uno podía perderse en ellos como en una cueva. Atenea, por su parte, lo miró con una inteligencia franca que hizo que de pronto él se sintiera su igual, aunque sabía que era una idea arrogante.

—Hera te ha ofrecido una ciudad para ti solo.

Él no habló, pero ella lo oyó de todos modos.

—¿Un reino? Ella desea realmente la manzana que tienes en las manos. Te estarás preguntando qué puedo ofrecerte yo que pueda compararse con eso, ¿no es así? —Él se quedó callado de nuevo, pero ella ni siquiera se detuvo—. Estarás pensando que un reino puede convertirse en una carga si un enemigo decide apropiarse de él. —Paris, de hecho, había estado pensando en sus pechos desnudos, que casi lo rozaban de tan cerca como estaba de él; sin embargo, se abstuvo de corregirla—. Y tienes razón. Un reino no vale nada si no es seguro. Y un rey tiene que poder combatir contra sus enemigos y derrotarlos. Eso es lo que puedo darte yo, Paris. Sabiduría, estrategia, tácticas. Puedo darte el poder de defender lo que es tuyo de cualquier hombre que pretenda arrebatártelo. ¿Qué puede ser más importante? Dame la manzana y seré tu defensora, tu consejera y tu guerrera.

—¿Es tuya esa lechuza? —preguntó él mientras el pájaro marrón cruzaba el claro y se posaba en un tronco podrido que tenía a su derecha.

—¡No puedes quedarte con ella! —exclamó Atenea, y reflexionó unos momentos antes de añadir—: Te conseguiré otra, si quieres.

—Gracias— respondió él—. Es un ofrecimiento tentador.

Atenea asintió y retrocedió un paso para colocarse junto a Hera. La lechuza voló hacia ella y se posó en su brazo extendido. Ella le acarició las plumas de la nuca y el pájaro le picoteó suavemente la mano.

A pesar de que Paris observaba a Afrodita, y que no podía apartar la mirada, no la vio moverse. De repente ella estaba detrás de él, delante, a su alrededor. Le acarició el brazo con una mano, rozándolo apenas, y a él le pareció que le cedían las piernas. Nunca en su vida había deseado nada tanto como caer de rodillas ante ella y adorarla. Su cabello, que era como el sol sobre la arena, lo envolvía y sintió la sal en los labios.

—Sabes que esa manzana me pertenece —insistió Afrodita—. Dámela y te daré a la mujer más hermosa del mundo.

—¿Tú? —preguntó él, y se le quebró la voz al pronunciar las palabras.

—No, yo te destruiría, Paris. Eres mortal —respondió ella. Y él se preguntó si sería una forma tan terrible de morir—. Pero te daré la criatura que más se me asemeja. Su nombre es Helena de Esparta.

Él tuvo una visión repentina de una mujer de extraordinaria belleza —cabello rubio llameante, tez blanca, cuello de cisne— que al instante se desvaneció. Afrodita se alejó brillando como la espuma sobre la superficie del mar.

Paris observó la manzana de oro macizo que sostenía entre los dedos y el pulgar. Volvió la vista a las tres diosas que lo miraban expectantes y supo que la manzana sólo tenía una dueña legítima.

• • •

Mientras las diosas regresaban al monte Olimpo, Atenea juró que nunca volvería a dirigirles la palabra a las otras dos. Especialmente a Afrodita, que tanta petulancia irradiaba al sostener la manzana en su pequeña y despreciable mano.

—No le has dicho que Helena ya tiene marido —murmuró Hera. No tenía ninguna prisa en vengarse, por lo que retirarle la palabra a su torturadora no habría servido de nada.

—No me ha parecido que fuera importante —respondió Afrodita—. Además, ¿qué cambia eso? Paris ya tiene esposa.

18

Penélope

Queridísimo esposo:

Me advirtieron en su día que traerías problemas. Mi madre solía decir que iban cosidos a tu nombre, que nunca te separarías de ellos. Yo la hacía callar y le decía que eras demasiado listo para meterte en problemas. Los sortearías, le dije. Y si eso no funcionaba, huirías. Supongo que debería haber sabido que los problemas te encontrarían en el mar, donde de poco sirven la inteligencia y la rapidez.

Ha transcurrido un año desde la caída de Troya y todavía no has vuelto. Un año. ¿Es posible que Troya esté más lejos ahora que cuando navegaste allí hace diez años? ¿Dónde has estado, Odiseo? Las historias que me llegan no son alentadoras. Si te digo lo que cantan los bardos, te reirás. Al menos eso espero.

Dicen que zarpaste de Troya y, después de un par de incursiones piratas, acabaste varado en una isla de gigantes tuertos pastores de ovejas. «Cíclopes», los llaman, y tienen un solo ojo y muchas ovejas. ¿Alguna vez has oído algo más ridículo? Dicen que te encontraste atrapado en la cueva de un malvado cíclope que estaba resuelto a matarte y devorarte. Creo que pensaba matarte primero, de todos modos.

Los bardos cuentan que tus hombres, que estaban atrapados en la cueva del cíclope contigo, cayeron enseguida en la desesperación. Pero, como siempre, tú concebiste un plan. Me pregunto si cambian la historia cuando cantan en las casas de otros hombres. En los salones de Ítaca siempre eres el más rápido, el más inteligente, el más inventivo. Dicen que le diste al cíclope un odre lleno de vino y lo invitaste a beber. Si ésta va a ser mi última comida, dijiste, deja que practique la hospitalidad contigo. Le ofreciste un odre lleno de vino sin diluir a un gigante que suele beber leche de oveja. No es de extrañar que se emborrachara tan rápido. ¿Cómo te llamas, viajero?, te preguntó arrastrando las palabras. Me gustaría saber a quién voy a comerme.

«Me llaman Nadie», respondiste, pues no querías que más tarde se vanagloriase de matarte. Estaba borracho, y quizá también era estúpido, pues no puso en duda que ése fuera tu verdadero nombre.

Pero a cualquiera podría habérsele ocurrido darle una bebida fuerte. La brutal brillantez de tu plan llegó después. Y los bardos disfrutan tanto con esta parte de la historia, Odiseo, que la cantan una y otra vez. Porque tan pronto como el vino corrió por las venas del cíclope como si fuera sangre, tus hombres quisieron matarlo mientras dormía. No pensaron, como tú, que entonces estarían atrapados en una cueva con un gigante muerto. Necesitabas que el cíclope estuviera despierto e ileso para que apartara la roca que hacía las veces de puerta en la entrada de la cueva. Tú y tus hombres no podríais haberla corrido, ni juntos ni por separado. Ellos no te creyeron, así que se lo demostraste. Tres guerreros empujaron con todas sus fuerzas y la roca no se movió ni un ápice. Era imposible escapar. Sólo entonces comprendieron la complejidad del problema.

¿He dicho «ileso»? Naturalmente que no querías al cíclope ileso. Pero necesitabas que se hiciera daño de la forma adecuada.

Viste que utilizaba un palo enorme para conducir sus ovejas por el terreno pedregoso. Cuando se retiraba a su cueva al final del día, hacía rodar la roca de la entrada y se encerraba con las ovejas dentro, a fin de protegerlas de los lobos y otros depredadores mientras él dormía. Pero hasta un gigante necesitaba dos manos para hacer eso. Así que metía las ovejas en la cueva y dejaba el palo al lado de la entrada, quedándose con las manos libres para mover la roca.

Entonces cogiste el palo y lo sostuviste sobre las brasas de la hoguera sin dejar de darle vueltas. Los hombres gemían y se quejaban de la crueldad de su destino: sobrevivir diez años de guerra para acabar convirtiéndose en comida de un gigante en el trayecto de regreso. Pero tú no les hacías caso mientras dabas vueltas y más vueltas al palo, que era tan alto como tú, hasta que terminó en punta y ennegrecido. Incluso entonces, los hombres no entendieron lo que te proponías, y tuviste que decirles dos veces que dieran un paso atrás y se escondieran entre el rebaño del gigante. Yo sabía, aun antes de que el bardo lo cantara por primera vez, lo que te disponías a hacer. Una de las primeras cosas que me fascinaron de ti, Odiseo, fue tu crueldad. Todavía me fascina.

Le clavaste el palo afilado en la cuenca de su único ojo y lo retorciste mientras el órgano reventaba y rezumaba. Según cantan los bardos, el grito del cíclope bastó para despertar a los muertos de la guerra. Retrocediste hasta reunirte con tus hombres, que seguían acurrucados entre las ovejas, sujetándolas con firmeza por sus blandos cuellos para que no huyeran. El cíclope se arrancó la estaca de la húmeda y oscura cuenca y volvió a gritar, más fuerte que antes.

Fue un sonido tan horrible que los otros gigantes acudieron corriendo. Según dicen, eran almas solitarias que vivían en cuevas separadas, cada una con su rebaño. Pero jamás habían oído un ruido semejante y no pudieron pasarlo por alto. «¡¿Qué está pasando?!», gritaron al otro lado de la roca. Correrla habría sido una intrusión demasiado grande, así que quedaron en silencio, escuchando. «¡Estoy herido!», gritó el cíclope.

Tú o yo habríamos preguntado lo mismo, Odiseo. «¿Dónde estás herido?» O bien: «¿Cómo puedo ayudarte?» Pero los cíclopes tienen otras costumbres y le hicieron la pregunta que más les importaba: «¿Quién te ha herido?» El cíclope lesionado conocía la respuesta y la gritó desde lo más profundo de su garganta destrozada. ¡Nadie me ha hecho daño! —gritó—. ¡Nadie me ha sacado el ojo!»

Los otros gigantes se miraron y se encogieron de hombros. No son, como raza, muy propensos a dejarse llevar por la curiosidad. El tono de la voz del cíclope parecía traslucir dolor, pero todos habían oído lo mismo. Nadie lo estaba lastimando.

Irritados por el alboroto, regresaron sin hacer ruido a sus cuevas y no volvieron a pensar en el alborotador. Pero a pesar de lo mucho que habías logrado, y a pesar de que tu nombre falso había demostrado ser una estratagema mucho más exitosa de lo que habías imaginado, seguiste pensando. Así me gusta.

Al llegar a este punto, los bardos dejan tiempo a su audiencia para tomar un refrigerio. Es evidente que les gusta aumentar la tensión dejándote atrapado en la cueva, como un prisionero. Saben que de ese modo conseguirán una copa de vino de más. Entonces continúan la historia. Supiste que era de día porque en el techo de la cueva había un boquete, demasiado pequeño para que un hombre se colara por él y demasiado alto para que lo alcanzara. Pero por él salía el humo y entraba la luz, y así fue como supiste que amanecía. También lo supieron las ovejas, que empezaron a balar a la tenue luz del alba. El cíclope sabía que las ovejas tenían que pastar, pero estaba resuelto a no dejarte escapar. Así que hizo rodar la roca sólo hasta la mitad de la entrada y se sentó al lado.

Uno de tus hombres soltó un gemido que se perdió entre los balidos de las ovejas. Él todavía creía que el gigante podría contigo, Odiseo. Pero tú sabías lo que tenías que hacer. Ataste tres ovejas juntas y les enseñaste a tus hombres cómo agarrarse fuerte a la lana del vientre. Les propinaste una patada a las ovejas y las tres corrieron hacia la puerta. Empezabas a atar al segundo hombre a otras tres cuando el cíclope dejó caer su mano gigante y palpó tres lomos y tres cabezas esponjosas, sin rastro de hombre, y se echó hacia atrás para dejarlas salir. Cuando te llegó el turno a ti, el último en irte, como siempre, sólo quedaba un carnero enorme. Afortunadamente no eres alto. Te aferraste al vientre del animal y pasaste por delante del cíclope hacia la libertad.

Escapaste ileso, lo que es más de lo que podría decirse del monstruo que te había raptado. Pero, oh, Odiseo, los problemas se te pegaban como la lana a esas ovejas. Mientras te alejabas en barco, no pudiste resistir volverte hacia la isla y gritar al gigante mutilado que tú, Odiseo, lo habías vencido. No pudiste evitar jactarte de tu victoria. Aunque si hubieras sabido que la criatura cegada era el hijo de Poseidón y que invocaría la maldición de su padre sobre ti, no creo que hubieses actuado de otro modo. Nunca has podido evitar regodearte.

Los bardos cantan que Poseidón te maldijo, Odiseo, y juró que tardarías otros diez años en regresar a Ítaca. Prometió que tus hombres serían castigados contigo y que regresarías a casa sin ellos. Sin ningún miembro de tu tripulación. ¿Te abandonarán, Odiseo, o morirán intentando llegar a su hogar? Las dos perspectivas son igual de sombrías para quienes os esperamos a todos en Ítaca. Nunca desearía que fueras distinto de como eres, esposo. Sin embargo, ojalá hubiera podido taparte la boca antes de que le dieras tu nombre al cíclope.

Tu amante esposa,

PENÉLOPE

19

Las troyanas

—¿Qué te pasa?

Andrómaca quiso saber qué había provocado los alaridos de Casandra.

Hacía mucho que su madre y su hermana habían dejado de esperar respuestas que explicaran sus repentinos y extraños ataques de histeria. En un momento dado estaba sentada en silencio, como una joven normal a los ojos de todo el mundo, y al siguiente, sin previo aviso, empezaba a estremecerse y a mascullar palabras sin sentido.

—¡Es él, es él, es él! —gritó.

Al darse cuenta de que su madre estaba a punto de darle un cachete en la nuca trató de bajar la voz, pero siguió debatiéndose entre el horror y el decoro.

—Mi hermano. Mi hermano, mi hermano menor, el pequeño, el que estaba a salvo, ha muerto, ha muerto, ha muerto, ha muerto.

Al oír esas palabras, Hécabe se puso rígida.

—Cállate o yo misma te cortaré la lengua. Nadie debe saber nada de tu hermano ni de su fuga. Nadie. ¿Me oyes? Su vida depende de que mantengas la boca cerrada.

Casandra sacudió la cabeza con pequeños movimientos que parecían un tic.

—Demasiado tarde, demasiado tarde, es demasiado tarde para salvarlo. Es demasiado tarde para salvar a Polidoro de los griegos. Ya saben quién es y dónde está porque él ya está aquí, lo tienen ellos.

Políxena puso una mano en el brazo de su madre y lo apretó con delicadeza.

—Ya se cansará, madre. Siempre acaba así. Se quedará callada antes de que ellos puedan oírla. —Señaló con la cabeza a los soldados griegos que se acercaban bordeando la costa con su pesada carga.

—No importa, no importa. —Ahora Casandra susurraba.

—Polidoro no está aquí —siseó Hécabe a Políxena. El muchacho había estado muy unido a su hermana Políxena, pero a ella también le habían ocultado su partida hasta que estuvo lejos de Troya—. Está a salvo. Lo mandamos lejos hace meses para protegerlo.

—Lo sé, madre. No te preocupes por lo que dice Casandra. Sabes que son tonterías. Siempre lo son.

Andrómaca no dijo nada, pero le puso una mano en la espalda a Casandra y le dio unas palmaditas. Calmar sus peores arrebatos era como consolar a una mula ansiosa.

—Chist —susurró—. Chist.

Casandra volvió a articular las palabras, pero sin sonido. Cuando los griegos llegaron al campamento de las mujeres, si podía llamárselo así, apenas movía la boca. Copiosas lágrimas le rodaban por el rostro y se mezclaban con los mocos que le caían de la nariz.

Los soldados griegos cruzaron unas palabras entre ellos y depositaron la litera sobre la arena. Parecía un montón de harapos, pero los dos se irguieron visiblemente aliviados. El que estaba más cerca se frotó los riñones con los nudillos mientras el otro se dirigía a Hécabe.

—¿Eres tú la esposa de Príamo?

—Su viuda.

—Si la señora lo prefiere... —El soldado sonrió. Nada divertía más a un ejército conquistador que una esclava engreída que se creía que su posición anterior tendría algún peso en su nueva vida. Sobre todo cuando la esclava era una vieja bruja pagada de sí misma como ésa—. ¿Sabes quién es?

Dio una patada a los trapos que tenía a sus pies, pero no se movieron. Estaban demasiado húmedos para despegarse. Él soltó una maldición y se inclinó de nuevo, agarró el borde de uno y lo apartó.

Nadie lo habría reconocido por el rostro, pues estaba hinchado y ennegrecido por el agua y las rocas. Tenía parte de la mejilla izquierda desgarrada y ronchas violáceas alrededor del cuello. Fue el bordado de la túnica lo que arrancó de la garganta de Hécabe un grito bajo y gutural. Recordó la primera vez que él la había llevado, cómo se rió al verse deformado en la superficie pulida y convexa de una copa. Recordó a la esclava haciendo las diminutas puntadas a lo largo del cuello. Y aunque la tela roja había adquirido con el agua salada un tono carnoso que le revolvió el estómago, no le cupo ninguna duda.

Políxena corrió al lado de su hermano y se arrojó sobre él.

—¡No! —gritó—. ¡No, no, no!

—Entonces lo conoces. —El soldado griego sonrió.

Pero su compatriota, de más edad, chasqueó la lengua con desaprobación.

—Deja el cuerpo aquí y respeta el dolor de estas mujeres, soldado.

—Odiseo dijo que nos lleváramos todo lo que encontráramos —respondió el primer hombre, a quien parecía que se le hubiera aguado la fiesta.

—Le diremos lo que hemos encontrado. Deja que llore a su hijo. Es lo que querrías para tu madre.

Malhumorado, el joven asintió y regresaron al campamento griego.

—Mi hermano —murmuró Políxena—. Mi precioso hermano. —Se arañó el rostro, dejándose cuatro surcos brillantes en cada mejilla.

Andrómaca se acercó a Hécabe y la abrazó con fuerza mientras los sollozos sacudían el frágil cuerpo de la anciana, que ni siquiera tenía fuerzas para mesarse el cabello.

Y, por alguna razón, todas olvidaron que Casandra les había anunciado esa desgracia y se persuadieron de que había dicho algo totalmente distinto. Algo que había resultado ser falso, como siempre.

20

Enone

Enone ya no encajaba. Llevaba algún tiempo sin encajar. Antes su sitio estaba en las montañas, donde corría a los manantiales, descansaba a la sombra de los árboles y tocaba la flauta compitiendo con los pájaros y su canto. Cuando su vida era la de una ninfa de las montañas corriente había sabido cómo vivir. Luego conoció a Paris y todo cambió.

Al principio, cambió para mejor. Pero eso se debía a que al principio no sabía que Paris era Paris. Expulsado de Troya cuando era un bebé por una profecía que presagiaba que provocaría la caída de la ciudad, no debería haber sobrevivido a su primer día. Pero sus padres, Príamo y Hécabe, no tuvieron el valor para quedárselo ni las agallas para matarlo, y se lo dieron a un pastor para que se deshiciera de él en las montañas. Sin embargo, el pastor no se atrevió a cometer el crimen que le habían ordenado. Una cosa era abandonar a un bebé en un paraje solitario y otra muy distinta asestarle un golpe en la cabecita con el cayado. Así que no lo mató; se quedó con él y lo crió en secreto como pastor de cabras. ¿Qué podía hacer un niño contra una ciudad? Jamás se sabría la verdad.

Por esa razón, cuando Enone vio por primera vez a Paris al pie de la montaña, un joven delicado y fibroso, rodeado de cabras, lo tomó por el hijo de un pastor. Era tan guapo, tan hermoso incluso, que lo siguió durante días sin que él la viera. Si Paris alguna vez miraba en su dirección, se escondía detrás de los árboles. Pero ¿por qué iba a mirar? Ella se movía con más sigilo que cualquiera de las cabras desperdigadas. Él también tocaba la flauta, que llevaba a sus labios gordezuelos mientras contemplaba a los animales paciendo. Antes de acercarse a él para saludarlo, Enone ya estaba medio enamorada.

El día que se casaron, él le confesó que había nacido en el palacio de Troya y había sido adoptado por el pastor Agelao. Pero ella, dotada para las artes de la profecía y la medicina, había sabido que era el hijo de Príamo y Hécabe desde la primera vez que hablaron. Enone sintió un extraño zumbido en la cabeza cuando pensó en el futuro que les aguardaba a los dos, pero no le hizo caso. ¿Cómo iba a considerarlo si ya estaba esperando un hijo de él?

Fueron muy felices hasta que llegaron las diosas exigiendo que Paris se erigiera en juez. Enone nunca puso en duda esa historia, aunque sabía que a mucha gente le habría costado creerla. Paris no la abandonó, la separaron de ella. Aquella primera vez, al menos, se lo llevaron. Él le contó inocentemente lo que había sucedido aquel día: estaba pastoreando su rebaño en las colinas cuando se vio envuelto en la niebla, y de pronto se encontró en un claro de alta montaña, de pie ante tres diosas, y cada una insistió en que la eligiera a ella y le entregara la baratija por la que estaban peleando. Enone no necesitó oír sus nombres para saber de quiénes hablaba.

Ella no tenía muy claro el criterio que había empleado él para decidirse por una de las diosas, ni podía estar segura de cómo se había zanjado la discusión. Solamente sabía una cosa: él regresó a casa tarde, ya entrada la noche, porque tuvo que bajar la montaña para recuperar sus cabras. Y esa noche se mostró extrañamente distraído y malhumorado. A la mañana siguiente se despidió de ella diciendo que pensaba ir a Troya para enfrentarse a sus padres. Hasta entonces nunca le había expresado su deseo de conocerlos o de vivir dentro de las murallas de la ciudad. Enone sabía que era inútil intentar detenerlo y, de todos modos, pensó que regresaría en uno o dos días, en cuanto tuviera las respuestas que buscaba.

Sólo cuando se hubo ido, Enone pudo pensar con claridad. Comprendió que Paris no volvería al día siguiente ni al otro. Al ir a Troya no albergaba sino la pretensión de que lo reconocieran como el príncipe de la ciudad. Enone se frotó las sienes convencida de que debía de haberlo entendido mal; él no podía haberse embarcado rumbo a Grecia. ¡A Grecia! ¿Para qué? ¿Por qué un hombre feliz abandonaría a su esposa y a su hijo para lanzarse a navegar en mar abierto? Estaba bastante segura de que él no tenía ninguna misión que cumplir, ningún dios le había encomendado una tarea. A pesar de su don de la profecía, no podía ver lo que iba a hacer Paris. Sus visiones del futuro solían ser muy detalladas, pero en lo tocante a Paris se le nublaba la vista. Hasta le preguntó a su padre, Cebrén, el dios del río, qué podía estar pasando. Pero él no sabía más que ella.

De modo que cuando Paris regresó a Troya, ella todavía esperaba que volviera a las montañas, a su lado. Averiguó la verdad por otra ninfa, que le habló con una sonrisa cruel en los labios.

Paris, su marido, se había instalado en la ciudad con una nueva esposa, una griega. Enone veía a su hijo, al hijo que había tenido con Paris, caminar tambaleante por la tierra cocida y se preguntaba cómo era posible que le importara tan poco a su padre. ¿Y cómo un hombre al que conocía tan íntimamente podía resultar ser tan falso? Todo lo que había creído saber se había desvanecido y ahora vivía inmersa en el caos.

Enone supo que esa mujer traería la guerra. Hasta la cima del monte Ida llegaron los choques de metal contra metal y el hedor de la sangre que iba a correr. Así que cuando divisó las grandes naves en la bahía, no se sorprendió. Mantuvo a su hijo a salvo en su escondite de la montaña; el antiguo nido de amor en el que Paris y ella habían sido tan felices ahora era un lugar de lo más oportuno para esconder las vacas y cabras que los soldados griegos buscaban ávidamente para darse un festín. Nunca descubrieron su refugio, disuadidos por el cercano y torrentoso río Cebrén. A Enone la había abandonado su marido, pero su padre todavía velaba por ella.

Después de diez largos años, Enone casi se había olvidado de Paris, de su dulce sonrisa y su mirada de párpados caídos. Parecía más un sueño que un hombre, y la única prueba de que había existido era su hijo, que se había convertido en un joven esbelto de ojos color avellana y tez broncínea.

La guerra había arrasado la península de la Tróade, primero en una dirección y luego en la otra. Sentada en la hierba con su hijo, Enone a veces veía las cuadrigas saliendo en tropel del campamento griego en dirección a los defensores troyanos. Desde esa altura no podía ver el rostro de los guerreros, por lo que nunca supo con certeza si Paris seguía vivo.

Pero tenía que estar vivo, o habrían devuelto a la griega, Helena —Enone había tardado en llamarla por su nombre, incluso cuando hablaba para sí—, a su marido y la guerra habría terminado. Sólo la obstinación de Paris podía alargar tanto un conflicto.

Pero al final hasta una ninfa de las montañas pudo ver que la guerra ya estaba perdida, y ganada. El número de guerreros troyanos había disminuido. También el de griegos, pero ellos eran muchos más al empezar la guerra. Cuando Héctor cayó, Enone sintió que se le desgarraba el corazón, como si hubiera sido su marido o su hijo. Ella nunca había conocido al hermano de Paris, no le había visto el rostro, pero presenció el último combate a muerte del paladín griego sabiendo que era él. Todos hablaban de él como el baluarte de los troyanos. Los griegos lo respetaban y los suyos dependían de él. Era, en todos los sentidos, lo opuesto a su hermano menor, pues nadie sentía sino desprecio por un joven que había puesto en peligro su ciudad por una mujer. En eso coincidían aliados y enemigos.

Vio una figura arrogante pavonearse por el campo de batalla. ¿Era Aquiles? Creía que lo había visto morir a manos de Héctor unos días atrás, pero en ese momento comprendió que debía de tratarse de otro guerrero con la armadura de Aquiles. Éste era tan rápido, tan diestro y tan cruel que no podía ser otro que Aquiles. Lo vio derribar a Héctor y atar el cadáver a la parte trasera de su cuadriga antes de desfilar alrededor de las murallas de la ciudad con él a rastras, y supo que nunca volvería a ver un espectáculo tan cruel. Trató de ocultar las lágrimas a su hijo, para quien toda la guerra que se libraba en las lejanas llanuras a sus pies no era sino un juego, porque no habría sabido explicarle que lloraba por un completo desconocido del que sólo sabía que no merecía morir.

El don de la profecía volvió a fallarle en lo tocante a su esposo. La primera noticia que tuvo de la herida de Paris fue cuando éste cruzó tambaleándose el bosquecillo que crecía junto a la cabaña y se desplomó con un grito en el suelo.

—Enone —la llamó—. Te lo suplico.

La primera reacción de ella fue creer que lo había imaginado. En los últimos diez años nadie la había llamado por su nombre. Su hijo la llamaba «mamá» cuando no estaba en las montañas con su querido rebaño. Cebrén, el dios del río, la llamaba «hija». Las otras ninfas solían llamarla por su nombre, pero ella hacía años que no las trataba, incapaz de soportar la vergüenza de haber sido abandonada por un marido mortal. De modo que atribuyó la llamada a un pájaro, como había hecho tantas veces después de que Paris se marchara.

Pero volvió a oírlo.

—Enone, por favor. Ayúdame, te lo ruego.

Esta vez no hubo ninguna duda. Estaba segura de haber oído su nombre y sabía de quién era la voz. Se acercó corriendo y vio algo con lo que había soñado mil veces, primero con miedo y luego con ira. Al principio de su enamoramiento llevaba mal que Paris pasara mucho tiempo lejos de ella. Le preocupaba que un jabalí de la montaña le clavara los colmillos o que lo mordieran los lobos. Una y otra vez lo había imaginado tendido ante ella, mortalmente herido, y había pensado que requeriría todos sus poderes curativos para mantenerlo alejado de las ávidas fauces de Hades. En las oscuras horas de la noche se repetía que ése era el precio que debía pagar por amar a un mortal: el siempre presente riesgo de que muriera. Cuando él se hubo marchado y ella comprendió —demasiado tarde para llevarlo con dignidad— que nunca regresaría, se imaginó la escena de muy distintas maneras. Paris se arrastraba sobre la alfombra de agujas de pino doradas de su casa suplicando ayuda. La respuesta de ella variaba: a veces permitía magnánimamente que le pidiera perdón y le salvaba la vida; otras veces contemplaba impasible cómo el último aliento quedaba atrapado en su pérfida garganta.

Ahora su sueño se había hecho realidad. Paris tenía el pelo sudado pegado a la frente, el hermoso rostro contraído de dolor y la tez, antes del mismo tono broncíneo que la de su hijo, se veía pálida y gris. Había caído de bruces y tenía la cabeza apoyada en los brazos. La pierna izquierda formaba un ángulo extraño y Enone vio que el paño con el que se había vendado la herida estaba empapado de sangre oscura. Respiraba de forma agitada y apenas tenía fuerzas para hablar.

—Enone, me muero. Sin tu ayuda me moriré.

Ella miró al hombre tendido a sus pies y se preguntó cómo podía haberlo amado. Era tan frágil. Tan humano. Los mortales tenían algo desagradable de lo que los dioses nunca hablaban, porque todos sabían que era cierto. Despedían un olor extraño, débil cuando eran jóvenes y más intenso a medida que envejecían hasta que se convertía en un hedor, pero siempre estaba presente. Era el olor de la muerte. Hasta los sanos, los ilesos y los niños llevaban esa marca invisible e indeleble. Y en esos momentos Paris apestaba.

—Por favor —le suplicó.

—¿Cómo has llegado hasta aquí?

—He andado hasta no poder más y después me he arrastrado.

—Mi padre te ha dejado cruzar —señaló ella.

—Sí. Me ha advertido que era posible que te negaras a verme.

Ella asintió.

—Pero ha escuchado mis ruegos y ha aquietado la corriente para que yo pudiera llegar a ti.

—Has venido en vano —replicó ella.

No había sabido que reaccionaría así hasta que oyó sus palabras.

A él se le contrajo el rostro de dolor.

—Podrías curarme. Si quisieras.

—¿Y si no quiero? —preguntó ella—. ¿Y si prefiero no detenerte la hemorragia ni atender tus heridas? ¿Y si decido reservar mis hierbas curativas para mi hijo, sus cabras y alguien que no me haya traicionado? ¿Qué pasaría entonces?

—Enone, no digas eso. No estés tan enfadada. Hace más de diez años que me fui. —Él se quedó sin aliento y tosió, y volvió a gritar de dolor.

—Hace más de diez años que me dejaste viuda —replicó ella—. Nos abandonaste a mí y a nuestro hijo, el hijo que te di. Te desentendiste de nosotros dos. ¿Ahora vuelves arrastrándote y ya no soy viuda? ¿Se te ha ocurrido preguntarte mientras venías aquí si me habría acostumbrado a mi viudez? ¿Si había aprendido a vivir con ella hasta llegar a preferirla? ¿Has pensado por un momento en lo que yo querría o en cómo me sentiría?

—No —musitó él, y una mujer mortal habría tenido que esforzarse para poder oírlo—. Me estoy muriendo, Enone. No he pensado más que en eso.

—Y por eso no te curaré —respondió ella—. Sólo has pensado en ti mismo. Incluso ahora, cuando deberías postrarte ante mí...

—Estoy postrado ante ti.

Una sonrisa frágil asomó a sus labios cuarteados. Éste era el hombre al que ella había amado.

—Pero no por mí. Por ti. No puedo curarte, Paris. Y debes irte de la montaña o de lo contrario la contaminarás con tu muerte.

Enone se dio la vuelta y se marchó. Cuando mucho más tarde fue a recibir a su hijo, que llegaba de los pastos, ya no había rastro de Paris, ni una gota de sangre sobre las agujas de pino. Y aunque estaba segura de que esta vez la conversación había sido real, se dijo que debía de haber sido otro de sus sueños.

21

Calíope

Me gusta, ¿sabes? Me refiero a Enone. Sé que el poeta se cansa de estas mujeres que aparecen y desaparecen de su historia, pero hasta él está empezando a entender que toda la guerra puede explicarse así. ¿Y realmente debería haber pasado por alto a Laodamia, como tantos poetas antes que él? Una mujer que sufrió una pérdida tan grande siendo tan joven merece como mínimo que se cuente su historia, ¿no?

Hay tantas formas de contar una guerra: todo el conflicto puede resumirse en un solo incidente. La ira de un hombre ante el comportamiento de otro, por ejemplo. Toda una guerra, los diez años que duró, podría resumirse así. Pero ésta es una guerra de mujeres tanto como de hombres, y el poeta contemplará el dolor de ellas —el dolor de las mujeres que siempre han sido relegadas a los márgenes de la historia, víctimas de los hombres, supervivientes de los hombres, esclavas de los hombres— y lo contará o no contará nada en absoluto. Ya han esperado bastante.

¿Y por qué? Hay demasiados hombres contándose unos a otros historias de hombres. ¿Se ven reflejados en la gloria de Aquiles? ¿Sienten que sus cuerpos envejecidos recobran las fuerzas cuando describen la juventud del héroe? ¿Recuerdan los duros músculos de Héctor el vientre protuberante de un poeta agasajado? Es una idea descabellada. Y, sin embargo, debe de haber algún motivo para que las historias de hombres se cuenten una y otra vez.

Si vuelve a quejárseme, le preguntaré: «¿Es menos héroe Enone que Menelao? Él pierde a su esposa y reúne un ejército para traerla de vuelta, lo que cuesta innumerables vidas y deja innumerables viudas, huérfanos y esclavos. Enone pierde a su marido y cría a su hijo. ¿Cuál de esos actos es más heroico?»

22

Las troyanas

Helena fue la primera en ver a los hombres acercándose desde el campamento griego. Hécabe había pasado la noche llorando por su hijo, y Políxena, Andrómaca y las demás troyanas se habían unido a sus lamentos. Más difícil era saber si Casandra las había acompañado o había llorado sola. Helena se acercó a las mujeres que la despreciaban y les anunció:

—Vienen los griegos.

Hécabe levantó su rostro devastado, dejando a la vista los profundos arañazos que se había infligido.

—¿Qué quieren? —preguntó llorando—. ¿Van a impedir que entierre a mi hijo? ¿Eso es lo siguiente? ¿Sumarán una nueva irreverencia a todas las demás?

—Quizá —respondió Helena.

—No la alteres, por favor —aseguró Políxena—. ¿No te basta con lo que ya has hecho?

—No es mi intención alterarla —replicó Helena—. Sólo tengo la gentileza de decirle la verdad. Puede que vengan a llevarse a Polidoro. O a buscarme a mí. O a ti. O a cualquiera de nosotras.

—¿Por qué te haces la inocente cuando todo esto es culpa tuya? —le preguntó Políxena.

—La culpa no es suya sino mía —intervino su madre con voz cansada después de la larga noche.

—¿Tuya? —inquirió Políxena, e intercambió una mirada de perplejidad con Helena—. ¿Cómo va a ser culpa tuya?

—Cuando nació Paris nos advirtieron de que traería la ruina a Troya —explicó Hécabe—. La profecía era clara: o matábamos a Paris o él viviría para matarnos a todos.

Se hizo un silencio.

—¿Por qué no...? —Políxena no terminó la pregunta. Mientras inhalaban el humo que se elevaba de su ciudad en ruinas, no pudo pronunciar las palabras. ¿Por qué no habían matado al hermano que ni siquiera sabía que tenía hasta que entró en la ciudad ya adulto reclamando sus derechos como primogénito?

—¿Por qué no seguimos el consejo de los dioses? —replicó Hécabe—. No lo entiendes porque aún no te has casado, Políxena.

Al oír eso Casandra dejó escapar un aullido débil, pero nadie le prestó atención.

—No te imaginas lo que es mirar a tu hijo recién nacido y que te digan que será la ruina de tu ciudad. Era tan... —Hécabe titubeó, incapaz de encontrar una palabra que no fuera tontamente sentimental—. Pequeño. Era pequeñísimo, y tenía unos ojos enormes, un bebé perfecto. Y no pudimos, yo no pude asfixiarlo como nos habían dicho que hiciéramos. Era demasiado pequeño. Cuando tengas un hijo lo entenderás.

—¿Qué hiciste con él entonces? —le preguntó Helena.

Ella nunca hablaba de Hermíone, la hija que había dejado en Esparta. Ni siquiera sabía si aún estaba viva. Temía que Hécabe y Políxena le reprocharan su osadía al decir que echaba de menos a una hija que había abandonado voluntariamente. Pero uno podía abandonar a alguien y aun así echarlo de menos.

—Se lo entregamos a Agelao, el pastor de mi marido —respondió Hécabe—. Le dimos instrucciones de abandonarlo fuera de los muros de Troya, en el monte.

—¿Para que muriera? —preguntó Políxena.

—Para salvaros a todos —replicó Hécabe—. Para salvar al resto de nuestros hijos, incluso a los que todavía no habíais nacido. La profecía solamente se refería a Paris. Si él moría, el resto viviríais, y la ciudad no sería destruida. Príamo y yo coincidimos en que era un precio que valía la pena pagar. Pero no podíamos soportar verlo morir.

Políxena escrutó a su madre. Siempre había sabido que podía ser despiadada, aunque eso era diferente, una extraña mezcla de buenos sentimientos y crueldad. De pronto le costó reconocer su expresión, y su habitual voz tranquilizadora e irritable al mismo tiempo.

—Pero el pastor desobedeció la orden de tu marido —señaló Helena—. Eso no es culpa tuya.

Normalmente Hécabe rehuía la mirada de Helena, no quería verla. Pero esta vez se quedó mirando sus ojos perfectos.

—Sí que lo es —murmuró—. Yo sabía que el pastor nos traicionaría. Sabía que era débil, que se quedaría con el niño y lo criaría como si fuera suyo. Siempre fue un hombre de buen corazón; cuando se encontraba un lobezno sin su madre era incapaz de matarlo. ¡Imaginaos! Un pastor que no puede matar un lobo. Yo sabía que no tendría valor para matar a un niño. Pero callé.

—¿Príamo también lo sabía? —le preguntó Helena.

Hécabe asintió.

—Ya lo ves, no fue culpa tuya. O al menos no fue sólo culpa tuya —insistió Helena—. Príamo tomó la misma decisión que tú, y Paris era su hijo, y Troya, su reino. Tú eras su compañera en todo, pero no gobernabas. El grueso de la culpa recae en Príamo.

—Sobre su tumba, querrás decir —repuso Hécabe—. Pero entre los vivos la culpa la cargo yo. Y ahora Paris me ha costado la vida de mi hijo menor, que era inocente. Una última pena con que reprocharme mi egoísmo y mi estupidez.

—Polidoro no te lo reprocharía. —Andrómaca habló en voz baja, pero aun así todas se volvieron para escucharla—. Era un muchacho bueno y honesto que a veces podía ser imprudente, pero su corazón no albergaba reproche ni crueldad.

Hécabe sintió un picor en los ojos, pero esta vez contuvo las lágrimas.

—Era bueno —repitió.

—Él no se enfadaría contigo, madre —coincidió Políxena—. Les pediremos a los griegos que nos dejen enterrarlo.

—¿Y si se niegan? —preguntó Hécabe. Su angustia ya se estaba transformando en una furia silenciosa.

—Echaremos tierra sobre él —le aseguró Andrómaca—. Entrará por las puertas del Hades y habitará en la Isla de los Benditos. El entierro formal será más tarde si es que llega a celebrarse, pero para entonces Polidoro ya estará donde le corresponde estar.

Las mujeres se pusieron a trabajar en silencio. Lavaron la sangre y quitaron la arena y las malas hierbas pegadas al cuerpo de Polidoro, y luego tiraron puñados de tierra sobre él mientras murmuraban plegarias a Hades y a Perséfone, y también a Hermes, que lo acompañaría al Inframundo y le mostraría el camino. Los soldados griegos casi habían llegado, pero Polidoro ya estaba a salvo, fuera de su alcance.

23

Penélope

Querido esposo:

Otro año que se ha ido y sigues sin estar cerca de casa. O tal vez sí. Oí contar a un anciano, un bardo errante al que pagué con su cena, que te habías ganado el favor de Eolo, el dios de los vientos, y que, gracias a él, habías navegado hasta divisar la isla de Ítaca, nuestro rocoso puesto de avanzada. Entonces tus marineros cometieron una estupidez, pasaron por alto una simple instrucción, y los vientos se volvieron una vez más en tu contra y te llevaron de regreso a la isla del dios del viento. Ni siquiera Eolo ayudará dos veces al mismo viajero cansado. Sabe, como todos, que semejante desgracia sólo se explica por la pérdida del favor divino. ¿Y quién es él para discutir con otro dios por un mortal?

Seguramente a estas alturas crees que Poseidón está jugando contigo, obligándote a navegar en una dirección y luego en la otra. Pero ¿y si no es un juego, Odiseo? ¿Y si éste es su castigo por haber cegado a su hijo, el cíclope? Para un dios, una vida humana no es más que un parpadeo. Podría mantenerte alejado de casa entre uno y diez años. Para él, no hay diferencia.

Como es natural, estoy preocupada por ti. Me llena de frustración la historia de Eolo y los vientos propicios que trató de ofrecerte. ¡Y pensar que estuviste a tan poca distancia de mí y no me enteré! Aunque entonces no pude sino paladear la amargura de la decepción, ahora me digo que, comparada con las otras historias que han llegado hasta aquí, ésta es claramente alentadora. Si hubiera creído una décima parte siquiera de lo que he oído contar sobre tu tortuoso viaje de regreso, estaría convencida de que a estas alturas estabas muerto. Quizá lo estás. Podría estar escribiendo mi mensaje en la arena mientras sube la marea por la certeza que tengo de que algún día sabrás lo que quiero decirte.

Espero que no hayas perdido todos los barcos menos el tuyo, como afirmaba el viejo bardo en su canción. Puedes estar seguro de que esa noche no le ofrecí una cama cómoda. Cenó pan seco y durmió sobre dura piedra. La noche siguiente cantó la segunda parte, en la que estabas a salvo en alguna playa. Era evidente que había compuesto esos nuevos versos para apaciguarme. Pero no funcionó.

Ya he olvidado el nombre del refugio seguro que describió la segunda noche. Era una palabra rara, pero ya me vendrá. La primera noche te sometió al ataque de más gigantes. Primero los cíclopes, cantó, y luego, después de tu audaz huida, los lestrigones. Nunca habíamos oído hablar de esos gigantes, pero el poeta nos aseguró que eran una raza de caníbales descomunales. Le pregunté en qué se distinguían de los cíclopes, ya que Polifemo (así se llamaba el que cegaste, Odiseo, ya que no te molestaste en preguntar) también estaba decidido a engullirte a ti y tus hombres. El bardo no tenía respuesta, sólo habló de que poseían muchos ojos en medio verso ambiguo. No es de extrañar que me cueste tanto creer lo que cantan esos poetas.

Porque ¿cuántos tipos de gigantes caníbales puede encontrarse un griego mientras navega en mar abierto? Hasta yo, que conozco bien tu facilidad para crear problemas, creo que basta con un gigante para que la historia resulte verosímil. Pero si no te has topado con los lestrigones, si no te han arrebatado a la mayoría de tus compañeros y no has perdido todas las naves excepto la tuya, entonces no sé cuál es la respuesta a la pregunta que asoma a mis labios cada mañana en cuanto me despierto: ¿dónde estás?

Los bardos cantan sobre la valentía de los héroes y la grandeza de vuestras hazañas: ése es uno de los pocos elementos de tu historia en el que todos coinciden. Pero nadie canta sobre el coraje de los que quedamos atrás. Debe de ser sencillo para ti olvidar cuánto tiempo llevas fuera mientras sufres un infortunio tras otro, siempre tomando decisiones difíciles, aprovechando las oportunidades y asumiendo riesgos. Eso ayuda a que pase el tiempo, me imagino. Pero quedarse en nuestra casa sin ti, viendo crecer a Telémaco hasta convertirse en un apuesto joven que pregunta si algún día volverá a ver a su padre, eso también requiere la disposición de un héroe. Lo más cruel que he experimentado nunca es esta espera. Es como estar de luto, pero sin la certeza de la muerte. Si supieras lo mucho que he sufrido, sin duda llorarías. Siempre has sido un hombre sensible.

Ah, ahora me acuerdo de cómo se llamaba el refugio seguro. Eea. Me pregunto dónde está o si existe realmente. El bardo debió de cansarse de los gigantes devoradores de hombres porque se inventó una historia aún más extraña sobre lo que te sucedió cuando desembarcaste en Eea. Después de que los lestrigones os arrojaran piedras, ahogando a la mayoría de tus hombres, el resto de la tripulación y tú os alejasteis rápidamente, y desembarcasteis en la primera isla que visteis. ¡Qué lástima que perdieras todas esas naves, Odiseo! Y a todos esos hombres. Aunque todavía espero que el bardo se equivocara. ¿O cómo les dirás a todos esos padres y madres, todas esas esposas y hermanas, que sus hombres sobrevivieron a la guerra de Agamenón, pero no al viaje de Odiseo a casa? ¿Cómo podré mirarlos a la cara cuando se enteren de semejante horror?

Si eso es cierto y muchos de tus compañeros están muertos, puedo creer lo que dice el bardo que sucedió a continuación. Ordenaste a tus hombres que esperaran junto al barco mientras ibas a explorar la isla. No querrías poner en peligro a los pocos marineros que te quedaban después de lo que habíais sufrido y asumiste el riesgo tú. Eres así. De modo que te pusiste en camino con tu lanza —siempre tan orgulloso de tu vista de lince y tu puntería infalible— para buscar comida. Te adentraste en la exuberante vegetación y te dijiste que nunca habías visto una tierra tan fértil a tan poca distancia del mar. Era casi como si la isla estuviera encantada. Y al pronunciar esa última palabra, te recorrió un escalofrío y confiaste en que sólo fuera la brisa fresca del mar. Habías subido las empinadas dunas desde la orilla y desde ahí viste que habíais amarrado el barco en la parte alta de la isla, que resultó estar llena de grandes pinos. Ante ti el terreno descendía suavemente. Tuviste que mirar dos veces para estar seguro: una columna de humo se elevaba de entre los árboles. Se te aceleró el pulso al pensar en esas otras dos islas peligrosas donde hacía bien poco habías esperado encontrar ayuda. No querías correr el riesgo de explorar ésta, si podías evitarlo.

Y, como eres inteligente, astuto y, sobre todo, afortunado, te lo ahorraste. Porque en ese preciso momento un ciervo enorme salió de la maleza. Apenas te habías adentrado en el bosque y allí estaba tu premio, con sus altas y anchas astas y su orgulloso cuello, ofreciéndose a ti. Aún no lo habías visto, pero tu oído fino lo percibió: hacía un día muy caluroso y el animal se había acercado a un manantial cercano a beber.

Yo podía imaginarlo mientras el bardo cantaba. Veía la escena. Tú no titubeaste. Apuntaste la lanza con la punta de bronce y la lanzaste. Se hundió en el cuello del animal, que cayó de rodillas junto al agua. Te apresuraste a bajar por el terreno escabroso y cuando llegaste para reclamar tu premio, te diste cuenta de que la vista te había engañado. El ciervo era mucho más grande de lo que parecía desde arriba. Difícilmente podrías cargarlo tú solo, pero no abandonarías la presa. Arrancaste la lanza de la bestia y ésta soltó su último suspiro.

Luego le ataste las patas con unas lianas, te lo cargaste a la espalda, usando la lanza como bastón para no perder el equilibrio, y regresaste tambaleándote al barco.

Esa noche disfrutasteis de carne de venado asado y vino dulce, y os dormisteis en la orilla imaginándoos lo que podríais encontrar tierra adentro. A la mañana siguiente decidiste que necesitabas un número mayor de hombres para cubrir más terreno. Pero esta vez actuarías con más cautela que con los cíclopes y los lestrigones. Tus hombres se mostraron comprensiblemente recelosos después de aquellas dos experiencias aterradoras y enseguida aprobaron dividirse. El bardo fue bastante específico: tú encabezaste un grupo y tu amigo Euríloco el otro. Veintidós compañeros en cada uno. Euríloco y tú partisteis en direcciones opuestas y acordasteis reuniros de nuevo en el barco antes de que se pusiera el sol.

Tu grupo pasó el día sin incidentes: aunque en esta ocasión no apareció ningún ciervo, atrapasteis varios conejos, lo que puso contentos a los hombres. Regresasteis al barco cuando la luz se desvanecía y el sol se alejaba en su cuadriga allende el mar. Allí esperaste a que volviera la segunda partida de hombres. Sin embargo, no regresó. Al final apareció Euríloco solo. Y lo que contó sonó poco creíble.

Llorando a lágrima viva te explicó cómo sus hombres se habían dirigido al centro de la isla, donde los árboles empezaban a escasear. Se acercaron a un claro y vieron unos muros altos de piedra. Algunos quisieron regresar, pues el edificio tenía altura suficiente para que cupieran uno o dos gigantes en él. Discutían en voz baja entre ellos sobre si quedarse o huir cuando descubrieron que estaban rodeados.

Del bosque habían salido pumas, y cuando los hombres se dieron la vuelta para retroceder, se encontraron con que una manada de lobos se les había acercado por detrás. Aunque de entrada se asustaron, enseguida advirtieron que los animales se comportaban de una forma extraña. Los pumas movían la cola, como pidiendo que les rascaran, mientras que los lobos les pegaban el morro a las manos, como perros fieles. Sus hombres no sabían, por supuesto, que esos seres no tenían nada de animales. Y que no movían la cola con afecto, sino más bien en señal de desesperación, porque habían perdido el habla.

Entonces las puertas del palacio se abrieron de golpe y apareció una ninfa de una belleza (según el bardo) sin parangón. Llevaba el cabello recogido en intrincadas trenzas y entonaba muy bajito una canción que llenó a tus hombres de nostalgia por su hogar. Por Ítaca.

La siguieron hasta el interior, como es natural, y entonces se sentaron a su mesa. Resulta ridículo que unos guerreros se mostraran tan confiados, ¿verdad? Pero sé que llevaban diez largos años durmiendo al raso y comiendo carne chamuscada. Y luego otro año en alta mar, donde les había sucedido una calamidad detrás de otra. ¿Acaso se les puede reprochar que cuando una mujer hermosa los invitó a sentarse en sillas de madera tallada los pillara con la guardia baja? El decoro resultó tan tentador como la misma comida. Después de haber vivido durante tanto tiempo como animales, querían volver a sentirse humanos.

Ella les ofreció queso, cebada y miel, todo regado con vino. Había mezclado la comida con sus hierbas, por supuesto, pero ellos no estaban acostumbrados a la deliciosa dulzura de la miel y no las notaron. Sólo Euríloco se contuvo y se quedó esperando fuera del palacio, y por el resquicio de la puerta entornada, lleno de recelo pero incapaz de decir por qué, observó cómo sus hombres se atiborraban de comida y bebida.

Hay que ser un poco cruel, Odiseo, para mirar a unos hombres desesperados y ver sólo cerdos. Aunque eso es lo que Circe vio y lo que hizo a tus hombres. Euríloco observó con horror cómo sus compañeros, al acabar de comer, parecían encogerse. Se frotó los ojos, esperando estar equivocado. Pero no lo estaba. Primero se les acortaron los brazos, luego las piernas, y finalmente se pusieron sobre cuatro patas. De pronto tenían la cara cubierta de pelo rosado. Les salieron dientes a ambos lados de las mandíbulas y la nariz se transformó en un hocico. Circe tomó el bastón y empujó al hombre que tenía más cerca. A continuación los llevó a la pocilga, donde se apiñaron.

Los hombres habían perdido su forma humana, pero dentro de sus cuerpos de cerdo conservaban la mente y los recuerdos. Gritaron horrorizados al ver en qué se habían convertido, allí encerrados con un comedero lleno de bellotas como único alimento.

Euríloco se alejó corriendo del palacio y cruzó el bosque sin la debida precaución, desesperado por llegar hasta el barco y contarte las cosas espantosas que había presenciado. Cuando te encontró, te suplicó que dejaras atrás a sus compañeros transformados y zarparas con él y los hombres de tu tripulación que todavía caminaban sobre dos piernas. Pero tú decidiste tomar cartas en el asunto. Habías perdido demasiados hombres para sacrificar a veinte más.

Partiste solo hacia el bosque. Tanta impetuosidad, Odiseo, no es propia de ti; siempre has preferido planear minuciosamente lo que vas a hacer. Quizá has cambiado durante el tiempo que hemos estado separados. O tal vez, como sugirió el bardo, te inspiró algún dios. Según nos dijo el anciano, seguiste la ruta que habían tomado tus compañeros, subiendo la empinada colina y descendiendo por el bosque hacia la columna de humo que habías visto el día anterior. Un joven alto, guapo y pagado de sí mismo salió de detrás de un árbol y tú gritaste alarmado. Él te agarró del brazo.

—Lo que les gusta de ti a los dioses, Odiseo..., bueno, a la mayoría de los dioses, es lo decidido que eres. Incluso cuando lo tienes todo en tu contra. ¿Qué posibilidades tiene un hombre solo contra una hechicera como Circe?

—Debo rescatar a mis hombres —le respondiste—. Déjame pasar.

El joven te apretó un poco más el brazo.

—Dirás mejor tus cerdos. Pero si aceptas mi ayuda, volverás a zarpar con ellos convertidos de nuevo en hombres.

—¿Quién eres tú? —le preguntaste. Nunca te han gustado las sorpresas.

El joven se rió.

—Te traigo un mensaje de los dioses. ¿No responde eso tu pregunta?

—Eres Hermes.

De todo lo que han cantado los bardos, éste es el pasaje que me parece más verosímil, Odiseo. ¿Quién, aparte de ti, daría por supuesto que los dioses no tienen nada mejor que hacer que ayudarte en cualquier plan imposible en el que te hayas involucrado? ¿Y quién aparte de ti acertaría?

—A tu servicio. —Hermes se rió haciendo una reverencia burlona—. Ahora escúchame, Odiseo. Tu vida depende de ello.

Te dio una florecita blanca con la raíz negra y te dijo que te la comieras. La planta, a la que llamó «moly», te protegería de los brebajes de Circe y te permitiría conservar tu forma humana. Pero eso no era todo. Después de ofrecerte su comida envenenada, Circe intentaría golpearte con su bastón y llevarte a la pocilga, como había hecho con tus hombres. En ese momento, y no antes, tendrías que correr hacia ella con la espada desenvainada. Entonces, dijo Hermes, ella intentaría seducirte, pero tú tendrías que obligarla a jurar poniendo a los dioses por testigos que te dejaría ileso y liberaría a tus hombres de su prisión porcina. Sólo entonces, dijo Hermes, aceptarías compartir su lecho. Tú asentiste y repetiste las instrucciones, esperando que él alabara tu excelente memoria. Pero él ya había desaparecido, como suelen hacer los dioses.

Te tragaste la flor y seguiste su consejo: entraste en el palacio, comiste la comida, corriste hacia la bruja con tu espada desenvainada, y la obligaste a jurar que no te haría daño y que liberaría a tus hombres.

A partir de este momento, Odiseo, no tengo muy claro qué pasó. Es evidente que no estuviste un año en su palacio, como dicen los bardos, viviendo como su esposo, por la sencilla razón de que eres mi esposo, y semejante comportamiento sería indigno. Muy indigno de ti.

Pero ha transcurrido otro año y no hay rastro de ti ni de tus hombres.

Tu esposa,

PENÉLOPE

24

Las troyanas

Las mujeres observaron el grupo de griegos que se acercaba. En cabeza iba un hombre bajo y fornido, cubierto de cicatrices y con signos de cansancio en sus ojos grises.

—Tú debes de ser la reina de la difunta ciudad de Troya —le dijo a Hécabe con una inclinación al tiempo que esbozaba una sonrisa más irónica que cortés.

—¿Así es como la llamáis ahora? —replicó ella. Lejos de inclinarse a su vez, permaneció de pie frente al cuerpo de su hijo, resuelta a ocultar su fatiga.

—Tu ciudad está muerta, señora. Puedes ver el humo que se eleva de sus ruinas. —Él gesticuló con la mano derecha en dirección a Troya, como si hiciera salir a un invitado de honor de detrás de un telón.

—Lo veo.

Hécabe escrutó al hombre, que no le devolvió la mirada, sino que se puso a observar a las otras mujeres. Su expresión no denotaba avaricia; su rostro no era el de un hombre que escoge a sus esclavos.

—Dejémonos de cumplidos. Yo soy Odiseo y tú Hécabe.

Las mujeres guardaron silencio.

De modo que ése era el hombre que había destruido su ciudad. Odiseo, el de las múltiples tretas, maquinaciones, planes y ardides. Ése era el hombre al que se le había ocurrido construir el caballo de madera. El que había persuadido a Sinón, su gran amigo, de que se quedara atrás para hacer que mordieran el anzuelo los habitantes de buen corazón de Troya e inducirlos a pensar que Odiseo quería sacrificarlo. El que había llevado la guerra a un final tan repentino y desastroso. ¿Qué podían decirle ahora?

Pero Odiseo no parecía esperar ninguna respuesta. Habló rápidamente y los ásperos sonidos griegos se suavizaron en sus labios.

—Y éste era uno de tus hijos, ¿verdad? —Hizo un gesto hacia el cuerpo que yacía junto a las botas de sus hombres.

—El menor —respondió Hécabe—. Polidoro.

—¿Lo enviaste lejos, cuando temiste que Troya cayera?

—Tú habrías hecho lo mismo —espetó ella.

Él asintió.

—Habría enviado a mi hijo lo más lejos posible si hubieran sitiado mi hogar. De haber estado en la situación de Príamo, habría enviado lejos a todos mis hijos. Que fueran los hijos de otros los que combatieran en una guerra que yo no había iniciado y que no podía ganar. Estaba cantado que tomaríamos su ciudad, sólo quedaba por ver cuántos de sus súbditos morirían cuando cayera. Y yo sólo tengo un hijo, señora, y no lo he visto en diez largos años.

—Entonces tienes un hijo más que yo —respondió Hécabe—. Polidoro era mi hijo menor y el único que quedaba con vida. —Casandra murmuró algo, pero ella continuó sin prestarle ninguna atención—. Y ahora hasta él está muerto. ¿Cómo te atreves a comparar tu pérdida con la mía? ¿Echas de menos a tu hijo? Podrías haber vuelto a casa si hubieras querido. Nadie te retenía aquí.

—Eso es lo que tú te crees. Cuando un hombre se compromete a luchar para traer de vuelta a la esposa de otro si ella se descarría... —Inclinó la cabeza hacia Helena y arqueó las cejas, y ella lo miró con silenciosa indignación antes de darse la vuelta para contemplar la marea retirándose una vez más. Odiseo sonrió y se volvió hacia Hécabe—. Tiene que cumplir su palabra, si no quiere que los dioses lo castiguen. Aunque no niego que hubo momentos en que me pregunté si una mujer podía valer tantos problemas, tantas vidas.

—Yo he pensado lo mismo —replicó Hécabe—. Muchas veces.

Odiseo negó despacio con la cabeza.

—Pero ahora que la miro, tal vez entiendo por qué los hombres van a la guerra por ella y callan cuando se pronuncia su nombre.

—Tú no te has callado —observó Hécabe.

—Ah, pero yo he venido aquí por el tesoro que tu rey guardaba en su ciudadela, señora. Por él y para evitar la mala voluntad de los dioses. A las mujeres hermosas las puedo tomar o dejar. —Guardó silencio un momento antes de añadir—: A veces ambas cosas.

—Tu esposa debe de ser una mujer paciente.

—Ni te lo imaginas —respondió—. ¿Quieres que mis hombres te ayuden a enterrar a tu hijo?

Se hizo un silencio. Fue Políxena quien respondió.

—Podemos arreglárnoslas solas. Pero gracias.

—Deberíais enterrarlo allí. —Odiseo señaló una cueva detrás de unas grandes rocas—. El agua no llega tan lejos. Allí estará seguro.

Hécabe asintió hacia su captor como si fuera su mayordomo.

—Gracias. Lo haremos hoy.

—Además de para ofrecerte la ayuda de mis hombres, he venido para hacerte una pregunta.

—¿Cuál es?

—¿Tienes otros hijos, señora?

—Tenía otros muchos. Pero los habéis matado a todos, uno por uno, como una manada de lobos.

—Eso pensábamos también nosotros. Aunque luego llegó éste a la orilla y nos dimos cuenta de que no era así.

—¿Crees que podría haber mandado a más hijos lejos para tenerlos en un lugar seguro?

—O no tan seguro —repuso Odiseo.

—Ahora sólo me quedan hijas. Todos los varones han muerto, ¿me oyes? Todos.

—Has perdido una guerra.

—Podríais haber pedido un rescate por mis hijos en lugar de matarlos.

—¿Y con qué lo habrías pagado? —Él se rió, inclinando la cabeza hacia el cielo—. Ahora todo tu tesoro nos pertenece.

—¿En esto consiste el gran heroísmo de los griegos? —preguntó Hécabe—. ¿En regodearte de una anciana cuyos hijos han sido masacrados?

—¿Es éste el honor de los troyanos? ¿La reina de una ciudad hostil que se presenta como una pobre anciana?

Hécabe clavó la vista en el entrecejo del hombre para rehuirle los ojos.

—Sabes por qué tengo que preguntártelo —añadió él.

Andrómaca intentaba desentrañar lo que traslucían los ojos de ese hombre mientras hablaba; no dominaba lo bastante el griego para seguir toda la conversación, por lo que se concentró en los gestos. No era cólera, ni tristeza ni triunfalismo, aunque Hécabe percibía todo eso. Finalmente identificó la emoción. Gozo. Ese guerrero griego disfrutaba discutiendo con la reina.

—Por supuesto que lo sé —replicó Hécabe.

—Si tuvieras un hijo vivo, podría intentar vengarse en los próximos años.

—No tienes por qué temer la espada de un fantasma, Odiseo. Como te he dicho, todos mis hijos están muertos.

—¿Qué le sucedió a éste? ¿Lo has llamado Polidoro?

—A Príamo y a mí nos engañaron. Lo enviamos con un viejo amigo y éste ha resultado ser el más traicionero de los hombres.

—Un traidor de sus amigos —repuso Odiseo—. ¿Hay algo peor?

—Nuestro temor era que os vendiera a Polidoro. Sin embargo, no lo hizo.

Odiseo negó con la cabeza.

—Te aseguro que, de haberlo sabido, probablemente lo habríamos sobornado para que os traicionara. Pero no me enteré de que teníais otro hijo hasta que la marea lo arrastró hasta aquí.

—¿Sospechabas que podía haberlo?

—Sí.

—¿Incluso antes de que el mar nos devolviera a Polidoro?

Él asintió.

—Porque tú habrías hecho lo mismo que Príamo, sólo que eligiendo con más cuidado a tus amigos.

—Él es la luz de mi corazón. Aunque hace diez años que no veo esa luz y él era apenas un bebé cuando dejé Ítaca. De todos modos, no sabía adónde habríais enviado a vuestro hijo. Muchos de vuestros aliados... —Él no acabó la frase.

—Nos han traicionado, ya puedes decirlo. O han muerto luchando contra tus ejércitos.

—No sabía si os quedaba alguien en quien confiar.

—Poliméstor —respondió ella.

—¿El rey de Tracia? —Odiseo no pudo disimular una pizca de asombro—. ¿Confiasteis vuestro hijo a un griego?

—Como tú mismo has señalado, no teníamos muchas opciones.

—Y demostró que no era digno de vuestra confianza.

—Ya lo ves. —Hizo un gesto hacia Polidoro y cayó un poco de la tierra que se le había incrustado bajo las uñas durante el entierro.

—¿Lo enviasteis con mucho oro? —La ironía volvió a asomar a los ojos de Odiseo, pero Hécabe seguía mirando a su hijo.

—Con demasiado.

—Un error comprensible —respondió él—. Si hubierais enviado menos, Polimestor podría haberse negado a aceptarlo. No puedes culparte.

—Quizá no. Pero no hay nadie más a quien culpar.

—¿Por qué no al hombre que lo mató? —le preguntó Odiseo.

—Claro. Pero ¿cómo podría vengarme de él? —preguntó ella—. Como te has encargado de recordarme, mi ciudad ha caído. Ya no soy reina.

—Deja que lo piense —repuso él.

—Tengo entendido que se te da bien.

—Así es.

25

Eris

Eris, la diosa de la discordia, no soportaba estar sola, pero así era como pasaba la mayor parte del tiempo: en los oscuros rincones de la cueva donde vivía, a medio camino del monte Olimpo, la morada de los dioses. En los últimos tiempos, hasta su hermano Ares, el dios de la guerra, prefería evitarla. Ella recordó lo inseparables que habían sido cuando eran niños, siempre peleándose por algún juguete o tirándose del pelo para resolver cualquier disputa. Cómo lo echaba de menos ahora que él ya no estaba en el Olimpo. ¿Adónde había ido esta vez? Siempre era tan desmemoriada... Intentó recordar, pero las serpientes negras que se le enrollaban alrededor de las muñecas la distraían. ¿Tracia? ¿Estaba enfurruñado en Tracia? Pero ¿por qué? Empujó hacia abajo a la criatura escamosa que le subía por la muñeca izquierda. Por Afrodita. Era por ella.

Ares (pensaba en él con resentimiento, aunque lo echaba de menos) siempre estaba envuelto en una u otra aventura sentimental, pero la que había tenido con Afrodita había sido más absorbente que las otras. Eris no recordaba quién le había ido con el cuento al marido de Afrodita. ¿Había sido Helios? ¿Los había visto escabullirse juntos mientras Hefesto estaba fuera? A fin de cuentas, el dios del sol lo veía todo, siempre que fuera durante las horas en que su luz alumbraba el mundo. Sin embargo, no podía estar mirando a todas partes a la vez, ¿verdad? O los caballos desviarían la cuadriga de su trayectoria. ¿Significaba eso que alguien se lo había mencionado a Helios, animándolo a mirar en la dirección adecuada? Pero ¿quién habría sido? Eris tenía un leve recuerdo de la última conversación que había mantenido con el dios del sol. Le parecía que era bastante reciente, pero no podía recordar la fecha exacta ni de qué habían hablado.

Aun así, alguien se lo había contado a Helios, y éste había informado a Hefesto de que Ares y Afrodita seguían juntos. Por supuesto que seguían juntos. ¿Cómo podía esperar Hefesto que ella le fuera fiel con lo cojo y encorvado que estaba? Nadie era más superficial que Afrodita, se dijo Eris: tenía la profundidad de un charco formado durante un breve chaparrón. Ella jamás habría podido resistirse a Ares, ese dios alto y guapo, con su elegante casco de plumas. ¿Qué era Hefesto para ella? Él acabaría perdonándola, se comportara como se comportase. Todos la perdonaban siempre. Mientras pensaba en Afrodita, Eris sintió una punzada en el torso que le resultaba muy familiar. Bajó la vista esperando ver a una de las serpientes retirar sus bruscos colmillos, pero las dos seguían enrollándosele en los antebrazos con toda tranquilidad. Debía de habérselo imaginado.

Pero en esa ocasión Hefesto no había estado tan dispuesto a perdonar a su esposa. Sobre todo después de descubrir que Afrodita había seducido a Ares en su hogar conyugal, en su lecho matrimonial. Al enterarse por Helios de la infidelidad, decidió sorprenderla in fraganti. Acudió a su herrería y forjó unas cadenas de oro tan finas que parecían seda de araña. Las llevó a la alcoba que compartía con ella, donde las enrolló en los postes de la cama, por debajo e incluso por encima, aunque los dioses no se explicaban cómo el menudo herrero había logrado sujetarlas tan arriba. Alguien debía de haberle echado una mano, pero ¿quién? Helios no, pues había estado todo el día ocupado con su cuadriga. Eris recordaba vagamente haber visto la alcoba, pero no se le ocurría para qué había ido allí o si Hefesto también estaba presente. Aun así, alguien debía de haberlo ayudado, alguien capaz de llegar a lo más alto. Ella contempló con admiración sus largos brazos mientras una serpiente se le enroscaba por detrás de la muñeca.

Sintió un picor repentino en el omóplato izquierdo y alargó la mano para rascarse la base del ala con una garra. La hundió entre los cañones de sus plumas negras y suspiró aliviada. Dobló los hombros y agitó las alas mientras trataba de recordar qué había sucedido a continuación. Ares y Afrodita no habían podido resistirse el uno al otro, por supuesto. Aunque él era tan guapo y ella tan hermosa que nadie se sorprendió. Aun así, cuando se elevaron gritos de la casa de Hefesto —los de él, de ira, y los de ella, de pánico—, todos los dioses quisieron ver qué sucedía. En ese momento Ares tal vez no estaba tan favorecido, inmovilizado con hilos de oro. Cada movimiento de sus extremidades lo sujetaba con más fuerza al lecho de otro dios. Mientras tanto Afrodita, que enseguida se dio cuenta de que aquello era obra de su marido, se quedó quieta; sabía que no tenía sentido forcejear. Su boca perfecta se convirtió en un mohín furioso mientras los demás dioses se apiñaban a su alrededor, riéndose de la locura de ambos y de la ingeniosa trampa que Hefesto les había tendido. Pero Hefesto, con el rostro cada vez más sombrío y contraído por la ira, no se rió. Tampoco lo hizo la pareja descarriada, ni siquiera cuando Atenea, que era tan hábil tejiendo, descubrió enseguida la forma más rápida de desenredar los hilos que los ataban y los soltó a los dos. Ares desapareció sin que nadie supiera adónde se había marchado. Y Afrodita se retiró a Pafos, donde sus sacerdotes le curarían el orgullo herido. «Afrodita, la amante de la risa», la llamaban los bardos. Lo que probaba, si es que hacía alguna falta, que no la conocían en absoluto, pensó Eris.

De haberse tratado de otro dios, Eris tal vez habría disfrutado del momento de camaradería que se produjo al ver la caída de dos criaturas tan engreídas. Los dioses y ella quizá se habrían dado codazos y brindado a la salud de Hefesto por su ingenio, y habrían elogiado a Atenea por mostrar una clemencia tan poco propia de ella, y luego habría seguido una escena encantadora con Eris como protagonista. Pero, por razones que ella nunca tuvo del todo claras, no sucedió nada de eso. En su lugar, Hefesto empezó a gritarle a Atenea por meterse donde no lo habían llamado. Artemisa se puso a maldecir a Afrodita por su vulgaridad, y Hera chilló a Zeus, porque Helios estaba cruzando el cielo sobre sus cabezas, y no necesitaba otra razón para hacerlo. Apolo gruñó a Eris que todo era culpa suya, aunque ella no podía imaginar por qué, y el momento de paz se truncó dando paso a un mal humor colectivo. Eris se había retirado a su cueva, como de costumbre, ya que los demás dioses no querían ni verla. Pero después de pasar un rato sentada y con la mirada torva en la oscuridad —no se le daba muy bien calcular el tiempo—, empezó a aburrirse mortalmente.

Observó una pluma que se le soltó del ala y describió una laboriosa espiral hasta aterrizar en el suelo, y decidió salir en busca de compañía. Incluso Atenea sería mejor que nada. Bueno, casi. Eris no sabía a quién le apetecía más ver, porque lo cierto era que todos los dioses la irritaban, de una u otra forma. Aun así se había cansado de estar en su propia compañía y prefería sentirse irritada que sola. Así que levantó el vuelo y con aletazos desgarbados se dirigió a la cima de la montaña, al gran palacio que Zeus llamaba «hogar».

Algo iba mal, pero Eris no supo identificar de inmediato de qué se trataba. Tardó un momento en darse cuenta de que sólo se oía el canto de los pájaros, ninguna voz. Recorrió lentamente los patios de los dioses, pero no se cruzó con nadie y una vez dentro del edificio, hasta el canto de los pájaros enmudeció y todo lo que alcanzó a oír fue el ruido de sus propias garras rascando el suelo de mármol. ¿Dónde estaban todos? Desplegó las alas y cruzó volando las puertas y los pasillos hasta posarse en las vigas. Las estancias estaban vacías.

Sintió una punzada de miedo, y se preguntó si había sucedido alguna desgracia de la que por alguna razón ella no se había enterado: ¿otra guerra contra los gigantes tal vez? Pero incluso acuclillada en su fría y húmeda cueva —que prefería a todos los salones de Zeus y Hera, perfumados con madreselva— habría oído a los gigantes si éstos hubieran subido a la montaña para combatir. Si algo podía decirse de ellos es que eran poco delicados y nada silenciosos. No, todos los dioses debían de haber abandonado el monte Olimpo por propia voluntad y juntos. Sin ella. Notó que la serpiente de la muñeca izquierda se le enrollaba en la mano y se deslizaba entre sus dedos. Luego recordó que alguien había hablado de una boda.

¿Quién había sido? ¿Hera? Sí, fue ella. Eris se encontraba sentada en las vigas, como ahora, pero en la alcoba de Hera y Zeus. Hera la había acusado de estar espiándolos, pero, claro, la esposa de Zeus no era más que una arpía malpensada, como acababa de decirle el propio Zeus, y todos lo sabían. Además, Eris casi no los había espiado, sólo estaba descansando las alas.

Sin embargo, cuando Hera vio las plumas negras que caían flotando y se posaban en el borde de su asiento primorosamente tallado, primero maldijo a los cuervos, pensando que eran éstos los que profanaban su alcoba, y luego, al percatarse de su error, a Eris. Se volvió hacia ella indignada y la echó de sus aposentos sin contemplaciones. Eris había vuelto a su cueva jurando vengarse. Pero ahora ni siquiera encontraba a Hera. Porque —la rauda lengua de la serpiente le tocó el dedo corazón— todos habían ido a una boda. Claro. Todos los dioses habían sido invitados a una boda. Todos menos Eris. Todos. Incluso Atenea.

Eris sintió una sacudida de rabia. ¿De quién era la boda? ¿Quién se había atrevido a dejar de lado a Eris, la reina de la contienda y la discordia? ¿Quién había sido tan descortés, hiriente y cruel para no invitarla a su boda? Acarició la cabeza de la serpiente distraída y un nombre acudió a su mente: Tetis. La pequeña y presumida ninfa marina de cabello verdoso y ojos acuosos iba a casarse, aunque uno tenía que estar ciego para creer que eso era lo que esa criatura de las aguas quería. ¿Cómo se atrevía una simple ninfa —Eris se volvía más y más alta a medida que su cólera aumentaba— a excluirla de un banquete divino? ¿Cómo se atrevía...?

Interrumpió sus pensamientos al golpearse la cabeza con el techo. No, seguro que no había sido Tetis quien había decidido a quién invitar y a quién rechazar. La misma ninfa no tenía ningunas ganas de casarse, de modo que era poco probable que se hubiera puesto a elaborar listas de invitados. No. Quien había decidido qué dioses asistirían y había invitado a todos menos a ella tenía que ser otro. De pronto Eris notó que le picaban los ojos, pero no pudo identificar la causa.

Aunque ignoraba la identidad del ofensor, al menos tenía claro algo: ella había sufrido una gran afrenta. Eris había pasado por alto su expulsión de la alcoba de Hera, y cuando los dioses se habían vuelto contra ella, y se habían peleado entre sí riéndose de Ares y Afrodita, no se lo había tenido en cuenta. Pero esa nueva ofensa era intolerable. No era estúpida, y sabía que el caos seguía sus alas negras. Pero eso no era excusa. Y esta vez se vengaría.

Se paseó por las estancias tirando al suelo todo lo que parecía valioso o preciado: los frascos de perfume y de aceite se hicieron añicos, los escudos rebotaron en el suelo de piedra y se abollaron, y las cuentas de los collares se desperdigaron por todos los rincones. No sabía exactamente dónde estaban los dioses, pero alcanzó a ver un resplandor en una isla al pie del Olimpo e imaginó que todos, o al menos la mayoría, se encontraban allí. Riéndose de ella y divirtiéndose a su costa. ¿Qué otra cosa podía hacerse en una boda?

Volaría hasta allí y sembraría la discordia que la había hecho temible. Enzarzaría a dios contra dios y a hombre contra hombre. Al final de ese día...

Interrumpió sus pensamientos una vez más cuando a punto de levantar el vuelo, posada en el suelo batiendo las alas, su mirada se vio atraída por un objeto que titilaba a la luz de la mañana. Era a la vez brillante y opaco, cálido y frío, duro y redondo. Lo cogió. ¿Era para ella esa bola de oro? Le dio vueltas en las garras. No, no era una bola, sino una manzana. Su propietario no debía de quererla, en caso contrario no la habría dejado allí abandonada. Al mirarla más de cerca vio que tenía una inscripción. «La manzana de Eris, la más bella entre los dioses», imaginó que leería en ella. Quizá era una disculpa por el maltrato que había recibido. Eso no la resarcía del todo, pero algo era algo. Habría sido un detalle que se la hubieran llevado a su cueva, pero nunca iba nadie a verla.

No podía leer bien las palabras, que se enroscaban entre sí, de modo que frotó la superficie dorada en su plumaje y la inclinó hacia la luz. No, no ponía que fuera para ella. Pero eso no significaba que no pudiera quedársela. Ahora la tenía en sus garras; era suya. Miró de nuevo, inclinándola más, e intentó leer las letras apretujadas.

Deslizó un dedo por las palabras: «*Te kalliste*».

¿Para la más bella?

Sonrió. Se llevaría la manzana, pero no se la quedaría.

26

Las troyanas

Las mujeres enterraron a Polidoro en la arena y cubrieron la sepultura con piedras. De entrada, Hécabe rechazó el lugar elegido por Odiseo porque le molestó la seguridad con que lo había señalado. Pero no se le ocurrió una alternativa y al final las mujeres alzaron a su hijo sin vida y lo llevaron lentamente hasta la orilla. Casandra, que parecía menos afectada ante el rostro destrozado de Polidoro, le sostuvo la cabeza. Las demás se apiñaron alrededor del tronco y las extremidades. Cuando el sol alcanzó su punto más alto y Odiseo regresó al campamento improvisado, la tarea había concluido.

—Dos cosas —le dijo a Hécabe antes de irse—. Mañana, cuando los itacenses zarpemos, tú me acompañarás.

—¿Por qué iba a acompañarte?

—Porque has perdido la guerra. —Él se encogió de hombros—. No quiero seguir recordándotelo, pero me lo pones difícil. Ahora sois esclavas. —Extendió los brazos para abarcarlas a todas—. Nuestras esclavas. Antes de que acabe el día el grupo se habrá disuelto y os habrán repartido entre los griegos. Y tú vendrás conmigo.

Hécabe contrajo el rostro en una mueca de desprecio.

—¿Acaso has sacado la pajita más corta? No creo que quisieras una anciana.

Odiseo sonrió.

—He sido el primero en escoger. —Guardó silencio un momento—. Bueno, no exactamente, pero Agamenón, que tiene prioridad, no ha mostrado ningún interés por ti cuando le he dicho que quería quedarme con la reina de Troya. Siempre puede cambiar de opinión cuando se haga el reparto más adelante, pero no lo creo.

Ella lo miró fijamente.

—Sabes que Agamenón elegirá a una de mis hijas.

—Sí. Es un hombre orgulloso y sólo una princesa podría estar a su altura. —Odiseo se rascó la barbilla—. Tener en su séquito a la reina de la legendaria Troya le vendría bien para su posición, aunque no satisfaría sus gustos. A menos que fuera una reina muy joven.

—Has dicho orgulloso, pero querías decir vanidoso.

Odiseo volvió a sonreír y esta vez susurró en dialecto troyano:

—No todos esos soldados son míos, señora.

Ella asintió sin dar ninguna muestra de sorpresa al descubrir que el enemigo más astuto de Troya hablaba su idioma.

—Entiendo. ¿Y a ti te conviene una viuda anciana para tu posición?

—Sí, señora. Y creo que a ti también.

—Yo no tengo posición. Como no has dejado de recordarme, ahora soy una esclava.

—Viejos hábitos —replicó él. Se volvió hacia la roca en la que estaba sentada Helena, con su larga melena suelta sobre la espalda recta—. Menelao me ha pedido que te lleve con él. ¿Puedes recoger tus cosas?

Helena encogió sus magníficos hombros.

—Todo lo que poseo pertenece a los troyanos o se quedó en Esparta hace diez años. No tengo nada más que lo que llevo puesto.

—¿De veras? ¿No tejiste tapices mientras esperabas que tu marido te viniera a buscar para llevarte a casa? Pensaba que después de tantos años tendrías paños muy elaborados.

—No valían nada comparados con los tapices de estas mujeres —respondió ella, apartando los ojos del mar para mirarlo a la cara. Se fijó en que Odiseo dejaba escapar un suspiro—. Tengo otras virtudes.

—Ya veo.

—No puedes ni imaginártelas. —Ella miró a los hombres que lo acompañaban y murmuró—: Menelao no ha enviado precisamente a la flor y nata de sus hombres para escoltarme al campamento.

—Las esposas descarriadas no merecen una guardia ceremonial —replicó Odiseo.

Ella no dio muestras de haberlo oído.

—Sin embargo, cuando me vean se postrarán ante mí. —Hizo un gesto con la cabeza—. Estoy preparada, puedes llevarme con mi marido.

—Gracias, alteza. —Odiseo se inclinó ante ella, pero su sonrisa de suficiencia lo delató.

Helena dio unos pasos lentos y sinuosos hacia los guardias espartanos que habían jurado lealtad a Menelao; habían combatido a muerte por culpa de ella y la despreciaban, pero no podían quitarle ojo. Al pasar junto a Odiseo, ella se detuvo y le tocó la barba con la punta de los dedos: un gesto de súplica si no procediera de Helena, que no cayó de rodillas ni inclinó la cabeza. Sólo se quedó mirando sus ojos grises y sosteniéndole el mentón mientras él se sonrojaba intensamente.

—Darías tu vida por mí sin pensártelo dos veces. Y eres tan incapaz de ocultarlo como los otros hombres. Así que no te burles de mí, Odiseo. O te arrepentirás.

Todos, Hécabe y las demás mujeres troyanas, así como los guerreros griegos, vieron lo mismo: a una hija de Zeus dirigiendo su aterradora atención a un mortal.

—Entiendo —respondió Odiseo con voz trémula. Ya no sonreía.

Ella asintió levemente y le soltó la barbilla. Echó a caminar en dirección a los espartanos, que la siguieron como jóvenes en una procesión religiosa que llevara la estatua de Afrodita a su santuario.

Hécabe estuvo tentada de regodearse en la humillación que había sufrido Odiseo, pero se contuvo. Las palabras de Helena siempre contenían una amenaza velada, al punto que incluso la reina de Troya no las tenía todas consigo.

—Toda suya —murmuró Odiseo cuando el grupo de espartanos ya no podía oírlo.

—¿Cómo es él? —preguntó Hécabe—. Me refiero a Menelao. ¿Está a la altura de ella?

Odiseo respondió con las cejas lo que no podía articular con la lengua.

—Vendrás conmigo por la mañana. Te daré el resto del día para que lo pases con tus hijas. Puede que los otros griegos no sean tan considerados. ¿Entiendes?

—¿Por qué me llevas contigo? Di la verdad.

—Pensé que disfrutarías el viaje de vuelta a casa.

—Tu casa no es mi casa.

—Navegaremos hacia el norte antes de dirigirnos al oeste —respondió él.

Ella trató de ocultar la esperanza que brillaba en sus ojos.

—¿Cuál será la primera parada?

—Tracia —respondió él—. He enviado un mensajero para que comunique al rey, Poliméstor creo que se llama, que me gustaría mucho reunirme con él en la costa del Quersoneso.

27

Calíope

Sé lo que al poeta le gustaría hacer en estos momentos. Le gustaría seguir a Helena como un perro fiel en dirección al campamento. Le gustaría describir la escena en que Menelao cae a los pies de ella y da las gracias a los dioses del Olimpo por habérsela devuelto sana y salva. Le gustaría cantar la belleza y la gracia de Helena, y describir cómo los hombres se rinden ante todos sus caprichos. Bueno, pues no puede.

Ya tengo suficiente de Helena. Estoy harta de su belleza, de su poder y de su historia. No soporto que todos se derritan en cuanto alguien la menciona. Sólo es una mujer. Y la belleza no dura siempre, ni siquiera la de las hijas de Zeus.

Le daré una lección al poeta. Haré que siga a otra mujer, a otra reina. Que vea lo que ve Casandra: el futuro de su madre. Así aprenderá a tener cuidado con lo que me pide. No todas las historias dejan indemne al narrador.

28

Hécabe

Casandra veía el futuro como si fuera el pasado. Leer el futuro no era competencia de ella, sino de los sacerdotes que interpretaban el vuelo de los pájaros o las entrañas de las bestias. A juzgar por los oscuros dictámenes de éstos, el futuro siempre estaba envuelto en nubes y bruma, pequeños filamentos de luz aislada en la oscuridad, pero para Casandra era tan claro como un recuerdo reciente. Así, cuando oyó a Odiseo anunciar que llevaría a su madre a Tracia, supo lo que se avecinaba; para ella era de una claridad tan diáfana como si hubiera presenciado los hechos que aún no habían acaecido.

La invadieron las náuseas y notó que le subía por la garganta el familiar gusto amargo. No se atrevió a vomitar, temiendo la reacción de su madre. Seguramente Hécabe esbozaría una mueca de repugnancia y le pegaría. Casandra sintió arder las diminutas cicatrices blancas que tenía en la frente, recuerdo del día en que su madre la había golpeado llevando todas las joyas ceremoniales. Todo aquel oro había ido a parar a las arcas de los griegos, por supuesto. Casandra tragó saliva dos, tres veces seguidas, respiró hondo y trató de concentrarse en el ligero olor a salitre que flotaba en el aire. La sal siempre le había aliviado las náuseas.

Pero ¿cómo podía borrar el ruido de los globos oculares al reventar, la imagen de la gelatina negra derramándose por un rostro curtido? Se le agitó la respiración. Apartó la visión, pero cada vez que parpadeaba no veía más que cuencas destrozadas y sangre espesa y oscura. Intentó volver al presente, dar la espalda al futuro y quedarse donde estaba. A veces podía retroceder en el tiempo poco a poco, del futuro al presente, y con cada pequeño paso que daba disminuía su intenso deseo de gritar.

Pero esta vez descubrió que no podía ir hacia atrás, sólo hacia delante, hacia la catástrofe, una y otra vez. Vio cómo su madre la dejaba. ¿Era ella, Casandra, la última en abandonar las costas de Troya? Quería mirar a su alrededor y cerciorarse: ¿dónde estaba Andrómaca?, ¿dónde su hermana, Políxena? Pero sólo podía ver lo que sucedía ante ella: la mañana siguiente. Tenía que ser ese día, ¿no? Porque Odiseo le había anunciado a su madre que se iría con él entonces. Y la expresión de su madre, cuando el héroe griego alargó el brazo para ayudarla a subir a su barco, fue casi victoriosa. Todavía se comportaba como una reina, incluso con el quitón manchado de hollín y el dobladillo deshecho.

Casandra podía ver que estaba preparándose para el encuentro con Poliméstor. Se consoló un poco cuando vio que su madre no se iba sola. Odiseo le había dejado llevarse a varias sirvientas, cuya compañía a menudo había preferido a la de las mujeres de su propia familia. Casandra se preguntó si Odiseo había tenido que negociar con sus compatriotas griegos para llevarse a aquel grupo de mujeres o si a nadie le había importado adónde iban esas ancianas. Mientras caminaba por última vez por suelo troyano su madre no hizo ningún intento de abrazar o besar a Casandra para despedirse de ella. Aun así, ésta percibió en sus ojos algo que no había visto nunca. La exasperación había desaparecido, y Casandra se dijo que si no la besaba era porque temía romper a llorar.

La escena se desvaneció y a continuación vio el barco de Odiseo atracando en las playas de arena de la costa del Quersoneso. Casandra supo que era Tracia, un lugar que nunca había visitado, con la misma certeza que si hubiera crecido allí. Sus visiones nunca fallaban, siempre estaban llenas de detalles, aunque no siempre los entendía. En el poco tiempo que los hombres de Odiseo tardaron en desembarcar y montar las tiendas, dos mensajeros vestidos con ropa ceremonial se presentaron procedentes de tierra adentro. Se inclinaron y prácticamente se arrodillaron ante Odiseo, como si quisieran predisponerlo a favor de su rey. Odiseo podía ser un huésped en Tracia, pero nadie se engañaba: su anfitrión —el rey, Poliméstor— estaba poco menos que desesperado por obtener su aprobación. Los mensajeros no prestaron atención a las ancianas, unas esclavas. ¿Por qué iban a hacerlo? Casandra notó una vez más un gusto amargo en la garganta y apretó la lengua contra el paladar. Ahora no, ahora no, ahora no. Trató de concentrarse en la arena bajo sus pies, calzados con unas sandalias de su madre. Había muchas piedrecitas redondas y grises y conchas blancas y brillantes que le habría gustado recoger para deslizar el pulgar por sus pulcras crestas.

La invadió otra oleada de recuerdos que sintió como un golpe en el estómago. Pero ese recuerdo en particular era real, aunque no fuese de ella. No era el futuro lo que veía ahora, sino el pasado. Su madre se hallaba cerca del lugar de donde se habían llevado en barca el cuerpo de Polidoro para, una vez fuera de la bahía, arrojarlo por la borda con piedras en la túnica para que se hundiera. Los pies de Hécabe seguirían los pasos de los hombres que habían empujado el bote hacia el agua. Estaría muy cerca de Polidoro, pero aun así sería demasiado tarde. Las visiones de Casandra siempre llegaban demasiado tarde, aunque precedieran los acontecimientos. Hacía mucho que había aprendido que nadie escuchaba la verdad que encerraban sus palabras, y si la escuchaban, no oían nada.

Los hombres que cometieron esa maldad con su pobre hermano no pensaron que, cuando lo tiraran al agua, las piedras se le caerían de la ropa antes de sumergirse a una braza de profundidad. Debería haberse hundido hasta el fondo del mar, donde los peces lo habrían devorado bajo la mirada silenciosa de las ninfas marinas. Pero no calcularon bien el peso. No era de extrañar que apareciera un día después en la orilla cerca de Troya, arrastrado por la corriente.

Vio el rostro de Polidoro magullado mucho antes de que se estrellara contra las rocas de la costa troyana. Habían golpeado a su hermoso hermano antes de que el pérfido rey griego lo matara, pensándose que nadie se enteraría. Casandra trató de aferrarse a ello —la atroz motivación de ese hombre abominable— mientras veía a Odiseo hablar con sus esclavos, pidiéndoles que invitaran a su rey a visitar sus grandes naves, donde los héroes conquistadores de Troya lo recibirían. Ella vio a los mensajeros alejarse para llevar el recado a Poliméstor. Vio cómo los labios de su madre desaparecían formando una fina línea. Lo vio todo.

La escena se desvaneció de nuevo y cuando se reanudó Poliméstor avanzaba por la arena. Iba vestido con sus mejores galas: una túnica profusamente bordada, collares de oro y sortijas de piedras preciosas en los dedos rollizos. Llevaba el cabello negro, ya ralo, untado con aceites al estilo troyano, y Casandra vio el rostro de Odiseo contraerse en una mueca de asco antes de estrechar las dos manazas del hombre a modo de saludo. Casandra podía oler el asfixiante dulzor de la canela y el mirto con que se había perfumado.

—Odiseo, es un honor. —Sonreía de oreja a oreja.

—Sí, eso me han dado a entender tus esclavos —respondió Odiseo—. Por lo visto, estabas ansioso por recibir noticias de Troya.

—Ya lo creo. Hemos sacrificado muchas cabezas de ganado con la esperanza de obtener el favor de los dioses hacia la causa griega.

—Muy generoso de vuestra parte —respondió Odiseo—. ¿No has querido unirte personalmente al esfuerzo bélico?

Si Poliméstor percibió cierta aspereza en su tono, no dejó que se notara.

—Mi reino tracio es el baluarte de Grecia. Comprendí que debía asegurarme de defender nuestro dominio en caso de que necesitarais nuestra ayuda. He enviado mensajeros a Agamenón, mi señor. Él siempre ha sabido que estábamos listos para acudir en vuestro auxilio. Tan sólo tenía que mandar un recado.

—Agamenón nunca me ha mencionado a esos mensajeros —replicó Odiseo.

—Es un hombre muy reservado.

—No me lo parece. Pero sin duda lo conoces mejor que yo.

Casandra vio a los hombres de Odiseo muy atareados montando un pequeño campamento que sabían que nunca usarían. No era de extrañar que hubiera resultado tan fácil engañar a los troyanos, pensó. La duplicidad estaba arraigada en los griegos en general, y en esos itacenses en particular. Engañaban con la misma naturalidad con la que limpiaban las armas o iban a buscar agua.

—Sólo lo conozco por su gran reputación —replicó Poliméstor—. Supongo que es tentador conjeturar qué clase de hombre se comporta de ese modo para completar la imagen que tienes de él.

—¿De qué modo? —preguntó Odiseo.

—Rechazando con semejante magnanimidad todos los ofrecimientos de ayuda. Sin querer abusar de la bondad de otro hombre.

—Ah, he pensado que la modestia hablaba por tu boca, pero ahora veo que no has dicho más que la verdad.

—No estoy seguro de entenderte. —El malestar de Poliméstor sólo se traslució en sus pupilas negras.

—Realmente no lo conoces. —Odiseo se rió y dio una palmada en el hombro al rey tracio, y éste soltó una gran carcajada de alivio al descubrir que no había dicho nada inoportuno—. Hoy he venido a tus hermosas costas con alguien más que mis hombres.

—¿Sí?

—Sí, he venido con una vieja amistad tuya. No hemos podido resistir la oportunidad de que os reencontrarais.

—¿De quién se trata? —preguntó Poliméstor.

Dirigió la mirada a uno y otro lado, tratando de distinguir al visitante inesperado entre la abigarrada masa de marineros.

—Ah, no la encontrarás en la orilla. Te espera en esa tienda. —Odiseo señaló la tela gris que habían extendido sobre unos postes para crear un refugio improvisado.

—¿Es una mujer? —le preguntó Poliméstor, y su expresión adquirió un cariz lascivo.

—Hécabe, la reina de Troya. —Odiseo tenía los ojos fijos en el rey griego, que pareció un poco desconcertado.

—No era delito tener amigos en la región. —El tono de Poliméstor era sereno y mesurado.

—Desde luego que no... Hécabe me ha dicho que tu amistad con su marido se remontaba a antes de que estallara la guerra.

El alivio inundó el rostro del rey tracio.

—Eso es cierto. Es tal como ella te ha dicho. Éramos algo más que socios comerciales, nos unían los antiguos lazos de amistad entre anfitrión y huésped.

—Como espero que nos unan a ti y a mí hoy, antes de que se ponga el sol sobre nuestros barcos —repuso Odiseo, palmeándole la espalda una vez más.

Poliméstor asintió satisfecho.

—No lo dudo, Odiseo. Seremos buenos amigos.

—Una cosa más. Hécabe me ha confesado algo durante la travesía.

—¿De qué se trata?

—Ella te mandó a su hijo menor para ponerlo a buen recaudo.

Casandra observó cómo Poliméstor luchaba contra su tendencia natural a hablar cuando estaba nervioso.

—Yo...

Guardó silencio un momento, mirando a la bahía. Incluso para quienes estaban sujetos a los votos de la hospitalidad, albergar a un joven de una ciudad enemiga podía verse como una traición a los ojos de los griegos.

—Ah, veo que te he incomodado —respondió Odiseo. Una palmada más en el hombro y el rey tracio tendría magulladuras—. Entiendo que protegieras al joven. Era tu deber para con Príamo.

—Ya veo que lo entiendes. No fui yo quien decidió que mandaran al muchacho aquí, pero una vez que llegó...

—¿Qué podías hacer?

—¿Qué podía hacer? —repitió Poliméstor.

—Podías ofrecerle todas las comodidades y criarlo como si fuera tuyo.

Poliméstor asintió.

—Sí, eso es exactamente lo que hice.

—¿Tienes hijos propios?

—Sí. Dos varones. Más jóvenes que el hijo de Príamo. Sólo tienen ocho y diez años. El mayor ya está así de alto. —Se llevó una mano a la altura del corazón—. Y el más joven es apenas tres dedos más bajo.

—Ah, dile a uno de tus hombres que los traiga —le pidió Odiseo—. He dejado al mío en casa. Sería una satisfacción ver a tus dos muchachos.

—Cómo no. —Poliméstor llamó a uno de sus sirvientes y murmuró instrucciones.

El esclavo asintió y se alejó con prisas.

—¡También podrías traer a Polidoro! —le gritó Odiseo.

El esclavo se detuvo en seco y se volvió; se quedó mirando al rey sin decir palabra.

—¿Cómo? —La sonrisa de Poliméstor ya no ocultaba nada.

—Es así como se llama, ¿verdad? Polidoro. Ah, ya veo que estoy mal informado. ¿Cómo se llama el hijo de Príamo?

Esta vez el olor del miedo era inconfundible.

—No, no, estás bien informado —replicó Poliméstor—. Pero no puedo enviar a buscarlo.

—¿Por qué? Su madre está aquí. Es la última oportunidad que tendrá de verla antes de que me la lleve a Ítaca. ¿No querrás privar al chico de un encuentro así?

—Por supuesto que no. —Poliméstor pensó rápidamente—. Pero está cazando en las montañas.

—¿En las montañas?

—Sí, tierra adentro. A varios días de aquí. No hay nada que le guste más que la caza.

—Qué extraño. Primero recuerdo mal su nombre y luego me creo que no le gusta montar a caballo. Juraría que Hécabe dijo...

—No, no, tienes razón —aclaró Poliméstor—. No le gustaba cazar cuando vino. Pero ahora le encanta.

—Ya. Para recuperar sin duda los años que pasó encerrado tras los altos muros de Troya.

—Exacto —respondió Poliméstor.

Casandra podía ver que su gruesa túnica bordada estaba empapada en sudor. El hedor rancio que desprendía contrastaba con el dulce perfume de la canela, y notó que se le cerraba la garganta.

—Entonces su madre no podrá disfrutar del esperado reencuentro, después de todo —señaló Odiseo.

—Me temo que no.

—Pero quizá le consuele saber que está viviendo una vida tan saludable al aire libre.

—Eso espero.

Una vez más, la escena se desvaneció. Casandra parpadeó y vio a los niños aparecer detrás del esclavo y correr hacia su padre. El más joven señaló el mástil del barco de Odiseo. Nunca había visto uno tan alto y no podía dejar de gritarle a su hermano, que adoptó la expresión de quien ha contemplado todo tipo de embarcaciones. Llegaron hasta su padre y de repente se mostraron cohibidos delante de los desconocidos.

—Papá, ¿son éstos los héroes de Troya? —le preguntó el mayor. Ese grupo variopinto no cubría sus expectativas.

—Así es —le respondió Poliméstor, y se lo sentó en la cintura mientras cogía al otro con el brazo derecho—. ¿Qué te parecen, Odiseo? Buenos héroes del futuro, ¿no?

—Me recuerdas a Hécabe hablando de su propio hijo. No mantendré separados a dos viejos amigos por más tiempo. —Hizo una señal a uno de sus marineros, y éste abrió la portezuela de la tienda e hizo salir a las mujeres.

—Mi querida amiga. —Poliméstor se volvió hacia Hécabe y, dejando a sus hijos en el suelo con delicadeza, abrió los brazos—. No te habría reconocido.

Se adelantó para saludarla con los niños a su lado. Todos esos hombres desconocidos en la orilla los habían puesto nerviosos y querían estar cerca de su padre.

Hécabe asintió.

—He envejecido desde la última vez que estuviste en Troya.

—No era mi intención...

—Ya lo creo que lo era —replicó ella—, pero no queda en mí rastro de vanidad. Murió en la guerra, como mi esposo y mis hijos. Si me hubieras visto hace un año, sin ir más lejos, me habrías reconocido de inmediato. Es el dolor, y no el tiempo, lo que ha hecho mella en mí.

—Has sufrido grandes pérdidas —coincidió Poliméstor.

—Insoportables.

—Deben de haberlo parecido.

—Lo han sido. Lo son. Hace tiempo que no puedo soportar las cargas que los dioses han hecho recaer sobre mí —insistió ella—, una tras otra. Apenas el año pasado Héctor, luego Príamo, después Paris...

—Los dioses te han tratado con la mayor dureza —admitió él—. Haré ofrendas y les pediré que se apiaden de ti.

—¿Lo harás?

—Naturalmente. Quienquiera que te viera no desearía sino aliviar tu sufrimiento. Hasta Odiseo, que es un enemigo de tu ciudad y de la casa de Príamo desde tiempo inmemorial, te ha traído hasta aquí para que recibas consuelo de tu viejo amigo.

Hécabe negó despacio con la cabeza. Sus sirvientas rodearon a Poliméstor.

—¿Cómo osas siquiera hablar conmigo después de lo que has hecho? —le preguntó ella.

—¿Cómo dices?

—No me mientas, Poliméstor. Escuchar las palabras de un traidor avaricioso y asesino como tú me deshonra. ¿No tenías suficiente oro? ¿No era lo bastante grande para ti esta ciudad? ¿Se construyó con material barato tu palacio? ¿Acaso tus santuarios estaban en un estado lamentable?

—No.

—Príamo te envió una gran suma para que cuidaras de nuestro hijo. No trates de negarlo ni de engañarme, viejo farsante. Yo misma puse el oro entre sus pertenencias. Si no te bastaba —escupió las palabras y la saliva aterrizó sobre el bordado de la túnica de Poliméstor—, habría duplicado la cantidad. Sólo tenías que decírmelo. Habría pagado todo el oro del mundo para que mantuvieras a salvo a Polidoro. Al fin y al cabo, los griegos han acabado quedándose con los tesoros de Troya. ¿Qué más me habría dado que el oro hubiera ido a parar a un tracio en lugar de a un espartano, un argivo o un itacense?

—¡Polidoro está a salvo! ¡¿Qué mentiras te han contado?! —le gritó Poliméstor.

Hécabe no respondió y hundió su pequeño y afilado cuchillo en el cuello del hijo mayor en el instante en que Poliméstor cerraba los ojos deslumbrado por el sol que se reflejó en el metal. O quizá no quiso ver lo que ocurría. La sangre brotó aparatosamente mientras dos sirvientas asesinaban al hijo menor.

—¡Lo enterré con mis propias manos, Poliméstor! —gritó ella—. ¿Cómo te atreves a mentirme?

—¡¿Qué has...?! —bramó el rey tracio, horrorizado.

Pero la carnicería no se acabó ahí. Mientras Poliméstor abrazaba a sus hijos, desesperado por devolverles la vida, y la oscura sangre se derramaba sobre la arena, Hécabe y sus sirvientas volvieron sus cuchillos hacia el rey, pero no los apuntaron a la garganta ni al corazón, sino que se los clavaron en los ojos. Los gritos de espanto dieron paso a los aullidos de dolor, y la sangre que le brotaba de sus cuencas ennegrecidas se juntó con la de sus hijos. Sus esclavos, conscientes de que los hombres de Odiseo, además de avezados en la lucha, los superaban en número, no intentaron ayudarlo.

—Tú acabaste con mi linaje —le susurró Hécabe—, y ahora yo he acabado con el tuyo. Te dejo con vida para que no olvides que si no hubieras sido un traidor y un asesino, y si hubieras cumplido tu promesa y no hubieras mentido vilmente a tus amigos, tus hijos te habrían alegrado la vejez. Ahora lo último que habrás visto será su muerte. Espero que el oro que recibiste valiera la pena.

Se apartó de la masacre y miró a Odiseo.

—Gracias.

• • •

Odiseo y sus hombres empezaron a subir a bordo de las naves sin siquiera mirar a Poliméstor, que continuaba encorvado sobre los cuerpos de sus hijos. Los bramidos pasaron a ser sollozos, y los sollozos, gemidos de impotencia. Odiseo miró al rey tracio con desdén. Durante los últimos diez años, en el campo de batalla se habían empapado de la sangre de sus compañeros una y otra vez. Todos sentían poca compasión por un traidor que había aceptado dinero de los troyanos, con la promesa de criar a un vástago de la casa real que con el tiempo decidiría vengar a su padre, a sus hermanos y a su ciudad. Los griegos no podían dejarlo impune. Poliméstor había seguido su instinto codicioso, que consistía en sacar el mayor provecho de cualquier oportunidad, sin tener en cuenta las consecuencias que podían tener sus actos para los demás. Eso era intolerable. A partir de ahora, cuando un griego estuviera tentado de faltar a su palabra, desistiría al recordar el castigo que había sufrido Poliméstor en manos de Odiseo.

Cuando el último de sus hombres subió a bordo, Odiseo llamó a Hécabe y a sus sirvientas para que lo acompañaran. Poliméstor, al oír el nombre de su enemiga, soltó a sus hijos muertos y se volvió hacia el ruido de las olas.

—¡Morirás antes de llegar a Ítaca! —gritó—. Te ahogarás en los mares y nunca llorarán sobre tu tumba.

Hécabe se detuvo junto al rey destrozado.

—Llevo muerta desde que enterré a Polidoro —respondió—. Me es indiferente dónde caeré.

• • •

Casandra respiraba entrecortadamente, intentando mantener la calma con todas sus fuerzas. Cerró los ojos, y cuando volvió a abrirlos vio en el presente a su madre, su hermana y su cuñada sentadas junto a ella en las rocas. Pero luego la escena se reanudó desde el inicio. Verla por segunda vez no la hizo menos horrorosa, y más ahora que sabía lo que iba a suceder. Aunque faltaba un detalle, justo al principio, cuando Hécabe subía al barco de Odiseo. Casandra estaba en Troya, en la orilla, observando la partida de su madre. Andrómaca ya se había ido, lo notaba. Veía a las otras mujeres, primas y vecinas, marcharse con diferentes guerreros hacia reinos distintos. Las había localizado a todas. A todas menos a una. ¿Dónde estaba Políxena?

La respuesta llegó rápidamente. Y esta vez no pudo hacer nada para impedir que le vencieran las náuseas.

29

Penélope

Esposo Odiseo:

Me he enterado de que estás en la tierra de los muertos. Confieso que la primera vez que el bardo nos relató tu viaje al Inframundo lloré. Después de tantos años, creía que no me quedaban lágrimas por derramar, aunque estaba equivocada. Pero es que cuando oí la canción, cometí un pequeño error: di por sentado que sólo los muertos pueden entrar en el reino de Hades. No es tan descabellado pensarlo, ¿verdad? ¿Quién más ha cortejado el favor de la temible Perséfone sin haber muerto antes? Orfeo, supongo. Pero él tenía una razón poderosa para embarcarse en su catábasis: se enfrentó a Cerbero, el sabueso de las tres cabezas, para intentar resucitar a su amada Eurídice, muerta por la mordedura de una serpiente en la noche de bodas. Supongo que convendrás conmigo en que fue una circunstancia excepcional y desgarradora. Mientras que, por más que lo intento, no puedo entender por qué querrías tú emprender el mismo viaje peligroso para consultar a un adivino muerto. ¿No te habría bastado con uno vivo?

Dicen que Circe, tu amiga bruja, te convenció de que era necesario que lo consultaras. Supongo que debería agradecer que sólo te persuadiera de ir hasta el fin del mundo para cumplir sus órdenes. Hay mujeres que harán cualquier cosa con tal de evitar que un marido vuelva con su esposa. Pero ¿de verdad creías, Odiseo, que este viaje era necesario? Ya estabas muy lejos de casa —no sé dónde se encuentra Eea, la isla de Circe, pero seguramente no muy cerca del fin de la tierra—, y ahora además tenías que navegar hasta el río que rodea el mundo en una oscuridad perpetua. Sin duda ésta ha sido una de tus decisiones más insólitas.

Pero estoy pensando como si no te conociera, como si fuera uno de los bardos que cantan tu historia. Si has navegado al lugar de la noche perpetua a pesar del peligro es por el peligro en sí, ¿verdad? Te conozco, Odiseo. Pocas cosas te gustan más que la oportunidad de jactarte de que has ido al fin del mundo y has vuelto. «¡Qué historia tan increíble!», exclamaría la gente. «Qué va, otro en mi lugar habría hecho lo mismo», protestarías. Sólo que, por alguna razón, en tu lugar nunca hay nadie, ¿verdad?

Los demás griegos han regresado y han tenido calurosos —y no tan calurosos— recibimientos. Pero tú seguiste el consejo de Circe, una hechicera en quien sabías que no podías confiar, y te encontraste navegando por la región más oscura, y vertiendo sangre de sacrificio en una fosa para atraer a los espíritus de Érebo. Las sombras de los muertos habitan allí, y siempre están ávidas de sangre. Y tú acudiste a alimentarlas con la esperanza de hablar con el adivino muerto, Tiresias. Pero antes se te apareció el fantasma de uno de tus hombres, Elpénor, que había muerto en Eea. Borracho de vino, se subió al tejado del palacio de Circe, y desde allí cayó y se mató. No es la lamentable estupidez de su muerte lo que conmueve al oyente cuando el bardo canta esta parte (por si os lo preguntabais). Es la insignificancia del incidente y del hombre en sí, un compañero caído cuya ausencia no advertisteis. Imagínate, te pasas diez años combatiendo codo con codo con los itacenses, y luego viajas con ellos rumbo a tu hogar. Y cuando desapareces ninguno te echa en falta. Estoy segura de que estabas muy atareado organizando las provisiones para la difícil travesía que teníais por delante. Pero ¿no podrías haber visto siquiera su cuerpo destrozado en el suelo? Esperemos que nunca tengas que reunir otro ejército, Odiseo. Con tu reputación dudo que contaras con muchos voluntarios.

Elpénor te hizo prometer que volverías a Eea y enterrarías su cuerpo como es debido y, aunque estoy segura de que querías evitar a toda costa regresar a la isla de Circe, accediste. Siempre tan considerado. Probablemente pensaste: «¿Qué son unas pocas semanas más en alta mar después de tanto tiempo?» Podrías tomar la ruta más bonita, ya puestos.

Vertiste un poco más de sangre en la fosa y esperaste al adivino. Pero no fue él quien apareció. Aunque estoy enfadada contigo, me duele el corazón cuando pienso en ti allí solo, viendo la sombra de Anticlea. Vaya forma de enterarte de que tu madre murió mientras estabas fuera. Aun así, mantuviste la calma y le prohibiste a su espíritu que bebiera hasta que el adivino hubiera compartido contigo su saber. Ella te enseñó los dientes, pero obedeció y tú esperaste.

Y cuando finalmente llegó Tiresias, atraído por el hedor a sangre animal, ¿qué te dijo? Lo que ya te he dicho yo, pero sin los inconvenientes de un viaje de ida y vuelta al infierno. Que ofendiste a Poseidón al cegar a su hijo. Tu viaje a casa es más difícil y traicionero que el de cualquier otro griego porque te has ganado la enemistad de un dios. ¿Y qué más te dijo? Ah, sí. Que el regreso sería doloroso. Que te encontrarías el palacio lleno de pretendientes, decididos a cortejar a tu esposa.

Esa profecía también me atañe a mí, por tanto. Aunque yo sabía que los hombres se presentarían en el palacio en cuanto se agotaran las noticias de Troya, una cosa es esperar a que regrese un héroe conquistador y otra esperar a un hombre perdido en el mar. ¿Sabes siquiera cuánto tiempo has estado fuera? Ya hace tres años que acabó la guerra. Pero no temas, Odiseo, mientras pueda mantendré a raya a esos pretendientes dispuestos a casarse con tu viuda (pues así es como me ven).

Entonces Tiresias se alejó hacia la oscuridad, y tu madre Anticlea finalmente se acercó a ti y bebió la sangre que alimenta a los muertos, o a lo que queda de sus sentidos. El horror que sintió al reconocerte debió de ser bastante duro de presenciar, porque en su lecho de muerte había confiado en que faltaban pocas lunas para tu regreso. Murió con el corazón destrozado, Odiseo, esperando que su hijo volviera a casa cuanto antes.

En ese momento sentí verdadera lástima por ti, Odiseo. Sin embargo, cuando el bardo cantó la siguiente estrofa, estuve a punto de ordenar que lo arrojaran por el acantilado y lo dejaran ahogar en las aguas oscuras. Primero le preguntaste a tu madre cómo había muerto. Luego te interesaste por la salud de tu padre. Y por la de tu hijo. Después por tu honor. Y por tu trono. Y cuando ya le habías preguntado por todos excepto por el perro, te acordaste de tu esposa.

Cuando terminaste de hablar con tu madre, te quedaste un rato más entre los muertos. ¿Cuándo volverías a tener la oportunidad de codearte con esas grandes figuras del pasado? Viste a Alcmena, a Epicaste, a Leda, a Fedra y a Ariadna. Parece que ni siquiera las mujeres muertas pueden dejarte en paz. Pero para entonces yo ya no podía seguir escuchando y me retiré para tenderme en mi lecho. En nuestro lecho. Quizá lo recuerdes.

El perro está bien, por cierto. Envejeciendo, pero ¿acaso no envejecemos todos?

PENÉLOPE

30

Las troyanas

Las largas y delgadas sombras de los griegos se proyectaron en el suelo frente a ellas. Un hombre con el cabello pelirrojo entrecano y gesto adusto se dirigía hacia las mujeres seguido de otros tres hombres. Fuera cual fuese su misión, la cumplía a regañadientes.

—¿Cuál de vosotras es la hija de Príamo? —les preguntó sin andarse con rodeos.

Casandra gemía como las gaviotas que caían en picado para atrapar los peces que centelleaban al sol de la tarde. Veía una y otra vez el destino que le aguardaba a su madre, aunque no podía decírselo a nadie. El hombre escrutó los rostros: todos estaban tiznados de hollín, cubiertos de lágrimas, ajados. Nunca en su vida había visto a un grupo de aspecto tan desolador, y el renombre de alguna de aquellas mujeres —allí estaba la reina de los troyanos domadores de caballos, por ejemplo— aún volvía más triste el espectáculo. Porque ¿qué importaba el estatus que se hubiera alcanzado en una ciudad que había caído?

Hécabe habló primero.

—Para ser un hombre que acaba de recuperar a su esposa, no te veo muy feliz. Porque eres Menelao, ¿verdad?

Él asintió.

—En cuanto lleguemos a Esparta, mi esposa será condenada a pena de muerte. En Grecia el adulterio es un delito.

—También lo es aquí —respondió Políxena—. Como recordarás, Paris y tú luchasteis en combate singular porque él era el culpable.

Menelao enrojeció al recordar el desafortunado duelo. Todavía no entendía cómo no había ganado aquel día. El afeminado príncipe troyano debía de haber contado con la ayuda de algún dios. O, más probablemente, de alguna diosa.

—Los acogiste a los dos durante diez años —gruñó él—. Diez años. Y mira lo que te ha costado tu inmoralidad. —Hizo un gesto hacia las murallas derruidas de Troya—. Te mereces esto y más.

—Te agradezco tus amables palabras. Si te sirve de consuelo, hubiera degollado encantada a tu esposa con mis propias manos. Pocas cosas he deseado más. Pero mi esposo, el rey, era un hombre bondadoso, y tu esposa, como sabes, bastante atractiva.

Menelao se rascó la nariz aplanada e hinchada.

—Lo es.

—No la matarás —continuó Hécabe—. Antes de pisar Esparta te habrás rendido a sus encantos de nuevo, y habrás vuelto a yacer con ella. Mañana como muy tarde.

—Veo que presumes de sabia.

—Hay cosas que no requieren sabiduría. Sólo ojos.

—Puede que la deje vivir —admitió él—. ¿Crees que los griegos me lo agradecerían?

Hécabe se encogió de hombros.

—Dime tú qué prefieres: ¿la aprobación de tus hombres a las puertas del palacio a plena luz del sol o la de tu esposa en la alcoba en penumbra?

Él pasó por alto la pregunta.

—He venido a buscar a tu hija.

—¿Los griegos han aprobado concederte una princesa de la casa real de Troya, además de devolverte a tu esposa? Qué lealtad.

—Los griegos no han hecho nada de eso —replicó él—. Tu hija... ¿Tienes más de una?

—Tenía más —respondió Hécabe—. Sólo me quedan dos. —Señaló a Casandra y alargó un brazo protector hacia Políxena.

Menelao las examinó a las dos. Políxena bajó la vista con modestia. Casandra lo miró directamente, sin verlo.

—¿Siempre hace ese ruido? —le preguntó él.

—Siempre hace algún ruido. La gente dice que cuando era pequeña le echaron una maldición. De niña era encantadora, dulce, servicial, tranquila. Pero hace un par de años empezó a actuar de esta manera tan cansina y ahora sólo calla cuando duerme.

—Es hermosa, a pesar de... —Menelao señaló la barbilla de Casandra, cubierta de baba—. Alguien estará encantado de encontrar la manera de mantenerla callada.

Hécabe guardó silencio.

—Me llevaré a la otra entonces. —Agitó la mano y los hombres dieron un paso al frente para coger a Políxena.

—Si no es para ti, ¿por qué has venido a buscarla tú? —le preguntó Hécabe.

Aunque no se rebajaría al punto de suplicarle que le dejara estar unos momentos más con su amada hija, no podía soportar verla marchar.

Menelao negó con la cabeza.

—Saqué la pajita corta —respondió—. Vamos, muchacha.

Políxena dio un beso a su madre y a Andrómaca, y trató de abrazar a Casandra, pero ella le agarró los brazos y se puso a gritar. Los soldados las separaron y se llevaron a Andrómaca como prisionera.

31

Políxena

Cuando de niña murmuraba sus plegarias, Políxena nunca pedía a los dioses que le concedieran valor. No habría tenido sentido. Su ciudad estaba sitiada; apenas conservaba unos vagos recuerdos infantiles de la época anterior al asedio. Así que el coraje no era una cualidad excepcional que había que anhelar, sino un rasgo que se exigía a todos los habitantes de Troya. Ella siempre había temido por sus seres queridos: por sus hermanos cuando cruzaban las puertas de la ciudad por la mañana; por sus hermanas cuando se agotaban las provisiones. Por su madre, cuando empezó a encorvarse como una anciana. Por su padre, que observaba desde la muralla a sus hijos combatiendo contra aquel ejército resuelto a apoderarse de Troya. Con cada muerto el dolor y el miedo de la gente crecían: al día siguiente habría un marido, un hijo, un padre y un soldado menos para defender la ciudad.

Pero tener miedo no era lo mismo que carecer de coraje. Cualquiera podía ser valiente si no tenía miedo. Los troyanos murmuraban que en el caso de Aquiles era cierto, por eso era tan peligroso. Se lanzaba a la batalla en su cuadriga sin que le importara absolutamente nada si vivía o moría. Su única preocupación era proteger a su amigo Patroclo. Si los troyanos se mantenían alejados de éste, Aquiles sembraba la muerte entre sus filas de una forma aparentemente fortuita. Tardaron muchos meses, quizá años, en comprender que la mejor forma de defenderse era enviando un pequeño grupo de hombres tras Patroclo para atraer a Aquiles. Esos hombres morían siempre, por supuesto, así que echaban a suertes quién asumiría esa lucha imposible para proteger a los demás.

Políxena había visto a esos hombres antes de partir, despidiéndose de sus esposas y atesorando los últimos momentos con sus hijos. Irradiaban serenidad mientras otros soldados les abrochaban las armaduras y les preparaban las armas. Sabían que iban a morir, por lo que habían perdido el miedo. Sólo les restaba la oportunidad de morir con valentía, de alejar a Aquiles del campo de batalla el tiempo suficiente para que sus compañeros avanzaran por el otro lado e hicieran retroceder a los griegos hacia sus naves. En esos momentos, Políxena tenía la impresión de que esos hombres ya estaban fuera de sí por la pena o el dolor. ¿Cómo se explicaba si no que se mostraran tan indiferentes ante la muerte? Ahora habría querido tener su certeza; lo habría dado todo por conocer su destino.

Los griegos hablaban muy rápido y ella no entendía su dialecto. No eran tan lascivos como le habían hecho creer. Uno de ellos la agarró con el pretexto de ayudarla a caminar por el terreno accidentado. Pero Menelao le gritó algo y el hombre apartó las manos; su rostro le recordó el de un perro al que pillan robando leche de una jarra.

Ante todo, esperaba que Menelao no hubiera mentido a su madre y no la llevara con él. Ningún destino podría ser peor que acabar como esclava de ese hombre, dejar su tierra natal para convertirse en la sirvienta de Helena, la culpable de todas sus desdichas. Bueno, quizá no fuera la única culpable. Políxena sabía que su madre siempre había sido demasiado blanda con Paris. Su hermano Héctor no había cometido ese error. Se había apresurado a censurar a Paris, y con razón. Aun así, no quería que Helena la mandara a ir a buscar agua o a moler la comida. Aunque la convirtieran en su doncella personal, le horrorizaba la idea de trenzar el pelo de su ex cuñada, de ayudarla a vestirse cada mañana o de mirar a otro lado cuando aparecieran sus amantes secretos (estaba convencida de que Helena no cambiaría cuando llegara a Esparta).

La invadió de pronto una oleada de ira contra Paris, contra Príamo, contra Héctor. Contra todos los hombres que deberían haberla protegido y que, sin embargo, la habían abandonado. Y la ira se mezclaba con la envidia, pues ellos habían muerto mientras que ella iba a ser esclavizada. Los hombres se habrían disputado su mano, pero ahora su dueño u otro esclavo la dejaría embarazada y no podría hacer nada para impedirlo. Su descendencia, que debería haber formado parte de la realeza, llegaría a lo más bajo: nacería en la servidumbre. Y tendría que soportar ella sola la vergüenza.

Sabía que su madre, su hermana, Andrómaca y las demás troyanas correrían la misma suerte, pero ninguna estaría allí para consolarla y ella tampoco podría ofrecerles palabras de consuelo. Semejante crueldad era típica de los griegos. Si la situación hubiera sido al revés y los troyanos hubieran cruzado los mares para asediar una ciudad helena, sus parientes se habrían comportado con los griegos como éstos se habían comportado en Troya. Ellos también habrían matado a los hombres y tomado a las mujeres y los niños como esclavos. Después de todo, ganar una guerra significaba eso. Pero aunque no fueran libres, esas mujeres y niños habrían permanecido juntos, y se habrían consolado unos a otros. Mientras que los griegos provenían de tantas ciudades e islas diferentes que separaban a las mujeres troyanas de lo que quedaba de sus familias. Soltó una maldición en voz baja y se volvió hacia Menelao, que caminaba en silencio arrastrando un poco una pierna en la arena.

—¿A quién vas a entregarme? —preguntó ella en un griego que sonó forzado y formal. Menelao guardó silencio y Políxena por un momento pensó que no la había oído—. Te he preguntado adónde me llevas —repitió.

—No tengo por qué responder a una esclava.

Ella notó que se sonrojaba, pero mantuvo la calma.

—No imaginaba que fueras tan cobarde como para ocultar a una esclava indefensa el futuro que le espera. Mi hermano Héctor hablaba bien de ti, decía que eras un hombre valiente.

Políxena no sonrió cuando Menelao se irguió y levantó un poco la cabeza, como si creyera que Héctor había dicho algo semejante. Todos, griegos y troyanos, sabían que Menelao era un patán; un hombre que no podía dejar en la mesa una jarra de vino sin vaciar hasta la última gota. Todas las noches se quedaba levantado hasta muy tarde bebiendo vino mezclado con muy poca agua, y preguntándose en voz alta por qué su esposa lo había dejado, aunque sus compañeros nunca le decían la verdad. Su hermano Agamenón era menos despreciable pero más irascible, tal como le habían dicho los troyanos. Según los criterios de éstos ninguno de los dos era un buen rey, pero supuso que los griegos eran menos exigentes.

—No soy cobarde —contestó él—. Saqué la pajita más corta y he cumplido con mi deber, tal como resolvió el consejo cuando nos reunimos anoche. Te he separado de tu familia y te entregaré a Neoptólemo.

Políxena contuvo un escalofrío. Los troyanos habían temido a Aquiles como el gran guerrero que era, más rápido y mortífero que un puma. Pero su naturaleza depravada también era como la del puma. No sentía ningún rencor contra los troyanos ni contra ninguna de las otras víctimas cuya vida había segado como si fueran tallos de trigo, o al menos no lo tuvo hasta que Héctor mató a Patroclo. No eran más que una presa y los mataba porque había nacido para eso. No podía decirse lo mismo de su hijo.

Neoptólemo era temido por troyanos y griegos por igual: impredecible y arisco, la idea de que nunca podría ser tan grande como su padre lo carcomía. Era él quien había matado al padre de Políxena, Príamo, cuando éste se aferraba al altar del templo de Zeus. ¿Qué clase de hombre temía tan poco al rey de los dioses que profanaría su santuario? Políxena confiaba en que Neoptólemo acabaría cayendo por sus crímenes blasfemos. Ni la mismísima Tetis podría salvar a su nieto de la ira de Zeus cuando se desencadenara.

—Haces bien en temerlo —le dijo Menelao, aunque ella no había hablado—. Pero Neoptólemo no te retendrá por mucho tiempo. Eres un regalo para su padre.

—Su padre ha muerto —respondió Políxena.

Y fue en ese momento cuando comprendió el destino que la aguardaba.

En silencio, dio las gracias a Artemis. Prefería morir a llevar una vida de esclava, y su plegaria iba a ser atendida. Confió en que Hécabe nunca llegara a enterarse de que su hija menor, y la única que le quedaba en su sano juicio, pronto compartiría la misma suerte que el benjamín; éste sacrificado por la codicia de un griego; aquélla, por la sed de sangre de otro.

Aunque quizá se equivocaba. Hécabe era una mujer orgullosa que abominaría del yugo de la esclavitud, no sólo en su caso, sino también en el de sus hijos. Quizá preferiría enterarse de que habían matado a su hija en lugar de convertirla en esclava, pues así la deshonra de la esclavitud no pasaría de generación en generación en la familia del rey Príamo. Y sin duda sufriría menos si sabía que su hija había abrazado voluntariamente la muerte. Políxena siguió andando al frente de los soldados, junto a Menelao. No podrían llamarla «cobarde».

Había menos soldados de los que esperaba. Se había imaginado un estrado enorme, un grupo de sacerdotes ataviados con el traje ceremonial completo y toda una formación de griegos mirando, impacientes por que el sacrificio acabara enseguida para comer y beber, y prepararse para zarpar al día siguiente. Pero cuando llegó al campamento de los mirmidones, la concurrencia era mucho menor de lo que esperaba. Vio varias tiendas de campaña remendadas y cubiertas de sal. ¿Era allí donde había dormido Briseida?, se preguntó. La mujer que había retenido a todo el ejército griego cuando Aquiles se negó a luchar hasta que ella regresara. ¿Seguía allí ahora que él estaba muerto? ¿La había heredado su hijo o éste la había regalado a uno de sus lugartenientes? Políxena se sorprendió de su curiosidad. Era extraño preocuparse por la suerte que había corrido otra mujer cuando su propia vida estaba a punto de acabar de forma tan abrupta. Sin embargo, esa joven a la que nunca había conocido le preocupaba, y se sorprendió observando los rostros con la esperanza de distinguir los rasgos de una mujer capaz de cambiar el rumbo de una guerra. Pero ninguna de las mujeres que vio —las que seguían al ejército y las esclavas— tenía nada especial. Se sintió decepcionada absurdamente. Luego se dio cuenta de que, si hubiera estado en su lugar, ella tampoco se habría quedado allí para ver cómo sacrificaban a una joven como si fuera un novillo. Ella también se habría escondido.

Menelao gritó algo que ella no entendió y un joven salió de su tienda a la cruda luz de la tarde. Frunció el ceño deslumbrado y ese gesto acentuó su aspecto malhumorado. Políxena había oído hablar de la belleza de Aquiles, de su cabello dorado y sus largas y estilizadas extremidades. Sin embargo, ese joven tenía unas greñas de tono cobrizo, un rostro afeminado y blando, el mentón hundido y los ojos muy pequeños y de un azul demasiado pálido. Con esa piel marfileña habría sido hermoso si no fuera por su expresión cruel y antipática. Siempre miraba con el ceño fruncido, como sumido en un perpetuo descontento. Políxena comprendió de inmediato por qué era tan despiadado: incluso delante de su propia tienda, rodeado de sus hombres, daba la impresión de ser un niño vestido con la ropa de su padre. Pero ese niño era el hombre que había matado al padre de Políxena en el santuario de Zeus.

—¿Es ella? —preguntó Neoptólemo.

—¿Quién si no? —le respondió Menelao.

Políxena no pudo disimular la aversión que le produjo el muchacho, y si él lo notó, guardó silencio.

—Pensé que sería más despampanante. Está destinada a ser una ofrenda para mi padre, que dio la vida combatiendo en vuestra guerra.

—Es una princesa de Troya —replicó Menelao—. Estaban todas cubiertas de hollín y sal; incendiamos su ciudad y las llevamos a la orilla.

—Lávate —le ordenó Neoptólemo sin mirarla—. Lleváosla y buscadle algo para ponerse que no sean harapos.

Dos mujeres de aspecto apocado se apartaron de los soldados y se acercaron a Políxena muy despacio. Ella asintió, dando a entender que no gritaría ni se resistiría, y las siguió hasta una tienda cercana.

Esperó mientras las mujeres calentaban agua en una gran olla. Luego cogió el paño que le tendía la más menuda de las dos e intentó darle las gracias. Pero las mujeres procedían de un lugar donde no se hablaba el dialecto troyano. Políxena sólo pudo asentir y negar con la cabeza para hacerse entender. Introdujo el paño en el agua tibia y se lo pasó por el cuerpo y las extremidades, quitándose con alivio el hollín pegado a la piel. Le llevó más tiempo que cualquier baño que hubiera tomado en su vida. Las mujeres esperaron pacientemente, pero sin dejar de mirar ansiosas la entrada de la tienda, temiendo una explosión de ira de Neoptólemo. Al darse cuenta de su nerviosismo, Políxena se apresuró.

Cuando por fin acabó de lavarse, una de las mujeres le ofreció un frasquito de aceite. Ella lo aceptó agradecida y se extendió una fina capa por la piel. Entonces la mujer más alta abrió una cómoda y desdobló un vestido blanco, bordado en rojo y dorado. Estaba tan fuera de lugar allí que Políxena casi se rió, era como ver una flor intacta en medio de un lodazal. Levantó los brazos y las mujeres la ayudaron a ponerse el traje ceremonial. Ésa era la última vez que llevaba una prenda nueva y que unas mujeres la ayudaban a vestirse, como en Troya. Le dio las gracias una vez más a Artemis por haberla librado de la indignidad de la servidumbre. Era mejor morir que vivir como esas mujeres que se asustaban a la mínima ráfaga de viento.

Les hizo un gesto para que la ayudaran a soltarse el cabello. Cuando ninguna de las dos le ofreció un peine, se pasó los dedos por la melena oscura. Destacaría sobre el vestido blanco al caerle sobre los hombros y la espalda. No tenía joyas que ponerse, pero el bordado era suficiente adorno. Dejó allí la estrecha correa de cuero con que se había sujetado el pelo su última mañana en Troya. Se desató las sandalias y las puso al lado. Ya no volvería a necesitar esos objetos que la vinculaban con su antigua vida. No era apropiado que los llevara.

Con un gesto de cabeza indicó a las mujeres que estaba preparada y ellas se apresuraron a abrir la portezuela de la tienda. Se quedaron atrás, sujetando la gruesa tela remendada para que no le tocara el vestido. Políxena dio un paso hacia la luz deslumbrante, pero no parpadeó. Un soldado se fijó en ella y le murmuró algo a su compañero, que se volvió y habló con otro. Formaron una hilera ante ella. El que estaba más cerca le hizo señas y ella dio un paso titubeante hacia él. El soldado asintió y le hizo un ruidito tranquilizador con la lengua, como si fuera un animal. En cuanto la tuvo delante, se hizo a un lado y continuó asintiendo para que lo siguiera. Políxena sólo veía sus ojos oscuros; los ruidos del campamento, la presencia de los otros soldados que la miraban, incluso el olor rancio que desprendían, de pronto todo parecía estar muy lejos. Se concentró únicamente en los ojos de buey del soldado.

Él finalmente se paró y levantó la mano para que ella también se detuviera. Los hombres que tenía detrás habían roto filas y se habían colocado en un semicírculo cerrado. Políxena no se dio cuenta, como tampoco advirtió que el resto de los mirmidones completaba el círculo delante de ella. No veía más que los ojos del hombre, y cuando éste le hizo un último y suave gesto con la cabeza y se apartó, no vio más que cabello cobrizo y una hoja brillante.

32

Temis

El juicio de Paris —como lo llamaron los dioses, porque hacía recaer toda la culpa en un mortal al que sólo Afrodita soportaba— había sido una gran fuente de diversión. Las antiguas rencillas podrían resolverse por fin en un marco espectacular: una guerra en Troya. Los dioses seleccionaron a sus favoritos entre los guerreros que se estaban congregando en las llanuras de Troya para combatir. Algunos basaban su elección en una relación particular: Tetis apoyó a su hijo, Aquiles; Afrodita favoreció a su hijo medio troyano, Eneas. Atenea desde hacía tiempo tenía debilidad por Odiseo; siempre le habían gustado los hombres inteligentes. A otros dioses los guiaba una antipatía o predilección menos personal: Hera detestaba Troya por ser la cuna de Paris; Apolo solía favorecer a la ciudad, pero a veces cambiaba de bando, dependiendo de quién lo había irritado últimamente.

Estaban tan entusiasmados ante la perspectiva de un conflicto prolongado que a ninguno de ellos, ni siquiera a Atenea, se le ocurrió preguntarse de dónde procedía la manzana dorada que lo había desencadenado. Todos tenían claro que Eris la había llevado a la boda de Tetis: la diosa de la discordia no había podido evitarlo, de la misma forma que Ares no podía dejar de luchar y Apolo nunca erraba el tiro. Pero Eris no era artesana; era imposible que hubiera fabricado ella misma esa baratija. A nadie se le ocurrió preguntarle de dónde había sacado esa manzana que brillaba por dentro y tenía una bonita inscripción. No había sido hecha por el hombre, eso seguro; todos sabían que los griegos sólo eran capaces de grabar palabras feas y de palo seco en sus artefactos. La letra de la inscripción de la manzana era tan fluida y sinuosa que invitaba a recorrerla con dedos reverentes.

El único dios que podía haber fabricado tal objeto era Hefesto, y éste juró que no había sido él. Lo rebatió acaloradamente mientras Afrodita se deleitaba con su trofeo e insistía en saber por qué su marido —que sólo poseía la belleza que podía crear en su fragua— no se lo había dado directamente a ella cuando lo terminó. Él estaba más preocupado que nadie por el origen de la manzana: ¿había otro dios capaz de crear tales maravillas? En caso afirmativo, ¿qué repercusión podía tener eso para él, cuya habilidad era lo que le había dado su estatus entre los olímpicos? Sin su pericia para fundir y forjar los objetos de bronce más finamente labrados, ¿lo valorarían los otros dioses? No su esposa, que ya había demostrado que prefería la belleza superior del matón de Ares. ¿Y dónde se había fabricado la manzana? Era impensable que no la hubieran hecho en su divina forja. De modo que alguien debía de haber entrado a escondidas en ella cuando él no estaba. Sospechaba de varios dioses, aunque no tenía pruebas. De hecho, el culpable era uno que ni siquiera había considerado.

• • •

Los dioses olímpicos tendían a ver a la generación anterior como entes elevados y ajenos. Los primeros dioses estaban muy poco definidos. Al menos con Afrodita, Ares o incluso Zeus, un dios sabía a qué atenerse. Tenían interés en determinados ámbitos (el amor, la guerra, el perjurio o lo que fuera) y se ceñían a ellos. Los dioses no siempre se respetaban unos a otros, pero si uno tenía un asunto que discutir, ya fuera una relación extramatrimonial o un compromiso militar, sabía a quién dirigirse. Con los primeros dioses, en cambio, no era así. ¿De qué tema podía hablar un dios con las tres Estaciones, por ejemplo? ¿Del tiempo?

Así que no era tan extraño que Hefesto no pensara en Temis. Temis, la deidad responsable del orden divino de las cosas, asistía a algún que otro banquete o boda, pero nunca se enzarzaba en pequeñas disputas con Hera ni se involucraba en las riñas cotidianas de los otros dioses. Esto resultaba de lo más curioso si se tenía en cuenta que Temis había estado casada con Zeus antes de que la esposa olímpica de éste asumiera su frustrante papel. Y es que, mientras que Hera era altanera y celosa, a Temis le resbalaba todo. Quizá las antiguas deidades no tenían cabida en el orden divino de las cosas. ¿Y dónde moraban realmente? Hefesto ni siquiera recordaba la última vez que había visto a Temis. Él sólo había vivido en la cima del Olimpo (y aun así se sentía un intruso). ¿Dónde más podía morar un dios?

Se habría sorprendido si hubiera podido mirar atrás para ver a Temis unos días antes de que Tetis y Peleo se casaran. Estaba sentada en un gran trípode poco hondo y profusamente tallado, adosado a una esbelta columna que soportaba el delicado friso de un templo. El diseño, que alternaba franjas rojas y blancas, era equilibrado, tal como a Temis le gustaba que fueran las cosas. Y el trípode era perfectamente simétrico, con las recias patas dispuestas a la misma distancia en torno al lugar donde a ella le gustaba acomodarse. Los largos pies de la diosa, cuyos finos dedos tanto había admirado Zeus —y volvería a admirar si sus ojos no quedaran subyugados por el primer pie desconocido que entreviera—, se balanceaban libremente cuando los cruzaba y descruzaba. Aun así, se había fijado en que Zeus los miraba cuando se acercó a ella para pedirle consejo. ¡El mismísimo rey de los dioses le pedía consejo! Temis se habría sentido halagada si no creyera que la adulación era una emoción perturbadora. Prefería considerarse a sí misma imperturbable. De todos modos, levantó un poco los pies.

Estaba contenta —no encantada, eso habría sido demasiado— con su nuevo vestido, que tenía un estampado de antílopes. Si una fila de animales marchaba de derecha a izquierda, la de abajo lo hacía en sentido contrario. No había nada en él que no estuviera equilibrado: cada antílope inclinaba la cabeza hacia las patas delanteras mientras el par de astas apuntaba limpiamente hacia lo alto. Y el negro cabello de la diosa formaba bucles perfectos que iban del centro de la frente a las orejas. Sonrió al ver el rostro barbudo e inmutable de quien había sido su esposo en el pasado.

—Necesitas mi ayuda —le dijo; prefería las afirmaciones a las preguntas.

Zeus asintió.

—Hay demasiados mortales. Demasiados.

—Gaia te ha dicho que sufre —continuó Temis—. El peso que soporta es excesivo.

—Eso dice. Debemos llevarnos a muchos miles.

—Una peste —sugirió ella, pero el rey de los dioses negó con la cabeza.

—Poco eficaz. A veces escoge sólo a los ancianos, que de todos modos habrían muerto pronto.

—Una inundación.

—Demasiado indiscriminado. También se llevará el ganado.

Ella se rió.

—Siempre pensando en tus sacrificios.

Él se relamió al imaginar la grasa de un becerro chisporroteando entre las llamas.

—Un volcán —propuso ella, por asociación de ideas.

—Demasiado localizado.

—Un terremoto.

—No morirían los suficientes.

—Un gran terremoto.

—Poseidón peca demasiado de parcial. Ya sabes cómo es. Eliminará a los favoritos de Atenea o de Apolo y a los suyos no les hará nada. Será peor el remedio que la enfermedad.

Se miraron.

—Una guerra, entonces.

Él asintió.

—Tiene que ser una guerra. ¿Crees que es importante el lugar?

Ella estiró las piernas hasta que quedaron paralelas al suelo y se miró los pies.

—Supongo que no. Depende de si te atrae la idea de una guerra civil o... —Buscó el término apropiado y al no encontrarlo se encogió de hombros—. O una guerra corriente.

—Creo que no quiero una guerra civil. —Zeus se acarició la barba.

—Oriente contra occidente es una buena opción.

—Está comprobado —coincidió él.

—Troya serviría.

Él asintió.

—¿Y cómo conseguiremos que los griegos invadan Troya?

—¿No tienes una hija casada con un rey griego?

Zeus pareció confuso.

—Helena —aclaró ella. Debería haber recordado que Zeus sólo tenía una idea aproximada de cuántos hijos e hijas había engendrado a lo largo de los años, por no hablar de qué había sido de todos ellos.

—¡Ah, Helena! —El rey de los dioses se permitió un momento de nostalgia. La madre de Helena había sido la más hermosa de las mujeres. Le había valido la pena convertirse en cisne—. Sí, está casada con un tonto pelirrojo.

—Envía a un príncipe troyano para que la rapte —indicó Themis.

Zeus gritó de júbilo.

—¡Buena idea! —Luego frunció el ceño—. Para eso nos vendría bien la ayuda de Afrodita.

Temis no dejó que se notara su irritación, apenas admitió ante sí misma que se sentía molesta. Pero en otro tiempo Zeus había sido bastante más rápido, estaba segura de eso.

—Sobórnala. Eso siempre funciona.

Zeus asintió de nuevo.

—Buena idea, un soborno. ¿Qué le gusta?

—Los adornos y fruslerías, y las plegarias desesperadas de los mortales —respondió Temis.

—¿Tienes algo que pueda servir? —le preguntó él—. Es que no paso mucho tiempo solo en el Olimpo...

Temis reflexionó un instante.

—Sé exactamente qué podrías ofrecerle a Afrodita. La encontré el otro día cuando buscaba otra cosa en la parte de atrás del templo. Creo que si se la encuentra en las circunstancias adecuadas, no será necesario que le pidas ayuda.

Zeus estaba confundido.

—Entonces, ¿cómo me ayudará?

—Promoverá el conflicto por sí sola —respondió Temis—. Ni siquiera se dará cuenta de que está cumpliendo tu encargo.

—Entonces, ¿no le deberé un favor? —Esto era mejor de lo que había esperado.

Temis negó con la cabeza.

—Me lo deberás a mí.

33

Penélope

Odiseo:

Parece superfluo mencionar que mi paciencia se extiende como un hilo muy fino sobre la temblorosa llama de una vela. No pasará mucho tiempo antes de que la llama se consuma y mi ira se parta en dos. Porque ya ha transcurrido otro año completo desde que dejaste la isla de Eea —y a la hechicera que tan dadivosamente te agasajó— para emprender tu viaje por completo innecesario al Hades. Otro año que se suma a los doce que ya han pasado desde que te fuiste de Ítaca. Probablemente a ti no te parezcan mucho. Debes de decir: «¿Qué es un año más?; mira las aventuras que tengo que contarte, valen sin duda un año de mi tiempo.» Del tuyo tal vez. Pero con cada año que pasa no soy más joven, Odiseo, y tampoco tu palacio es más seguro.

Me enteré de que dejaste el Inframundo para volver rápidamente, cual perro fiel, a la isla de Circe. Por supuesto, todos admiraron tu sentido del deber, que cruzaras todo un mar para enterrar a tu compañero difunto, Elpénor. Ya sabes a quién me refiero. Ese que se emborrachó y se cayó del techo de Circe. Ese que no echaste en falta en ningún momento. Ese que nadie echó de menos. Ese mismo. Evidentemente, él era más importante para ti que tu esposa y que... ¿Sabes? Estaba a punto de decir tu «hijo pequeño». Pero Telémaco ya no es un niño. Dejó de serlo hace tiempo.

Te lo comento porque me parece que has perdido la noción del tiempo. Tal vez has navegado tan lejos que los días corren hacia atrás en lugar de hacia delante. O estás en un lugar donde moran los dioses y el tiempo se ha detenido. ¿Cómo explicar si no que hayas estado fuera de casa tantos y tantos días, Odiseo?

Para mi sorpresa, esta vez te marchaste de la isla de Circe enseguida. Bueno, supongo que allí ya lo habías visto todo, ¿no? ¿Y por qué ibas a quedarte cuando podías ir al encuentro de las sirenas? Tú siempre en busca de aventuras, claro. Aventuras que no te acerquen a Ítaca. Nunca has podido resistirte a un desafío, y éste era muy especial. Ningún hombre ha oído el canto de las sirenas y ha vivido para contarlo. Así que, por supuesto, tenías que hacerlo tú. Seguiste las instrucciones de Circe —como un buen perro— y troceaste un poco de cera. Amasaste los pedazos hasta que se ablandaron y se los diste a tus hombres con instrucciones de que se taparan con ellos los oídos. Sus vidas dependían de ello.

Pero tú no te quedaste ningún trozo de cera, ¿verdad? No, claro, el valiente Odiseo tenía que aprovechar la oportunidad para convertirse en el único hombre capaz de oír el canto de las sirenas y no sucumbir. Diste órdenes a tus hombres de que te ataran al mástil del barco y te dejaran allí. Les advertiste que te zarandearías y les suplicarías que te liberaran, pero que debían hacer caso omiso y seguir remando. Y ellos, que son buenos hombres, o que lo eran, te obedecieron.

Así que tú y sólo tú oíste a las sirenas emitir su canto mortal. La versión que me llegó —de un bardo cuyo canto también es bastante letal, en mi opinión— es que las sirenas te suplicaron que navegaras más cerca de ellas para que pudieras escucharlas. Te lo suplicaron a ti, como griego de gran renombre.

Dicen que las sirenas saben llegar al corazón de un hombre y que por eso nunca fallan a la hora de destruir sus barcos. Bueno, no hay duda de que supieron llegar al tuyo. ¿Cantaron sobre tu hermosa patria, tu hijo que crecía o tu devota esposa? Esos asuntos habrían destrozado a cualquier otro hombre, a cualquier otro héroe. Pero cuando las sirenas vieron que eras tú, cambiaron de tercio. «Acércate, Odiseo, griego de gran renombre.» Y es que tú estás más casado con la fama de lo que has estado jamás conmigo. Y la relación que mantienes con tu propia gloria nunca ha cesado. Laodamia, que falleció por amor a su marido Protesilao —es posible que no lo recuerdes, Odiseo, pero fue el primer griego que murió en Troya, hace un sinfín de años—, no pudo haber sido más devota al objeto de sus afectos de lo que eres tú a los tuyos. En cierto modo, es bastante conmovedor.

¿Qué aspecto tienen las sirenas, Odiseo? La canción dice que son del tamaño de una mujer mortal pero tienen el cuerpo de un pájaro: con garras, alas y largas colas de plumas, pero cabeza de mujer. Y la voz, ¿podrías describirla? Según el bardo, emiten el sonido más hermoso que nadie, hombre o bestia, ha escuchado jamás. Dice que imaginemos la voz más perfecta de mujer mezclada con el canto del ruiseñor. Ítaca está llena de peñascos y tal vez tú sepas dónde pueden anidar esos pájaros de melodiosa voz; pero yo sólo conozco el graznido de las aves marinas, que no es lo mismo. Aun así, le doy vueltas en la cabeza: ¿cómo es la canción más hermosa que ha escuchado oído humano? Quizá algún día, si vuelves a casa, me lo digas.

Después de los caníbales a los que te encontraste al comenzar tu viaje, Odiseo —el cíclope al que cegaste y los lestrigones que se comieron a tu tripulación y destrozaron vuestros barcos arrojándoles rocas—, parece que has entrado en la etapa de los monstruos marinos. ¿Quién podía imaginar que los había de tantos tipos? Primero, sobreviviste a un canto mortal y luego tuviste que pasar entre Escila y Caribdis; éste, un remolino devorador de barcos; aquél, un monstruo devorador de hombres. ¿No es así?

Creo que esa ruta fue idea de Circe. Me pregunto si la ofendiste de algún modo. Me cuesta creerlo, por supuesto. Pero lo que está claro es que te aconsejó la travesía más peligrosa que cualquiera podría imaginar. Y aunque te has ganado a pulso la continua ira de Poseidón, lo de los monstruos marinos sin duda es un toque de Circe. Se diría que te prefiere ahogado que de vuelta en casa con tu esposa y tu hijo.

Si no fuera así te habría enviado por otro camino. Verás, entre Eea e Ítaca hay dos rutas, tal como canta el bardo. Dos rutas, Odiseo, y tú no has logrado recorrer ninguna con éxito. Una atraviesa las Rocas Errantes, un estrecho pasaje entre dos acantilados escarpados, contra los que rompen enormes olas. Si hubieras confiado en que el timonel mantendría el rumbo y te conduciría a través de esas rocas ahora estarías en casa. Dicen que Jasón cruzó sin incidentes esos estrechos con la ayuda de Hera. Quizá la diosa también te hubiera echado una mano.

Circe, en cambio, te envió a atravesar otro estrecho, situado entre otros terribles acantilados. Dos enormes picos bajo un cielo enfurecido. La roca más alta es tan elevada que no se ve la cima, que además siempre está cubierta de nubes. Es tan lisa que nadie puede escalarla: no hay puntos de apoyo ni asideros en su reluciente superficie. Sin embargo, hay una entrada en la roca que, según te contó Circe, ningún mortal puede distinguir desde la cubierta del barco (casi veo la cara que pusiste al escuchar esto). «Ningún mortal», claro, pero tú no eres como el resto de los mortales, ¿verdad? Por eso decidiste probar esa ruta, ¿no? ¿Buscabas otra oportunidad de demostrar que eres mejor que cualquier otro griego? No me extrañaría. En esa cueva húmeda habita Escila, un aterrador monstruo de doce patas y seis cabezas, cada una de ellas con tres hileras de dientes mortalmente afilados. Cada vez que un barco intenta pasar por allí salen sin previo aviso las seis cabezas con sus enormes fauces abiertas y atrapan con sus peligrosos dientes a un marinero cada una. Y mueren seis hombres.

Así que el truco debería consistir en evitar esa roca tan alta y navegar junto al peñasco menos elevado que hay enfrente. Aunque el espacio entre los dos acantilados es tan estrecho, Odiseo, que están a tiro de flecha uno de otra. En la cima de esta segunda roca menos escarpada crece una higuera enorme. Qué chocante debe de ser vislumbrar una higuera sobre una roca desnuda en medio del mar. Al pie de esta roca se encuentra Caribdis. Y si Escila devora hombres, Caribdis devora barcos. Este remolino monstruoso traga agua del océano tres veces al día y luego la escupe. El agua sobrevive a ese espantoso vaivén, pero no tu barco, que quedaría reducido a astillas.

Te conozco, Odiseo. Y sé que en cuanto te informaron del doble peligro que corrías, te pusiste a urdir un plan que te permitiera pasar entre el remolino y el monstruo sin sufrir daños. ¿Podrías haberte alejado de Caribdis y acercado a Escila con la espada desenvainada y cortarle sus voraces cabezas? Circe debía de haberte advertido que los cuellos de Escila no son tan frágiles como uno mortal, o seis. Seguramente te dijo: no intentes luchar con ella y no esperes el segundo ataque mientras devora a los hombres que ha capturado. Sólo podías escoger entre perder a seis hombres o a doce. Era imposible que no perdieras a ninguno.

Así que por culpa de Circe, o quizá a pesar de ella, navegaste más cerca de Escila que de Caribdis, la roca alta y lisa a tu derecha, y la higuera a tu izquierda. Al rodear la roca de Escila perdiste a seis hombres. Miraste hacia atrás y oíste que te llamaban a gritos mientras se debatían en las múltiples fauces del monstruo, como peces en el anzuelo. Imagino que eso te resultó especialmente doloroso, más que el ataque de los caníbales, más que el recuerdo de los miembros de la tripulación que se ahogaron, más que la lucha con el cíclope. Nunca te ha gustado ver a un hombre inerme. Ofende tu sentido de la justicia.

Y al mismo tiempo oíste el rugido ensordecedor del espumoso remolino de Caribdis, pero ni siquiera entonces te desanimaste. Tu barco se hallaba lo suficientemente lejos de él para seguir avanzando sin problemas, aunque te acercaste un poco para ver la arena negra y el lecho de roca cuando Caribdis se tragó toda el agua.

Al fin lograste cruzar el terrorífico estrecho y arribar sano y salvo a las costas de Trinacia, una hermosa y frondosa isla dedicada a Helios. Circe, cómo no, te había dado una instrucción más. Si decidías desembarcar en Trinacia, no debías hacer ningún daño a los animales que habitan la isla, porque pertenecen a Hiperión, el padre de Helios, y considera una afrenta perder un solo espécimen a manos de un grupo de marineros famélicos. Lo más seguro habría sido seguir navegando, pero ¿cómo ibas a decirles a tus hombres, exhaustos y asustados como estaban después de cruzar el estrecho y perder a seis compañeros, que debían pasar de largo una isla en la que no había nada más letal que vacas y ovejas?

Ni siquiera el bardo pretende hacernos creer que no advertiste del peligro a tus hombres, Odiseo. En un verso tras otro cuenta cómo les transmitiste las exhortaciones que habías recibido de Circe por un lado y de Tiresias en el Inframundo por el otro. Pero tus hombres ya estaban hartos de obedecerte. Los habías expuesto a demasiados peligros y habían perdido a demasiados amigos. No es de extrañar que se amotinaran y se dirigieran a las costas de Trinacia para pasar la noche, sólo querían recuperar fuerzas y descansar un poco en tierra firme. Ni siquiera entonces los dejaste ir ciegamente a la muerte: los obligaste a jurar que no tocarían a las criaturas de Hiperión. Y te obedecieron de buen grado. ¿Qué era para ellos una noche sin carne? Pronto estarían navegando de regreso a Ítaca.

A veces pienso que has ofendido a más dioses de los que has impresionado. ¿Cómo explicar si no el cruel viento del sur que sopló implacable durante un mes entero —¡sin cesar un solo día!— y te retuvo en Trinacia durante todo ese tiempo? Los marineros griegos casi nunca tenéis suerte con el viento, se diría que los dioses quieren manteneros fuera del agua. ¿No te parece? Y las provisiones que te había dado Circe eran abundantes pero no infinitas. Después de tantos días sin alimentos frescos, tus hombres empezaron a tener hambre y a mostrarse inquietos. Esperaron a que estuvieras dormido —imagino que habían aprendido el truco de ti— y entonces mataron las mejores reses de Hiperión y las sacrificaron a los dioses antes de comerse la carne restante. ¿Cómo iban a ofenderse los dioses por eso?, dijeron. Un sacrificio no podía ser un acto de irreverencia, ¿no? Además, cuando regresaran a Ítaca, construirían un templo en honor a Hiperión y él les perdonaría que hubieran matado unas cuantas vacas. Los dioses preferían los monumentos de piedra a las simples vacas. Pero el padre del sol no necesita templos nuevos —puede ver todos los templos dedicados a los dioses todos los días del año—, lo que necesitaba era que sus rebaños continuaran ilesos, como siempre lo habían estado. Se quejó amargamente a Zeus y a todos los dioses, que estuvieron de acuerdo en que había sufrido un ultraje. Tan pronto cambiaron los vientos y lograsteis zarpar, los dioses se vengaron de vosotros. Y arremetieron contra la única nave de tu flota que se había mantenido intacta durante todas vuestras tribulaciones: ése fue el precio que tuvisteis que pagar por el robo perpetrado por tus hombres hambrientos. Os llevaron de nuevo a las rocas de Escila y Caribdis, y tus hombres —todos menos tú, canta el bardo— se ahogaron. Espero que la carne de vaca que se comieron valiera la pena.

Tú sobreviviste porque saltaste del barco antes de que se desintegrara y te aferraste a la higuera. Y cuando Caribdis volvió a vomitar te soltaste y caíste al agua. Nueve días después apareciste en la orilla de Ogigia, arrastrado por la corriente. Esto parece tan inverosímil que casi lo creo.

La primera vez que el bardo llegó a esta parte de su canto, pensé que a continuación relataría que construiste un nuevo barco y pusiste rumbo a casa. Y que la historia acabaría en este punto. Pero no fue eso lo que recitó. Le pregunté por qué. ¿No sabes dónde está Ogigia?, preguntó él, y los ojos ciegos se le humedecieron. Yo no lo sabía. ¿Por qué una itacense habría oído hablar de semejante lugar? Si el poeta no se equivocaba, habías tardado nueve días en llegar allí.

De modo que después de todos los peligros a los que te has enfrentado durante años, después de todos los riesgos que has corrido, descubro gracias al bardo que nunca has estado más lejos de mí que ahora. Ésta es la triste verdad, Odiseo. Estás más lejos de casa ahora que cuando te encontrabas en Troya o en Eea. Estás más lejos que cuando te quedaste atrapado dentro de la cueva de Polifemo o cuando los lestrigones te arrojaron rocas y destrozaron tus barcos. Estás más lejos de casa que cuando te aferrabas a una higuera como única tabla de salvación. Estás más lejos de mí que cuando estuviste en la tierra de los muertos.

Tu esposa/viuda,

PENÉLOPE

34

Las troyanas

Desde que Políxena se había ido las mujeres no habían tenido un momento de paz. Sabían que acabarían llevándoselas a todas, una por una, y sólo podían pensar en quién sería la siguiente. Ninguna de ellas acertó —excepto Casandra, que lo sabía—, porque cuando apareció por fin el heraldo no reclamó a una mujer.

Ellas lo habrían reconocido aunque no hubiera llevado la vara, con sus dos óvalos idénticos en la parte superior y la inferior dividida en cuatro por una cruz. Se sujetaba la túnica en el cuello con un gran broche de oro, y calzaba unas botas negras adornadas con finas hileras de tachuelas de metal. Hizo una mueca al apoyar el peso del cuerpo sobre el pie izquierdo, como si una piedra afilada hubiera atravesado las capas de cuero y se le hubiera clavado en el talón.

Taltibio había presagiado todas las treguas y los cambios durante los diez años de guerra. Los troyanos lo habían visto cruzar muchas veces las llanuras que rodeaban las murallas para consultar a los heraldos de la ciudad o a Héctor. Ahora caminaba por la arena con la pomposidad del hombre considerado sacrosanto durante años: nadie podía hacer daño a un heraldo. Sin embargo, se movía despacio. Casandra no fue la única que advirtió cuánto le pesaba la tarea que le habían encomendado.

Cuando finalmente llegó hasta donde estaban las mujeres, Hécabe se quedó mirando su rostro sudoroso bajo el ornamentado sombrero de ala que llevaba echado hacia atrás.

—Deberías quitarte esa gruesa capa —le aconsejó—. No hace tanto frío.

Taltibio asintió, recordando que Menelao y Odiseo le habían advertido sobre la afilada lengua de la reina troyana.

—No tengo tiempo para escucharte, anciana. He venido a buscar al hijo de Héctor.

Se oyó un grito desgarrador, pero en esta ocasión no fue de Casandra. Ésta había visto tantas veces lo que iba a ocurrir que estaba mareada. Pero a Andrómaca, la viuda de Héctor, le venía de nuevo. Era ella quien gemía de forma tan lastimera. Como siempre estaba muy callada, sus aullidos resultaron aún más perturbadores para las demás mujeres. Siempre había hablado con voz queda, pero cuando dio a luz a su hijo Astianacte, adquirió un tono aún más bajo y sosegado. El bebé no estaba acostumbrado a oír a su madre tan angustiada y empezó a llorar.

—¡No! No puedes hablar en serio. Es sólo un niño —suplicó Hécabe antes de que se le quebrara la voz.

—Ésas son las órdenes —insistió Taltibio—. Dámelo.

Andrómaca estrechó con más fuerza en sus brazos al niño que había mantenido a salvo a lo largo de toda una guerra y en medio de una ciudad en llamas. El bebé se estaba poniendo morado de tanto berrear.

—Por favor —le imploró al heraldo—. Por favor. —Cayó de rodillas ante él, pero no soltó a su hijo.

Taltibio bajó un poco su mirada arrogante al ver a esa mujer desesperada a sus pies. Se acuclilló y apoyó los codos en las rodillas.

—Sabes por qué los griegos han tomado esta decisión. —Alargó la mano y le tocó el pelo con las puntas de los dedos. Hablaba más bajo, dirigiéndose solamente a ella—. Héctor fue un guerrero destacado, el gran defensor de Troya. Su hijo también sería guerrero al hacerse mayor.

—No. —Andrómaca negó con la cabeza—. No lo será. Él nunca tomará en sus manos una espada o una lanza, lo juro por mi vida. Será sacerdote o mozo de labranza. No aprenderá a combatir. El futuro que temes no se hará realidad.

El heraldo continuó como si ella no hubiera hablado.

—Al hacerse mayor oiría pronunciar el nombre de su padre con admiración, y se enteraría de lo valiente y audaz que fue.

La voz de Andrómaca se convirtió en un grito.

—¡Nunca le hablaré de su padre!

El niño se detuvo un momento para respirar antes de reanudar el llanto.

—Nunca. Si le perdonas la vida a mi hijo, ésta será la última vez que mis labios pronuncien el nombre de Héctor. Por favor. Nunca sabrá quién es su padre. Nunca recordará Troya. Nunca le hablaremos de ella. Lo juro por mi madre muerta.

—Pero lo harán otras personas —respondió Taltibio—. No se puede borrar a Héctor de la historia de la guerra de Troya. Los bardos ya cantan su nombre. También te mencionan a ti en las mismas canciones. Tu hijo crecería deseando vengar a su padre. Llevaría grabado en el corazón el asesinato de los griegos.

—¡Me cambiaré de nombre! —gritó ella—. Dejaré a Andrómaca en Troya y me convertiré en otra persona en Grecia. ¿A quién le importa cómo se llama un esclavo?

—A tu amo sí le importará —insistió el heraldo—. Tu nombre te convierte en un trofeo. Si cambiara perdería peso.

Andrómaca buscaba desesperada alguna escapatoria.

—Entonces le diré que Héctor merecía morir. Le diré que los bardos lo cuentan mal. Le haré creer que su padre era un cobarde y que merecía la muerte que recibió a manos de Aquiles.

Hécabe abrió la boca para refutar esa mentira, pero aún no había recuperado la voz. Buscó a Políxena con la mirada para que reprendiera a Andrómaca, le suplicara al heraldo o controlara a Casandra, que empezaba a mecerse otra vez. Pero su hija ya no estaba allí y nada podía hacerse para que volviera.

—No, señora —replicó Taltibio—. No tendrás que mentir sobre tu marido. —Se puso de pie de nuevo, frotándose los puños en sus doloridos muslos. Luego se volvió hacia los soldados griegos que lo acompañaban—. Llevaos al niño.

—¡No! —gritó Andrómaca—. Déjame ir con él. No nos separes.

El heraldo se volvió hacia ella con una expresión inescrutable.

—Sabes que morirá.

—Si no puedo salvarlo, sólo pido morir con él.

Taltibio suspiró.

—No puedes renunciar a una vida que ya no te pertenece.

Los soldados arrancaron al bebé de los brazos de Andrómaca. Asustado, Astianacte enmudeció.

—Ahora perteneces a Neoptólemo —continuó él—. No puedo quedarme de brazos cruzados viendo cómo destruyen algo que es de su propiedad. Me echaría la culpa y tiene un genio tremendo.

Hubo un momento de silencio antes de que el bebé rompiera a llorar de nuevo.

—Por favor —suplicó Andrómaca, notando la incomodidad de los hombres. Ninguno sabía qué hacer con un niño que berreaba—. Dejad que vaya con vosotros.

—No te gustará presenciarlo —respondió Taltibio.

Ella cayó postrada a sus pies, agarrándose a sus botas con tachuelas de metal. Si retenía al heraldo, su hijo podría vivir unos segundos más.

—¿Adónde te lo llevas? —Hécabe por fin había recobrado la voz.

El heraldo se volvió para mirarla. La vieja bruja de lengua afilada había perdido algo de su mordacidad, pensó.

—Lo arrojarán por encima de las murallas de la ciudad —respondió él—. Morirá donde nació.

—No, no. —Andrómaca hizo una última súplica, rodeándole las piernas con los brazos hasta estar a punto de conseguir que perdiera el equilibrio—. Si no puedo morir con él...

Casandra soltó un gemido débil. Esa parte siempre la ponía enferma.

—Si no puedo morir con él —continuó Andrómaca—, al menos deja que sea yo quien lo mate. No lo arrojéis por encima de las murallas, por favor. No dejéis que se estrelle contra las rocas. Es un bebé. Por favor.

Yo lo asfixiaré. No crecerá para vengar a su padre. Morirá en los brazos de su madre. ¿Qué tiene eso de malo? Seguro que tus griegos lo permitirán.

—Te devolveremos el cuerpo —prometió el heraldo a Hécabe—. Podrás enterrarlo junto al de tu hijo.

35

Calíope

Así que mi poeta tiene hijos. O tenía. Sus ojos ciegos se llenan de lágrimas. No soporta lo que acaba de componer. Quiero acariciarle el pelo y decirle que todo irá bien. Pero no sería cierto. ¿Quién puede decir eso de una guerra?

Supongo que esperaba algo más de mí. Pero mi entera existencia depende de que haya guerras. Y antes que nada tengo que entenderlas. Él también tendrá que comprenderlas si quiere escribir sobre ellas. Está aprendiendo que, en cualquier guerra, los vencedores pueden ser destruidos tan profundamente como los vencidos. Todavía conservan la vida, pero han renunciado a todo lo demás por ella. Sacrifican lo que no son conscientes de que tienen hasta que lo pierden. Por eso el hombre que gana la guerra sólo en contadas ocasiones logra sobrevivir a la paz.

Puede que el poeta no quiera aprender esa lección, pero no le queda otra.

36

Casandra

Casandra tenía que admitirlo, el castigo que le impuso Apolo era un ejemplo de crueldad casi perfecta. Ella había deseado tener el don de la profecía. Lo anhelaba. Pasaba muchísimas horas en el templo con su hermano, Héleno. Ambos tenían el pelo rizado y oscuro, los ojos negros, pero sólo uno era lo bastante hermoso para atraer la mirada del dios. Ella amaba a Héleno, pero, como muchos gemelos, sentía que necesitaba tener algo que su hermano no tuviera para poder estar segura de dónde terminaba él y dónde empezaba ella. Él siempre le había dicho que su belleza era suficiente para distinguirlos, pero ella quería algo más, algo que no se desvaneciera con el tiempo.

Apolo se le apareció una noche fría. Los hermanos dormían a veces en el templo cuando sus devociones los retenían allí hasta tarde. Él, en el lado izquierdo de la puerta; ella, en el derecho. Recostaban la cabeza sobre un cojín suave y ella se cubría con una túnica inacabada a guisa de manta. No se consideraba una irreverencia usar la ropa del dios si el bordado aún no estaba terminado y aún no se la habían dedicado. El dios se arrodilló junto a ella y le lamió el lóbulo de la oreja para despertarla. Ella se sobresaltó, creyendo que era una víbora que le susurraba al oído. Se incorporó y volvió la cabeza, esperando verla deslizarse por la fría piedra blanca, pero en su lugar se encontró con el resplandor cegador de un dios. Tenía un tamaño un poco mayor que el de un mortal e irradiaba una extraña luz interior. Apolo la requirió de amores, pero ella lo rechazó. Él insistió y ella, ya totalmente despejada, rehusó de nuevo a menos que le diera algo a cambio.

—¿Qué quieres?

—Ver el futuro —contestó ella.

—Para algunas personas eso es una maldición.

Los rizos dorados de Apolo brillaban de un modo abrumador. A pesar de la luz cálida que irradiaba, el dios poseía una belleza fría.

Casandra se sorprendió entornando los párpados para evitar que le saltaran las lágrimas.

—Pero si eso es lo que quieres, lo tendrás.

Ella esperó que hiciera algo, que le tocara la frente con su mano dorada, pero él yació inmóvil a su lado mientras le llenaba la mente de visiones. De pronto todo lo que había ocurrido era menos real que lo que estaba por venir.

—Ahora cumple tu parte —le dijo él, alargando la mano para tocarle la piel, casi azul en comparación con el resplandor del dios.

La visión de lo que iba a suceder a continuación la llenó de terror. Se asustó tanto que se cubrió el cuerpo con las manos y dobló las rodillas contra el pecho.

—No... —dijo ella—. No.

En un abrir y cerrar de ojos la belleza de Apolo se transformó. El Arquero siempre joven y resplandeciente era de pronto un hombre malvado y vengativo que alzaba el puño.

—¡¿Te atreves a rechazarme?! —le gritó—. ¿Te atreves a rechazar a tu dios después de haber hecho un trato con él?

Ella cerró los ojos con fuerza y se tapó los oídos con las manos para no oír su voz, que cada vez sonaba más fuerte. ¿Dónde estaba Héleno? ¿Por qué no se había despertado? Apolo se abalanzó sobre ella, como una serpiente que avanza hacia su presa, y ella notó un coágulo de saliva espesa en la boca. Luego él se fue.

Nunca le había escupido nadie, y se frotó la lengua con los dedos, asqueada, aunque el daño estaba hecho. Su don para la profecía era perfecto y perpetuo, pero el de la persuasión, que hacía creíbles las palabras formadas por su lengua profanada, había desaparecido. Ella lo supo mucho antes de pronunciar una palabra más. Vio que todas aquellas personas a las que amaba —entre ellas Héleno— no la creerían, que sus advertencias caerían en saco roto. Se vio a sí misma presa de la frustración cuando nadie le hiciera caso. Y se dio cuenta de que, con un solo gesto, Apolo la había condenado a una vida de soledad y aparente locura. Su único consuelo, como una lucecita en la oscuridad, era que no estaba loca. Pero ella siempre sabría lo que iba a ocurrir. Todo eso la aterró.

Con el tiempo Casandra aprendió a sobrellevar el horror de la maldición que le había caído. El enorme peso de la tragedia —de cada enfermedad, de cada muerte, tanto de las personas que conocía como de aquellas con las que se cruzaba— al principio la abrumó. Se encontraba advirtiendo a la gente de lo que les iba a ocurrir, tratando de evitar un desastre. Cuanto más lo intentaba, más sordos se volvían los demás. Una y otra vez observaba la sorpresa en sus rostros cuando se hacía realidad exactamente lo que ella había predicho y ellos lo habían pasado por alto. A veces creía ver un destello de reconocimiento en sus ojos, como si una parte de ellos supiera que ella los había avisado. Pero esa luz enseguida se apagaba, y sólo dejaba una estela de odio hacia la sacerdotisa cuyos balbuceos todos atribuían a la locura. Dejó de tratar a todos los que no eran del círculo íntimo de su familia y sirvientes, pues no quería añadir más tragedias, más niños nacidos muertos, más cónyuges enfermos y padres lisiados a su mente atormentada. Así que fue un alivio cuando la encerraron en una habitación de gruesos muros del alcázar con una sola esclava (cuyo hijo moriría por una herida no tratada, y que acabaría colgándose con el cordón de su túnica).

La habitación, de altos ventanucos, era oscura y le recordaba el templo. Héleno iba a veces a verla, y ella sufría por lo que él haría, pero al menos sabía que sobreviviría a la guerra, aunque fuera en cautiverio. También sabía que su madre moriría creyendo que todos sus hijos habían sido asesinados por no haberle hecho caso a Casandra. ¿Y cómo era posible que su querido gemelo traicionara Troya revelando sus secretos al odiado Odiseo? ¿Que se sirviera del don de la profecía que él también había recibido —en menor medida que su hermana, pero con la ventaja de que a él le hacían caso— y lo utilizara para traicionar a su ciudad? Y todo porque no le habían concedido la mano de Helena tras la muerte de Paris. Aunque él tenía que saber que Helena de Troya volvería a ser Helena de Esparta. Casandra casi podía oler en ella el aire que soplaba en el escarpado Peloponeso: Helena no se quedaría en Troya una vez terminada la guerra.

Casandra no tuvo que hacer el esfuerzo de perdonar a su hermano porque, ya mucho antes de que todo aquello sucediera, había visto cómo éste se dejaba llevar por el rencor. Héleno no podía evitar sentir envidia de la misma forma que un pájaro no puede prescindir de las alas. Ella sostuvo que su hermano era inocente aunque sabía de antemano que era culpable. Lo sostuvo incluso el día que cayó Troya y se encontró abrazada a los pies de la estatua de Atenea hasta que un guerrero griego la sacó a rastras del santuario agarrada por el cabello y la violó.

Un año después de que Apolo la maldijera, Casandra tenía el rostro demacrado a causa de las náuseas que a menudo acompañaban sus visiones. Nunca tuvo claro si eran un componente de la visión en sí o una consecuencia de las cosas horribles que veía. Le costaba comer y aún más contener el vómito cuando la fuerza de la profecía era particularmente intensa. Pero poco a poco aprendió a controlar algunos de los efectos de las visiones, a base de concentrarse en la parte que antecedía o seguía a lo peor del augurio (que era lo que veía primero y con mayor claridad).

Y a veces, por supuesto, las visiones eran un consuelo. Así, cuando Troya cayó y ella huyó al templo de Atenea, sabía que sus gritos pidiendo protección serían ignorados y no le sorprendió. Mientras el guerrero griego Áyax le estiraba del pelo para separarla de la diosa y rompía un pie de piedra al soltarle los dedos que se aferraban a la estatua, incluso mientras él la penetraba y Casandra gritaba ensangrentada y dolorida, ella sabía que su violación sería vengada. Vio al odiado Odiseo suplicar a los griegos que castigaran a Áyax por haber profanado el templo y la imagen de Atenea, y vio que éstos no lo escuchaban. Pero sabía también que Atenea se vengaría: la diosa no perdonaría a ningún griego ese ultraje, a excepción de Odiseo. Eso no le devolvería a Casandra el cabello arrancado ni la virginidad, pero aun así era reconfortante.

Después de vivir durante tanto tiempo con la terrible predicción del saqueo de Troya, y de la matanza de sus hermanos, su padre, su hermana y su sobrino, puede que se sintiera tan aliviada como los griegos al ver caer la ciudad. La anticipación del desastre resultaba más angustiosa que el desastre en sí, y al menos mientras el fuego hacía estragos el temor cesó. Al menos en parte.

Cuando los gritos de Andrómaca por la pérdida de su hijo traspasaron el corazón ya perforado de Casandra, ella trató de visualizar a su cuñada al cabo de uno, dos, cinco, diez años. Pero la técnica que había utilizado en el pasado ya no funcionaba. Allá donde miraba no veía más que destrucción: las múltiples penas de Andrómaca y Hécabe eran demasiado espantosas. Y entonces su mente se enfrentó al mayor horror de todos. Trató de respirar despacio, sabiendo que a veces la ayudaba a reprimir el pánico. Pero no pudo. Para ella no habría nada después de lo peor. Lo peor que esta vez le esperaba le costaría la vida y la vida de...

Por un instante no pudo respirar y perdió el conocimiento.

El sueño no dio tregua a Casandra. Las visiones le llegaban como pesadillas, tan vívidas como cuando estaba despierta. Siempre había sabido que la reclamaría Agamenón, aunque ignoraba por qué: sólo podía presagiar el futuro de quienes se hallaban físicamente cerca de ella, por lo que sólo veía que los soldados argivos la separaban de las otras mujeres y la llevaban ante su rey.

Casandra fue el último miembro de la casa de Príamo en abandonar la península de la Tróade. Ni Hécabe ni Andrómaca estaban allí para despedirla. Hécabe ya había zarpado con Odiseo para vengarse de Poliméstor y a Andrómaca se la había llevado Neoptólemo. Pero, por mucho que lo intentó, Casandra no logró dejar de pensar en su cuñada. Volvería a recordarla durante el viaje a Grecia. No tendría otro remedio.

Cuando vio por primera vez a Agamenón, le impactó reconocerlo. Ese hombre rollizo con el pelo canoso y ralo untado de aceite espeso, y un abultado pliegue de grasa en la cintura, la había estado persiguiendo. Era idéntico al de su visión, incluso tenía el mismo feo rictus al mirarla con lascivia.

—¿Es ésta una princesa de Troya? —les preguntó a sus hombres—. Viste harapos.

—Todas iban así, rey —señaló uno.

A Casandra le resultó tan familiar el tono de hastiada paciencia del hombre que casi le pareció que había hablado uno de sus hermanos. Tuvo que recordarse que era un desconocido cuya voz había escuchado miles de veces.

—Es la sacerdotisa, hija de Príamo y Hécabe —añadió el soldado.

Agamenón asintió, ahora con los ojos clavados en ella.

—Tal vez posea cierta belleza. ¿Más que la que se llevó Neoptólemo?

El argivo hastiado no dejó que su rostro delatara la irritación que sentía.

—Creo que sí, rey. Además, la mujer que se fue con Neoptólemo sólo era la nuera de Príamo, acuérdate. Ni siquiera era troyana de nacimiento.

—Era la viuda de Héctor, ¿no? —preguntó Agamenón.

Ni Casandra ni el argivo cansado se dejaron engañar por su fingida ignorancia.

—Sí, rey, pero no era troyana. —El soldado señaló con el dedo la espalda de Casandra y añadió—: Ésta, en cambio, nació en la casa real. Era la sacerdotisa de Troya. Dicen que el mismísimo Apolo la bendijo.

Agamenón puso los ojos en blanco, algo que Casandra nunca había entendido antes. Pero ahora vio que le habían arrebatado una cautiva no hacía mucho. Era hija de un sacerdote de Apolo, y el propio dios había ayudado al troyano a recuperarla. Vio a la chica reflejada en los ojos de Agamenón, escondida detrás de una tienda de campaña, echándole algo en el vino. De modo que Agamenón también había hecho enfadar a Apolo. Se preguntó por qué el Arquero los dejaría regresar a Grecia en lugar de sumarse a la ira de Atenea y volcar la nave. Pero de nada le servía desearlo ahora. Ya sabía que llegaría a tierras argivas y lo que la esperaba allí.

37

Gaia

Gaia, la Gran Madre, la primera de las deidades que nacieron del Caos, estiró sus extremidades doloridas y la tierra se sacudió. Las montañas se estremecieron, pero tan débilmente que la única prueba fue el temblor de las hojas de los árboles. Oyó a lo lejos el fragor de la lucha entre los hombres y supo que se avecinaba un conflicto mayor. Zeus había oído sus súplicas, y después de consultarlo con Temis, la hija de Gaia, tomó la decisión. Habría una guerra inmensa, de una destructividad jamás vista por los hombres.

Gaia había presenciado una guerra más devastadora, pero hacía mucho. Fue cuando los titanes se enfrentaron a los dioses olímpicos, entonces la destrucción fue incalculable y brutal. Cuando confinaron a los titanes en la más profunda oscuridad y cerraron las puertas de bronce indestructibles, Gaia no imaginó que llegaría el momento en que anhelara otra guerra. Pero ese momento había llegado.

Los humanos pesaban demasiado. Además eran muchos y no dejaban de reproducirse. «¡Parad! —quería gritarles—, parad, por favor. No hay sitio para todos en el espacio entre los océanos, no podéis cultivar suficiente comida en la tierra al pie de las montañas. No podéis apacentar suficientes animales en los pastos que rodean vuestras ciudades, ni construir suficientes casas en las laderas de las colinas. Parad ya, así podré descansar, cada vez pesáis más y no puedo aguantaros. —Gaia lloraba a lágrima viva al oír el llanto de los recién nacidos—. Ya basta —se dijo—. Basta.»

Los hombres le hacían ofrendas, sacrificios de carne, cereales y vino. Sin embargo, seguían siendo demasiados y el dolor de Gaia era insoportable. Envió un mensaje a Zeus, hijo de Cronos, a su vez hijo de Urano, el esposo de Gaia. Zeus encontraría una solución para aplacar su dolor. Ella lo había apoyado mucho en el pasado. Y él sabía que Gaia tenía razón, el aumento de población era insostenible. La diosa no le diría cómo podía reducirla, eso se lo dejaba a él. Zeus hablaría con Temis y entre los dos urdirían un plan. El orden divino de las cosas se restauraría una vez que se corrigiera el problema de los mortales. Gaia recordó la última vez que la humanidad se había vuelto tan pesada y se acordó de que Zeus no la había dejado sufrir durante mucho tiempo. Las guerras de Tebas, en las que siete guerreros habían invadido la ciudad así llamada, y la guerra civil que se había extendido al resto de Grecia, habían cumplido su propósito en ese momento. Pero el problema se había agravado desde entonces. Se necesitaba una guerra más larga y devastadora.

Sintió que el dolor la recorría: su función era cuidar y alimentar a los hombres. Pero ellos seguían tomando más de lo que ella podía ofrecerles. Miró a su alrededor y vio árboles que ya no proporcionaban frutos y campos cultivados tan a menudo que ya no daban más cosechas.

¿Por qué los hombres no podían ser menos codiciosos?, se preguntó. Su dolor dio paso a la irritación. ¿Y por qué no hacían caso de las lecciones que les había dado Zeus? Al fin y al cabo los mortales pasaban bastante tiempo en los templos del dios. ¿Por qué no estudiaban las guerras que habían asolado Tebas y comprendían que eran necesarias precisamente porque ellos no paraban nunca de consumir? ¿No entendían que al final los mares se vaciarían de peces y la tierra de grano?

Cuando quedaran menos hombres, menos mujeres y menos niños, Gaia lloraría por los que se habían ido, pero sabría que era la única solución. Estaba muy cansada y notaba que se hundía bajo el peso de todos ellos. «Perdonad —murmuró hacia la brisa—. Perdonad, pero no puedo seguir sosteniéndoos.»

38

Penélope

Odiseo:

La verdad es que no sé por dónde empezar. Aunque no creo que eso importe mucho, pues seguramente estás muerto. Por lo mismo podría estar lanzando estas palabras al viento, y debe de haber eco, porque juraría que a veces oigo que me vuelven.

Esto se pone cada vez mejor. Diez años haciendo la guerra a una ciudad junto con todos los ejércitos que Grecia logró reunir. Suena ridículo, ¿verdad? Ésa es la etapa más defendible de tu ausencia. Diez años de guerra, seguidos de tres años enteros deambulando en alta mar, encontrando un pretexto tras otro para no volver a casa. Te topaste con un monstruo. Te topaste con una bruja. Los caníbales destrozaron tus barcos. Un remolino engulló a tus compañeros. Ni Telémaco habría inventado semejantes excusas y él era un niño. Ya no, por supuesto. Ahora tiene veinte años. Un hombre en edad de tener esposa e hijos propios. También necesitaba a su padre, por supuesto. Pero parece que lo has olvidado.

Y ahora siete años más, ¡siete! ¿Recuerdas siquiera lo que eso significa, Odiseo? Veintiocho estaciones más, siete cosechas más, niños que se hacen hombres, madres que fallecen, padres que enferman..., y tú sin dar noticias. Pero quédate tranquilo —y estoy segura de que estás disfrutando de mucha tranquilidad— que el bardo te sigue la pista. Y según él, estás cautivo en la isla de Ogigia. «¿Cautivo? —le pregunté la primera vez que recitó este episodio—. ¿Quién lo tiene cautivo? ¿Qué carcelero cruel aleja a mi marido de la luz y lo priva de libertad? ¿Qué tirano malvado, y con qué fuerzas a su mando, podría encarcelar a mi pobre Odiseo?»

Para ser justos con él, al menos tuvo la decencia de mostrarse avergonzado. «No había ningún tirano», dijo. Nadie te retenía (esto empieza a sonar como una de tus coartadas, Odiseo: ¿quién ha cegado al cíclope? Nadie. ¿Quién te tiene cautivo? Nadie). Al final, después de un prolongado interrogatorio, el bardo admitió que es una mujer quien te ha hecho prisionero. «¿Una vieja horrible? —le pregunté—. ¿Una bruja que vive en una casa en ruinas en el bosque y te ha adoptado como hijo para que cortes leña y caces jabalíes con los que poder darse un festín?» «No», fue la respuesta avergonzada de él. «Una ninfa.» «Pues claro.»

Se llama Calipso, me dicen. No me extraña que el bardo intentara encubrirlo. Según sus palabras, canta con una voz melodiosa. Bueno, siempre te ha gustado la música, ¿no? Quizá te recuerde a esas mujeres pájaro que buscabas desesperadamente.

Su isla está en medio de la nada, lejos de Ítaca y de todas partes. Vive en una cueva grande, lo que suena más propio de las bestias, pero parece ser que tiene una chimenea y quema leños de cedro como fuente de calor y por su fragancia. Tú tenías un hogar en Ítaca, por supuesto, pero tal vez los leños que echábamos al fuego no olían tan bien. Su cueva, al parecer, está rodeada de bosques frondosos, lo que me sonó tanto a eufemismo la primera vez que el bardo lo cantó que amenacé con hacerlo azotar. Él me aseguró que no eran más que álamos y cipreses, el hogar de búhos, halcones y otras aves. No sabría decir si estaba riéndose de mí. Todo suena demasiado idílico para ser una cárcel; el bardo dice también que alrededor de la entrada de la cueva crece una parra cargada de uva madura y que se oye el rumor de los manantiales de agua fresca que borbotean cerca. Fuera hay prados de perejil salpicados de violetas, porque supongo que a Calipso le gusta ese color. O tal vez se las come. Por lo que se refiere a tus devaneos, Odiseo, ya no sé qué pensar.

Y Calipso parece haber sido la anfitriona perfecta, siempre y cuando uno se olvide de que eres —no deja de ser extraño que yo todavía lo recuerde— mi esposo, y no el de ella. El bardo describe su destreza tejiendo en un telar dorado, entre otras, lo que supongo que agradeciste profundamente. Después del naufragio sin duda necesitabas una capa nueva.

Yo también he estado tejiendo, por si te interesa. Probablemente te estarás preguntando qué más he estado haciendo estos últimos veinte años; podría haber tejido capas para toda la población de Ítaca. Y tal vez lo habría hecho si no me hubiera dedicado a tejer un sudario interminable. No, no desesperes: tu padre aún no nos ha dejado para reunirse con tu madre en el Inframundo. Laertes vive, aunque se ha convertido en un frágil anciano acongojado por la espera.

Pero llevas tanto tiempo fuera, Odiseo, que Ítaca ya no te considera su rey. Algunas de las antiguas familias sí, por supuesto; ellas siguen siéndote leales, al igual que yo. Pero hay muchos jóvenes que compiten por ocupar tu lugar. Ojalá pudieras verlos pelear entre sí como ciervos. Esperaba que Telémaco fuera capaz de ahuyentarlos, pero es un joven tranquilo y prudente, de lágrima fácil. Creció sin un padre, claro, por lo que no ha tenido un modelo al que seguir. Durante muchos años fui lo suficientemente fuerte para mantener a raya a esos hombres apelando a tu reputación, pues las historias que nos llegaban de Troya eran impresionantes. Tú eras un rey guerrero y nadie se atrevería a desobedecer a tu esposa.

Pero hace mucho que no nos llega esa clase de historias. ¿Cuándo fue la última vez que tuvimos noticias tuyas? Hace siete años; en esa época te enfrentabas a numerosos obstáculos, a cuál más impresionante e inverosímil. Sin embargo, desde que los bardos han dejado de recitar sus cantos, ya no hemos podido saber si estabas vivo o muerto. Después de siete años de silencio, la mayoría de los itacenses están convencidos de que has muerto. Yo me siento tan incapaz de aceptar que estás muerto como de creer que estás vivo. Quizá sea tu sudario lo que estoy tejiendo. Los hijos de los nobles, que años atrás eran demasiado jóvenes para navegar contigo, se han convertido en hombres malcriados. Todos están convencidos de que tienen derecho a ocupar tu lugar, y creen que la mejor manera de alcanzar este objetivo es contrayendo matrimonio con su viuda. Así que me encuentro con la casa llena de jóvenes que vacían las despensas.

¿Recuerdas el vino, el trigo y el aceite que guardamos en toneles debajo del gran salón? Yo solía abrazarme cuando bajábamos los escalones de piedra que llevan al helado y oscuro almacén. La primera vez pensaste que temblaba de frío. Soltaste los alfileres que te sujetaban la capa y me la echaste sobre los hombros. Cuando olí tu fragancia en la lana suave casi me saltaron lágrimas de alegría (estaba embarazada, claro, no suelo comportarme como una boba sentimental). Así que me envolví en ella y respiré hondo. Pero la siguiente vez, y la siguiente, te fijaste en que siempre me abrazaba en el almacén, aunque no hiciera frío. No tuviste que preguntar el motivo: adivinaste que ese gesto se debía a la felicidad de constatar que, independientemente de lo que nos deparara el invierno, estábamos preparados. En nuestro almacén, fresco y seco, teníamos muchas provisiones, bien resguardadas del moho y los ratones.

Bueno, pues esas provisiones ya casi se han agotado. Estos hombres groseros y siniestros han invadido mi casa y han destrozado todo lo que han querido. Se acuestan con mis sirvientas, y ya no sé en quién puedo confiar. Y si el hecho de saber que tu esposa está en peligro no te incita a volver, te diré que también están tramando matar a tu hijo. Telémaco se ha marchado en busca de noticias de su padre: a Pilos, creo, y tal vez a Esparta. Así que por ahora está a salvo (tanto como puede estarlo un hombre que se halla lejos de casa; espero que tú seas un caso excepcional). Pero acabará regresando y no lo dejarán en paz mucho tiempo.

Lo mejor para Telémaco sería que me casara con uno de estos jóvenes apuestos y codiciosos, pues así se reduciría la amenaza que él representa para ellos. ¿Es esto lo que querrías, Odiseo, si estuvieras vivo? No fingiré que no lo he considerado. Son muy muy jóvenes. Yo no. La idea de sus carnes prietas y juveniles es tentadora. Al fin y al cabo, no es que tú me hayas sido fiel. Sobre tus infidelidades se han compuesto canciones en todo Acaya y más allá. Hay niños que están aprendiendo a tocar la lira y cantan sobre tus otras mujeres. Y sobre las ninfas. Y las diosas.

Me has humillado y siento fuertes tentaciones de devolverte el favor. Casarme con un hombre joven sería agradable. Y agradecido. Pero, ay, Odiseo, son todos tan estúpidos. No los soporto. Prefiero recuperar a mi viejo e inteligente marido que enlazarme con un joven estúpido. ¿De qué hablaríamos? Aunque supongo que él no tendría mucho interés en hablar, porque los jóvenes son poco expansivos.

Les he pedido que esperen tres años (no son nada para ti, por supuesto, pero es toda una vida para una mujer con una casa llena de huéspedes indeseados), alegando que no puedo casarme hasta que haya terminado el sudario de Laertes. Me creen, por supuesto. El pobre anciano está tan encorvado y cansado que les cuesta imaginar que aguante toda la noche. Y tejer es una ocupación irreprochable para una mujer. Siempre se me ha dado bien, como sabes, pero este sudario no se acaba nunca. Como te he dicho, son estúpidos y no se les ha ocurrido que durante el día lo tejo y por la noche lo deshago. Tú lo habrías pillado enseguida, al ver que tanta laboriosidad no daba ningún fruto. Quizá no les entra en la cabeza que una mujer dedique tanto tiempo a engañarlos. Por supuesto, se necesita el mismo tiempo para destejer que para tejer; la lanzadera debe atravesar el telar exactamente de la misma manera. Por eso llevo tres años haciendo y deshaciendo, avanzando y retrocediendo.

No habrían descubierto nunca mi ardid si una de las sirvientas no me hubiera traicionado contándoselo a su amante. La habría matado. Pero cuando me enteré de su traición ya era demasiado tarde, y además ella gozaba de la protección de él mientras que yo he perdido la mía.

El bardo me cuenta que miras el océano y anhelas volver a casa. Que le suplicaste a Calipso que te liberara.

Que le juraste que yo soy menos guapa que ella, sobre todo después de tantos años, pero que soy tu esposa y me amas de todos modos. Sinceramente, Odiseo, hubiera preferido que no le dijeras eso. Nadie desea oír hablar sobre su edad y la pérdida de su belleza en una canción.

Así que tal vez debería renunciar a ti por completo y olvidarme de tus anhelos de volver. Quizá debería dejarte con Calipso, que estaba tan necesitada de un marido que me robó el mío y lo ha retenido siete años. Pero el otro día el bardo cantó algo más. Dijo que Calipso te ofrecía la inmortalidad si te quedabas con ella en la isla del placer. Como consorte de una ninfa recibirías el regalo de una vida sin fin. Y que tú te negaste, o eso canta el bardo.

Uno de los pretendientes, borracho después de beberse mi vino, cómo no, expresó su incredulidad con balbuceos. Ningún hombre renunciaría a la inmortalidad, afirmó. Jamás había oído semejante disparate. Y tenía toda la razón, aunque estuviera borracho. Pero tú renunciaste.

Ven a casa, Odiseo. No puedo esperar más.

Penélope

39

Clitemnestra

Diez años son muchos para guardar rencor a un hombre, pero el de Clitemnestra nunca flaqueó. Su ira no aumentaba ni disminuía, sino que ardía a un ritmo constante. Podía calentarse las manos con ella las noches frías y usarla para alumbrar sus pasos cuando el palacio estaba a oscuras. Ella nunca perdonaría a Agamenón por haber asesinado a su hija mayor, Ifigenia, ni por haberlas engañado a las dos de un modo tan cruel con el asunto de la boda. De modo que sólo le quedaba pensar cómo iba a vengarse de él y de qué modo podía persuadir a los dioses para que lo castigaran. Estaba segura de que Artemisa se aliaría con ella, porque el origen de todo estaba en la afrenta que Agamenón había cometido contra la diosa en Áulide hacía muchos años. El sacrificio de Ifigenia había sido idea del sacerdote argivo para ganarse de nuevo el favor de Artemisa y conseguir que el viento les fuera propicio en su viaje a Troya. Pero si la diosa se había enfadado con Agamenón una vez, volvería a hacerlo. Nadie lo sabía mejor que su esposa.

De entrada Clitemnestra no se propuso asesinarlo. Durante un par de años rezó a diario para que sufriera una muerte ignominiosa en la guerra de Troya. Pidió que no muriera en el campo de batalla —lo cual era poco probable, dada su tendencia a esconderse detrás de sus hombres—, sino apuñalado por la noche por alguien de su confianza. Sin embargo, los años pasaban y él seguía vivo.

Al cabo de cinco años decidió cambiar de estrategia. Cada día que no lo asesinaban era un día más que dedicaba a planear cómo lo mataría con sus propias manos cuando regresara a Micenas. Su plan era complejo y disfrutaba pensando en él. Se despertaba con la primera luz y se desperezaba considerándolo en todos sus aspectos y desde todas las perspectivas hasta que se daba por satisfecha. Debía permanecer en estado de alerta, porque ¿quién sabía cuándo terminaría la guerra interminable? Y la venganza tenía que ser proporcional a su fechoría. Matarlo no era suficiente para compensar el horror de lo que había hecho.

El primer paso fue enviar un mensajero a Egisto, primo y enemigo acérrimo de Agamenón, para invitarlo a la casa real de Micenas. Fue un proceso largo y pasaron meses hasta que lo persuadieron de que no era una trampa. Los mismos sirvientes de Clitemnestra se quedaron horrorizados de que ella tuviera contacto con el hijo de Tiestes. Pero Clitemnestra no necesitaba que aprobaran ni que comprendieran su forma de actuar. De hecho, esperaba lo contrario.

Ella era una mujer muy hábil y persuasiva, y al final Egisto llegó a Micenas acompañado de sus guardias. Los esclavos buscaron a su señora por los majestuosos salones del palacio y cuando la encontraron le anunciaron que el gran enemigo de la casa real estaba fuera, pidiendo audiencia. Se sorprendieron cuando ella se levantó de su asiento y se dirigió a las puertas del palacio para recibirlo en persona, no sin antes reprenderlos por su falta de hospitalidad al no haber dejado entrar a aquellos cuatro hombres armados.

Clitemnestra no conocía a Egisto —la enemistad de la familia venía de antiguo— y al verlo se sorprendió del escaso parecido que guardaba con su primo Agamenón, un hombre al que ella ya no podía percibir como marido sino sólo como enemigo. Aunque tenía la misma boca de mujer y el nacimiento del cabello a una altura parecida, en mitad de la frente, Egisto era más joven y más alto, casi esbelto. Su expresión era titubeante, como si estuviera nervioso pero tratara de disimularlo. Por un instante ella se preguntó si alguna vez habría empuñado una espada en combate, pero enseguida lo descartó.

Lo vio antes que él a ella, y Clitemnestra se fijó en que estaba mirando boquiabierto la alta ciudadela y el par de leones de piedra que coronaban la puerta que acababa de cruzar. No estaba intimidado, sino visiblemente impresionado, pensó.

Sus esclavos abrieron las puertas y ella salió, una mujer alta y segura de sí misma. A Egisto le cambió la expresión; ahora parecía inquieto y al mismo tiempo presa de un deseo inesperado.

—Primo —lo saludó con una inclinación—. Pasa, por favor. —Se mostraba un poco turbada, pero era pura apariencia—. No sabes cuánto siento que mis esclavos te hayan hecho esperar aquí mientras iban a buscarme. La descortesía no quedará impune. Haré que los azoten a todos.

Egisto esbozó de nuevo una sonrisa ansiosa.

—No tiene importancia, señora. La espera ha sido breve y nos ha permitido disfrutar de la magnífica vista. —Hizo un gesto hacia las montañas azuladas que se desvanecían en la lejanía.

Micenas gozaba de una ubicación incomparable, y las tierras de Clitemnestra se extendían hasta el horizonte en todas direcciones. Llegado el caso, la ciudad sería fácil de defender, pensaba siempre.

—Eres muy amable, primo —respondió, irguiéndose cuan larga era.

—Por favor, no hagas azotar a los esclavos por mí. No es necesario —dijo generoso.

A Clitemnestra no se le escapó que su supuesta actitud magnánima le otorgaba confianza en sí mismo. Su plan iba a resultar muy fácil.

—Haré lo que tú digas —respondió—. Eres mi invitado de honor. Pasa y deja que te ofrezcamos un refrigerio.

—Será un honor.

—El honor es mío —repuso ella—. ¿Querrán unirse tus hombres? ¿O prefieres cenar solo?

Los guardaespaldas de Egisto estaban demasiado bien entrenados para mostrar su sorpresa. ¿Una mujer casada —una reina— que se ofrecía a cenar a solas con un desconocido? No era un comportamiento habitual. Pero nunca habían estado en Micenas e ignoraban sus costumbres.

—Mis hombres cenarán con tus sirvientes, si te parece adecuado —respondió Egisto.

Clitemnestra asintió e hizo señas a sus esclavos.

—Dad de comed a estos hombres cansados después de tan largo viaje. La distancia no es excesiva, lo sé. Pero han pasado tantos años desde la última vez que se reunieron nuestras familias que seguro que se les ha hecho eterno. —Se acercó a Egisto, un perfecto desconocido, y le tomó las manos entre las suyas—. Ésta es nuestra oportunidad para enmendar viejos errores —añadió, y lo atrajo bruscamente hacia ella, de tal modo que el hombre estuvo a punto de perder el equilibrio—. Ven conmigo. Inauguraremos nuestra amistad bebiendo vino.

Y mientras lo cogía del brazo y lo conducía por los pasillos del palacio, ambos se percataron de que la longitud de sus zancadas —él, con la túnica de viaje; ella, con un vestido largo y suelto— era idéntica. Ella le señaló los hermosos tapices de tonos morados que colgaban de las paredes. Él podía apreciar la opulencia en que vivía Clitemnestra sin necesidad de que ella le mostrara el magnífico trabajo. Pero mientras Clitemnestra contemplaba los hilos anudados de los intrincados estampados, tuvo el claro presentimiento de que se estaba tejiendo un nuevo tapiz, que era ella quien lo tejía y que los nudos, una vez atados, serían imposibles de deshacer. Sintió un escalofrío de placer y asió con más fuerza el brazo de Egisto.

Seducirlo fue muy fácil, y le produjo un verdadero placer. Él estaba deseoso de agradar y desesperado por recibir instrucciones. A ella le fascinaron la tersura de su piel, la agilidad de sus miembros, la esbeltez de su cintura. Lo amaba en las horas oscuras de la noche, y de nuevo cuando el sol de la mañana le doraba la piel. A veces ella tenía que recordar que la impulsaba una ambición mayor que la de una vulgar relación adúltera con el enemigo acérrimo de su marido. Si bien, por mucho que él la distrajera, nunca se le olvidaba por más de un instante.

Ahora que lo había conquistado, no perdería su devoción fácilmente. Egisto poseía un carácter perruno, y ella tenía que pedirle que no la siguiera todo el tiempo por el palacio. Él odiaba a Agamenón al menos tanto como ella, por lo que siempre encontraban algo de que hablar. Además, detestaba todo lo que le recordara que ella había tenido una vida antes de conocerlo, y despreciaba a Orestes y a Electra por igual. Sus dos muchachos (así era como ella veía a Egisto) habían estado varias veces a punto de llegar a las manos. De modo que Clitemnestra envió a Orestes a vivir lejos con unos conocidos. Quería mantenerlo a salvo y no se le ocurrió otra forma, convencida de que, de lo contrario, Egisto acabaría matándolo, pues por el momento Orestes aún no había demostrado ser un gran guerrero. En este sentido era hijo de su padre. A Clitemnestra le gustaba la facilidad con que su amante se enfadaba, pero nunca con ella.

Su vida habría sido perfecta si no hubiera dado a luz a sus dos hijas. El fantasma de Ifigenia siempre rondaba cerca, tanto que algunas veces notaba su aliento en la nuca. Había trasladado su cuerpo de Áulide a Micenas y la había enterrado en el lugar más cercano aprobado por un sacerdote, aunque después del sacrificio de su hija no sabía por qué volvía a hacer caso a un sacerdote. Desde entonces, todos los años ofrecía un mechón de cabello el día de la muerte de Ifigenia. Pero su hija no descansaría hasta haber sido vengada. Año tras año, Clitemnestra se inclinaba ante su tumba y prometía castigar al hombre que la había engendrado y matado. Sin embargo, la guerra se prolongaba y ella no podía cumplir su promesa, por lo que Ifigenia no acababa de marcharse de su lado.

Electra también la atormentaba. Todos los días lamentaba que Agamenón hubiera sacrificado a Ifigenia y no a Electra. Por razones que desconocía, su hija superviviente idolatraba al padre ausente, y no parecía importarle que éste hubiera degollado a su hermana sólo para obtener un viento propicio. Fue la voluntad de los dioses, respondió una vez que Clitemnestra le preguntó, o mejor dicho, le imploró, cómo podía importarle tan poco la muerte de su hermana. Cuando emprendieron el viaje a Troya, Electra era muy pequeña, y apenas recordaba a Ifigenia. Tampoco conocía a su padre. Pero odiando a su madre como la odiaba y despreciando a Egisto tanto como él la despreciaba a ella, decidió aliarse con un asesino. Eso tenían en común ella y su hija, pensó Clitemnestra. Aunque Egisto todavía no lo fuera.

Clitemnestra cada vez estaba más segura de que los dioses se pondrían de su lado. Sabía que Agamenón los había ofendido durante la guerra de Troya. Con lo estúpido y bruto que era, no resultaba sorprendente. A cualquier dios le ofendería que un idiota como él siquiera caminase a la luz del día, y no digamos que se jactara de ser rey. Lo habían castigado en Áulide, y con razón, por su arrogancia. Pero los dioses no podían querer que su amada hija pagara los platos rotos. No tenía ningún sentido. Ifigenia era apenas una niña.

Y el asesinato había sido tan... —Clitemnestra titubeó buscando la palabra apropiada— fraudulento. Matar a una joven, a una hija, ya era bastante malo. Pero sacrificarla en un ritual que era una burla a su juventud, a su virginidad... ¡Una boda falsa! ¿Qué madre habría soportado un acto tan perverso, tan cruel? Vestir de novia a la joven, prometerle un gran guerrero por esposo y luego matarla. Sabía que como mínimo su marido se había ganado la enemistad de Aquiles por haberlo involucrado en todo ese desagradable asunto. ¿Qué príncipe griego no quedaría horrorizado al ver que utilizaban su nombre para engañar a una joven indefensa? Agamenón tal vez fuera tan desaprensivo que no le importara rebajarse a eso, pero había otros hombres con principios más elevados.

Clitemnestra sabía a qué dioses debía rezar y les rezó a todos. A Artemisa, contra quien se había cometido el ultraje original. A Himeneo, el dios del matrimonio, cuya institución había sido agraviada por ese delito infame. Luego le rezó a la Noche, que encubriría sus planes de venganza. Por último, rezó a las Furias, que la acompañarían siempre que les hiciera caso.

Mientras tanto, envió exploradores al interior para que le trajeran noticias de Troya.

Nueve años después de que Ifigenia fuera sacrificada como un animal, Clitemnestra mandó a sus hombres por última vez. No volváis si no es con noticias de su regreso, les dijo, y mandadme un recado cada diez días para que sepa que seguís con vida. Sabía que esos hombres, enviados desde la hermosa ciudad de Micenas para esperar en lo alto de los acantilados y sonsacar información a los viajeros que llegaran de los puertos del este, se quejaban del destino que les había tocado. Pero le traía sin cuidado.

Después de un largo año de espera, el mensaje finalmente llegó. Y lo hizo en forma de fuego, como la ira de Clitemnestra. Los vigilantes encendieron hogueras en la cima de las montañas, una tras otra, y ella lo supo antes que las demás ciudades griegas.

Envió a sus esclavos de confianza para que averiguaran más. Éstos regresaron a pie, ya que habían dejado exhaustos a sus caballos. La informaron de que las naves argivas ya habían zarpado de Troya. La ciudad estaba en ruinas: los griegos habían destruido y saqueado los templos, se habían repartido la riqueza, habían derribado las murallas. Habían asesinado a los domadores de caballos y convertido en esclavas a las mujeres. Agamenón, el rey de Micenas que llevaba tanto tiempo desaparecido, regresaba a casa en su barco cargado de tesoros y concubinas. Clitemnestra sólo disponía de unos días para prepararle una bienvenida apropiada. Ella recibió la noticia en silencio. Estaba lista.

Una vez más le recordó a Egisto que cuando regresara Agamenón debía esconderse. Además tenía que impedir que Electra hablara con su padre y le contara el plan antes de tiempo. Egisto era un joven impetuoso; si ella se lo hubiera permitido, se habría abalanzado espada en mano sobre el rey antes de que éste llegara a la escalinata del palacio. Le explicó que eso daría lugar a un levantamiento de los micénicos. El rey ausente ya no despertaba muchas simpatías en la ciudad, pero no aceptarían que se matara a un hombre desarmado que regresaba de la guerra. Sobre todo si llegaba cargado de riquezas para distribuirlas entre su gente (aunque, en privado, Clitemnestra se burlaba ante la idea de que Agamenón compartiera cualquier cosa, ni siquiera con su esposa).

—¿Qué hago con Electra? —le preguntó Egisto—. Si le pido que me acompañe, no me hará caso.

Clitemnestra se encogió de hombros.

—Amordázala y enciérrala en la bodega si es necesario, pero quítala de en medio. —Electra había practicado un sacrificio de acción de gracias al enterarse de que su padre por fin regresaba y que la reina no estaba de humor para perdonarlo—. ¿Te he dicho que ellos derribaron los templos de Troya?

Egisto asintió, pero el asunto no despertó su interés. Contar con el favor divino le importaba mucho menos que a su amante. Cuando era niño su padre le había inculcado que a la hora de la verdad el beneplácito de los dioses pesaba muy poco al lado de la voluntad de un hombre. Pero Clitemnestra celebró particularmente esa noticia. No dudaba de que los hombres de Agamenón hubieran asaltado los templos y atacado a sus sacerdotes. Si eran ciertos los rumores, ni siquiera habían respetado las súplicas de Príamo, que se había refugiado en el templo de Zeus temblando de miedo. Negó con la cabeza, asombrada de que los hombres de Agamenón demostraran tan poco respeto hacia el rey de los dioses. Luego estaba el segundo rumor, que la llenó de rabia y deleite casi a partes iguales: la concubina con quien Agamenón regresaba a Grecia era una sacerdotisa de Apolo. La arrogancia de su marido la dejó sin aliento. ¿Cómo se atrevía a tomar a una sacerdotisa, cuyo cuerpo era sagrado para el Arquero, y tratarla como si fuera su ramera? Clitemnestra ya no contaba sólo con el apoyo de Artemis. Apolo también se pondría de su lado.

Contó los días de travesía de Agamenón y ordenó a los centinelas que regresaran a sus casas. No necesitaba que volvieran a confirmarle los rumores; pronto sabría quién viajaba con el otrora rey de Micenas. Se preparó para recibirlo. Le contaría una mentira sobre su hijo, Orestes, y quitaría de en medio a Electra. Se contempló en el espejo y observó su mandíbula pronunciada. Debía disimular la expresión ávida y severa que se había apoderado de ella aquellos últimos diez años. Se preguntó cómo le habrían sentado esos años a su hermana Helena. ¿Seguiría siendo tan hermosa como para que los hombres lloraran al verla? Alzó la mirada irritada. Seguramente.

Llamó a sus sirvientas y les pidió que le trenzaran el pelo. Se había acostumbrado a llevarlo suelto en presencia de Egisto, para que la diferencia de edad fuera menos notoria. Pero, como reina matrona que daba la bienvenida a su esposo aventurero, necesitaba ofrecer otra imagen. Mientras admiraba su cuello de cisne —menos esbelto que el de Helena, sin duda, aunque también perfecto—, se encontró deseando ansiosamente que llegara el día. La espera había sido muy larga, pero ahora que se acercaba la ejecución de su venganza, pensó que había valido la pena.

Clitemnestra sintió que su marido había llegado antes de oír el estrépito de las botas de los hombres sobre las duras rocas. Habría sabido que Agamenón estaba cerca incluso sin los vigilantes y sus gritos de advertencia. Los pájaros seguían cantando, las cigarras estridulando y las hierbas secas y amarillentas meciéndose con la brisa. Pero algo había cambiado: la reina notaba el calor en su interior. Respiró hondo, contuvo el aire y cerró los ojos un instante. Dio la señal a sus esclavos y ellos corrieron a cumplir las órdenes ensayadas. Descolgaron los tapices de las paredes y los llevaron hasta las puertas del palacio. Divididos en grupos de cuatro, cada uno sujetaba una esquina de la tela morada, que, expuesta a la luz del sol, brillaba como nunca.

Era un día caluroso y seco, apenas llegaba la brisa fresca del mar a la ciudadela. Clitemnestra notó el sabor del polvo que levantaban los pies de los soldados al marchar desde el barco hasta el palacio. El camino serpenteaba al ascender por la colina desde la orilla, por lo que los oyeron antes de verlos. Cuando los hombres tomaron la última curva, Clitemnestra indicó a sus esclavos que hicieran una reverencia y ella hizo lo propio. Se mantuvo en esa posición un instante antes de erguirse y ver a su esposo por primera vez desde hacía diez años, cuando se miraron por encima del cuerpo de su hija en Áulide.

Qué encogido se lo veía. ¿O lo recordaba más alto de lo que era? Si con los años su figura se había estilizado, la de él se había vuelto más rechoncha. ¿Cómo podía un hombre engordar durante una guerra? Había encanecido; estaba colorado y sudaba, vestido con su ridícula vestimenta ceremonial. ¿Qué clase de hombre se ponía una coraza de bronce y un casco con penacho para volver a casa? Uno que creía que su poder residía en su atuendo, supuso. La vaina de su espada era de un cuero rojo muy fino, y estaba adornada con tachones de oro. Ella no la reconoció; debía de ser parte de los legendarios tesoros de Troya. Agamenón había matado a su hija por un trozo de cuero guarnecido. Hizo una mueca de desdén y la borró de inmediato. No era el momento de perder el control. Todo llegaría a su debido tiempo.

Los argivos no habían ganado la guerra sin sufrir considerables bajas. Trató de calcular la cantidad de hombres que había perdido Agamenón: ¿un cuarto, un tercio de su ejército? Sabía que algunos habían tenido una muerte noble en el campo de batalla. Sus compañeros habían enterrado los cuerpos y se habían repartido las armaduras. Otros habían muerto por enfermedad: la plaga que había causado Agamenón —quién si no— al cautivar a la hija de un sacerdote de Apolo. Ella se había reído, al enterarse de aquella epidemia, se rió hasta que le dolió la mandíbula en la alcoba que compartía con Egisto, donde no había peligro de que la oyeran. Si su marido quería conservar el favor de Apolo, lo primero era dejar en paz a las sacerdotisas y a las hijas de sus sacerdotes. Ella se desternillaba en la oscuridad de la noche, pero durante el día enviaba mensajes de condolencia a los micénicos que lloraban la muerte de un hijo, un padre o un hermano que había sido alcanzado por las flechas del Arquero. Agamenón estaba tan ensimismado que no vio siquiera que la más simple abstinencia habría bastado para mantener a sus hombres a salvo. Era como un niño consentido que cogía lo que quería sin pensar en nadie más, ni siquiera en un dios. Su arrogancia era increíble.

Algunos hombres regresaban de Troya con heridas de combate, algún miembro amputado, sin un ojo o sin los dos. Con la cara y los brazos llenos de cicatrices de un morado intenso; llagas y úlceras que supuraban y no sanaban. Clitemnestra se preguntó si sus esposas querrían recuperar a esas piltrafas humanas. ¿Habría recibido ella a un lisiado en su casa? Reflexionó unos instantes y se dijo que no. Aun así estaba segura de que habría preferido a cualquiera de esos hombres destrozados a su propio marido.

En el centro del grupo, justo detrás de Agamenón y rodeada de sus hombres, vio a la sacerdotisa. Hizo lo que pudo por no echarse a reír. ¿Era ése su trofeo de guerra, mientras que su hermano traía a Helena, la hija de Zeus y Leda? La extraña era apenas una niña, aunque vestía túnica de sacerdotisa y llevaba cintas alrededor de la cabeza, que le ondeaban al andar. Clitemnestra se dio cuenta de que no dejaba de mover la boca, como si murmurara palabras sin descanso. Era más menuda y también más morena que Ifigenia a su edad. En los últimos diez años, cada vez que veía a una joven, Clitemnestra se hacía siempre las mismas preguntas: ¿era más alta o más baja que Ifigenia, tenía los ojos más bonitos o menos? ¿Se conducía con la misma desenvoltura? ¿Se la vería tan radiante con un vestido color azafrán, el cabello le caería tan abundante sobre los hombros, movería los pies con el mismo garbo cuando bailara?...

Se clavó las uñas en las palmas de las manos para desechar el pensamiento. Ifigenia no tardaría en descansar en paz.

Los hombres se detuvieron ante Clitemnestra y ella volvió a inclinarse.

—Esposo —lo saludó—. Bienvenido.

—Levántate, Clitemnestra —le respondió él—. Te comportas como si fuera un rey bárbaro.

Nada más. Ni una disculpa ni una muestra de afecto, nada. Clitemnestra era lo bastante honesta consigo misma como para admitir que nada de lo que dijera o hiciera Agamenón lo redimiría. Pero el hecho de que ni siquiera lo intentara era una muestra de desidia por su parte. Como si quisiera que lo mataran. O como si lo quisieran los dioses. Ella reflexionó sobre esa segunda posibilidad. Seguramente era eso.

Se irguió e hizo señas a sus esclavas.

—Dejad los tapices en el suelo. Mi esposo entrará en su casa sobre un torrente rojo, la sangre de los bárbaros que ha aplastado.

Las mujeres se precipitaron hacia delante y dejaron los relucientes tapices rojos en el suelo.

—¿Qué estás haciendo, mujer? —Agamenón miró a sus hombres para ver si estaban sorprendidos ante aquella parafernalia; al ver que sus rostros seguían inmutables se detuvo. ¿No era un tanto peculiar lo que estaba haciendo su esposa?—. Tan sólo los dioses caminarían sobre tanto brocado. Los hombres deben caminar sobre la tierra arenosa.

—Caminarías sobre los tapices si un dios te lo ordenara —replicó ella.

Se hizo el silencio, y un escalofrío pareció recorrerlos a todos, como si Poseidón hubiera dado unos suaves golpecitos en el suelo con su tridente.

Agamenón observó el rostro impasible de su esposa para ver si hablaba en serio. Había sacrificado a su hija porque Artemisa se lo había ordenado. Nadie podría llamarlo jamás impío; él obedecía a los dioses incluso cuando le exigían cosas terribles. Cuando los sacerdotes le pidieron a su hija mayor, no dudó en seguir sus instrucciones. Era la voluntad de Zeus que Troya cayera, todos lo sabían. Y si el precio era su hija, sólo podía escoger entre sacrificarla él mismo o dejar que lo hiciera otro. Había actuado con valentía, pero se preguntó si su esposa lo comprendía. Ella quizá habría preferido que fuera otro argivo quien hubiera clavado el cuchillo a la joven.

—Haría cualquier cosa que los dioses me ordenaran. Como todos los hombres prudentes.

—¿Aunque el mensaje viniera de un sacerdote? —le preguntó ella.

Una vez más, él le escudriñó el rostro, pero ella miraba modestamente al suelo y era imposible saber lo que pensaba.

—Sí —respondió él.

El sacerdote Calcas le había transmitido el mensaje de que su hija debía ser sacrificada. Agamenón se enfureció con él y amenazó con matarlo o, como mínimo, encerrarlo, pero Menelao razonó con su hermano y le explicó que alguien tenía que quitarle la vida a la joven. Incluso se ofreció a sacrificarla él —Agamenón todavía le estaba muy agradecido por su gesto—, pero al final no fue necesario.

—¿Y qué crees que habría hecho Príamo en tu lugar? —le preguntó ella.

Príamo nunca había estado en el lugar de Agamenón. El anciano había perdido la guerra, la ciudad y la vida. Incluso decían que lo habían sacado a rastras de un templo. Viejo patético. Después de todos los años de guerra, Agamenón habría dicho que el rey troyano tendría el coraje de morir como un guerrero en lugar de arrastrarse por el suelo como un gusano.

—Él habría desfilado sobre la tela morada, para emular a los dioses —respondió él.

—Entonces, ¿él no habría temido como tú que lo compararan con un dios?

—Era un hombre arrogante.

—Los reyes son a menudo arrogantes —replicó Clitemnestra—. Eso es lo que nos recuerda a los demás que son reyes. Así que camina sobre los tapices, te los hemos puesto con tanto esmero para agradecer tu regreso. Haz lo que te pedimos, para que sepamos que eres generoso en la victoria, ya que nunca has sido derrotado.

Agamenón suspiró y se miró los pies. Luego hizo un gesto a las esclavas que habían dejado sus hermosas cargas carmesí en el suelo.

—En todo caso, no con estas botas viejas —repuso—. Ayudadme a quitármelas. Si he de caminar sobre la sangre de mis enemigos, lo haré con los pies descalzos, en honor de los dioses.

Las mujeres miraron a su reina, que asintió. Se acercaron corriendo a los pies del rey y le desataron las viejas botas de cuero. Era imposible saber de qué color habían sido: ¿rojo, marrón, beige? Se habían hundido en el barro de la península de Troya y desgastado en la arena de sus costas.

Un momento después el rey estaba frente al palacio que había pertenecido a sus antepasados, delante de sus hombres, de su esposa. Las piernas bronceadas contrastaban con los pies extrañamente pálidos, como criaturas que sólo hubieran vivido en la oscuridad. Se los miró y se rió de su aspecto ridículo.

—En Troya nunca encontraba el momento de quitarme las botas —dijo, y miró a sus hombres buscando su complicidad.

Ellos empezaron a dispersarse para reencontrarse con sus familias. Agamenón asintió levemente, como si intentara convencerse de que les estaba dando permiso para marcharse.

Clitemnestra abrió los brazos y señaló la alfombra.

—Adelante, rey —lo instó—. Camina sobre la sangre de tus enemigos, pisotéalos bien. Camina sobre los tesoros que nos has traído a casa. Camina sobre las mareas de sangre que han navegado contigo en tu vuelta de Troya. Adelante.

Agamenón cruzó el suelo carmesí y desapareció en el interior del palacio.

—Tú también —le dijo Clitemnestra a la sacerdotisa—. Entra.

La joven no respondió. La reina se volvió hacia una de sus sirvientas.

—¿Cómo ha dicho él que se llamaba?

—No lo ha dicho.

Clitemnestra chasqueó la lengua.

—El rey no. Ha sido el mensajero que anunció su llegada.

La sirvienta lo pensó, pero no dio con la respuesta.

—Ve a calentar el agua para el baño del rey —le ordenó Clitemnestra.

—Sí, señora. —La muchacha entró corriendo en el palacio.

—Las demás, llevaos los tapices dentro y colgadlos de nuevo. No os olvidéis de sacudir antes el polvo.

Las mujeres los recogieron y los sacudieron con mucha suavidad en la brisa antes de enrollarlos y llevarlos dentro.

Algunas personas siguieron dando vueltas fuera del palacio, pero Clitemnestra las ignoró. Los ancianos de Micenas no sabían adónde ir ahora que su rey había regresado, pero no sus hijos. Sin embargo, ¿qué podía hacer ella para ayudarlos? La pérdida de ellos no era mayor que la suya.

—Tú, muchacha. —Se dirigió de nuevo a la sacerdotisa—. Vamos.

Casandra estaba observando el techo del palacio con una expresión de horror absoluto en el rostro. Sobresaltada, Clitemnestra alzó la mirada, pero no vio nada.

—¿Qué ves?

Mientras pronunciaba esa pregunta, se dio cuenta de que hacía mucho tiempo que no sentía curiosidad por otra persona. Se había interesado por algunas cosas concretas, sobre todo acerca del paradero y la salud de Agamenón, pero no recordaba haberse molestado por saber la opinión de nadie al menos desde hacía diez años, quizá más.

—Las veo bailar —respondió Casandra en voz baja, esperando recibir una bofetada.

Pero Clitemnestra se limitó a mirar de nuevo al techo y luego a ella. No parecía enfadada, sólo intrigada.

—¿A quiénes? —le preguntó.

—Negras. Tres criaturas negras y un fuego negro a su alrededor. ¿Por qué no está el techo en llamas? Las llamas negras no dejan de besarlo y acariciarlo, ¿por qué no arde?

—No lo sé —respondió la reina—. ¿Por qué no arde?

Casandra meneó la cabeza y se mordisqueó los labios de un modo frenético.

—No lo sé, no lo sé, no lo sé. El fuego no es de verdad, no puede serlo. ¿Es de verdad? ¿Las ves ahora? ¿Ves a las mujeres que bailan en el fuego? ¿Las oyes gritar? ¿Oyes el siseo de las llamas y las serpientes?

La reina pensó detenidamente en su siguiente pregunta.

—¿Están gritando por el fuego?

—No, por el fuego no. Las llamas no las queman. Ellas son el fuego. ¿Comprendes? Están envueltas en fuego, se bañan en él. No gritan por él. Gritan pidiendo justicia. No, justicia no, no es eso. Es algo así como justicia, pero más fuerte. ¿Qué es? —Casandra dirigió la mirada hacia la reina antes de devolverla al techo, que seguía llamándole la atención.

—¿Has dicho que era fuego negro?

—¡Sí! ¡Sí, sí, sí! —gritó Casandra—. Fuego negro. Eso es. ¿Puedes verlo?

Sabiendo que ése era su último día, habiéndolo sabido durante tanto tiempo, había esperado sentir todo menos esperanza. Pero eso fue lo que experimentó al descubrir de pronto que otra persona podía ver lo mismo que ella, después de tantos años sin compartir nada con nadie.

—No, yo no tengo tu don —respondió la reina—. Pero sé qué estás viendo. ¿Mujeres envueltas en fuego negro? Son las Furias.

—Sí.

—Y no es justicia lo que reclaman. Es venganza.

—Exacto. Gritan pidiendo venganza, y sus serpientes gritan con ellas. Tienen las fauces abiertas y dejan ver los colmillos. Tienes que dársela, lo es todo para ellas. Te están esperando, te han estado esperando.

—Son las guardianas de mi hija —respondió Clitemnestra—. Llevan diez años bailando en estas salas.

—¿Con un cuchillo? Oh, no. Él la mató con un cuchillo. Tu pobre niña, tu pobre niña. El día de su boda. Estaba tan feliz y luego... Oh. Tu hija. En el altar de su boda.

Clitemnestra notó que se le humedecían los ojos.

—Sí —respondió—. Así mataron a mi hija. ¿Te lo ha dicho él? Ese hombre no tiene vergüenza.

Casandra volvió a negar con la cabeza.

—No me lo ha dicho él, él no me ha hablado. Nunca me habla excepto para decirme «estate quieta, calla, deja de llorar». Nada más.

—¿Cómo lo sabes entonces? ¿Te lo han contado los soldados?

—Me lo ha contado ella —respondió Casandra—. Ifigenia. Qué nombre más bonito. Un nombre bonito para una joven bonita. Tu hija. Te costó mucho traerla al mundo. Fue un parto difícil. Estuvo a punto de morir, y tú también. Era tu preciosa, tu preciosísima hija, y él la mató. Pero volverás a verla antes de lo que crees. Ella te lo promete. Su hermano y su hermana te lo prometen.

A Clitemnestra le corrían las lágrimas por el rostro.

—Seguro. Querrán vengar a su padre.

Casandra apartó la mirada del techo y se concentró en la mujer: era alta, de hombros anchos, hermosa y fuerte. Tenía el cabello veteado de gris y unas arrugas finas le enmarcaban los ojos y la boca.

—¿Tú me crees? —Nadie la había creído desde que tenía memoria. ¿Quién era esa mujer a quien la maldición de Apolo no la afectaba?

—Claro que te creo. Yo vi cómo la mataba.

—Nadie me cree.

—¿Puedes ver el pasado y el futuro? —le preguntó Clitemnestra.

Ella frunció el ceño. Hacía tanto tiempo que había dejado de distinguir entre ambos que resultaba extraño que alguien más lo hiciera. La reina pareció leerle el pensamiento.

—Ah, son lo mismo para ti. Así que sabes lo que va a pasar y, sin embargo, no huyes.

—No —dijo Casandra—. No tiene sentido huir de lo que ya ha sucedido.

—Pero aún no ha sucedido. Si te escaparas ahora, podrías vivir. Eres joven, tienes unas buenas piernas. Podrías bajar corriendo la colina, esconderte entre los árboles y esperar a que un pastor o alguien te encontrara y te hiciera su esposa.

—Apolo ya lo ha decidido —respondió Casandra—. Mi vida se acaba hoy.

—¿No lucharás contra la voluntad de tu dios?

Casandra se quitó el tocado de sacerdotisa. Lo llevaba desde que uno de los soldados micénicos se lo había dado para el viaje de regreso. Él le había prendido cintas nuevas en el pelo, sin sospechar que ella sabía que las había robado del templo de Hera en Troya. Pero la sacerdotisa no se quejó. Murmuró pacientemente mientras él quitaba las cintas manchadas de su tocado y las cambiaba por las nuevas. Él susurró perogrulladas todo el tiempo, como si estuviera hablando con un animal salvaje. «Ya está», dijo mientras retrocedía para admirar su obra.

Ella se arrancó las horquillas del pelo. A Clitemnestra le sorprendió que no hiciera una mueca de dolor. Casandra dejó caer el tocado al suelo y puso su pequeño pie izquierdo encima. La reina recordó los bonitos pies blancos de Ifigenia.

—¿Así que al final rechazas al dios? —le preguntó.

—Me ha abandonado —respondió Casandra—. Ya no es mi dios.

Ésa era la única explicación de por qué la reina la entendía después de tanto tiempo. La maldición de Apolo ya no distorsionaba las palabras al salir de su boca. El dios se había ausentado.

—Él te habría protegido —le dijo Clitemnestra.

Casandra se echó a reír, un sonido desapacible como un chirrido, oxidado por la falta de uso.

—Él te habría guiado la mano —dijo ella—. Tal vez todavía lo haga. Llévame adentro. Tienes el altar listo.

Clitemnestra asintió.

—Lo único que hace falta es el sacrificio.

—Lo haremos juntas.

Clitemnestra llevaba tanto tiempo esperando vengarse que, en algunas ocasiones, en las horas más oscuras, se preguntaba si matar a Agamenón sería suficiente. Porque ¿qué haría ella después? Difícilmente podría matarlo dos veces. ¿Y si miraba el cadáver y no se emocionaba con la victoria?, preguntaba una vocecita, un demonio, en su mente. ¿Qué fuerza la impulsaría a continuar?

Pero se había preocupado innecesariamente. Matarlo fue tan satisfactorio como esperaba. En parte porque él se había pasado los diez años de la guerra escondido, cada vez más viejo y amargado; mientras sus hombres caían como moscas él había hecho lo posible para escapar a la muerte, por lo que Clitemnestra sabía muy bien que le arrebataba lo que él más apreciaba: la vida.

La reina recorrió apresuradamente los pasillos del palacio, asegurándose de que todo se hacía en el orden correcto. Comprobó que preparaban el baño tal como a él le gustaba: caliente y perfumado como una ofrenda en el templo. Llevó a la sacerdotisa a la sala del altar que había dentro del palacio y le pidió que esperara allí. Arrojó incienso al fuego y la joven, muda de nuevo, se arrodilló frente a él y pronunció en silencio sus plegarias. El fragante humo casi ahogó a Clitemnestra, pero pareció calmar a la joven. Una sacerdotisa estaba acostumbrada a quemar incienso, supuso.

—Volveré a por ti —murmuró—. Todavía estás a tiempo de huir.

Pero la joven estaba sorda además de muda, así que la reina corrió la cortina que colgaba en la entrada y la dejó rezando.

Se dirigió a la sala del baño, una enorme cavidad circular en el suelo. Una nube de humo se elevaba del agua. Se detuvo hasta que los ojos se acostumbraron a la luz parpadeante de las antorchas y la bruma sofocante. Vio a Agamenón sentado en medio, rechoncho y encogido. Sostuvo en alto la túnica morada que ella misma había tejido con tanto primor para ese momento.

—¡Aquí tienes, esposo! —le gritó, acercándose al borde—. Deja que te vistamos de morado y te llevemos a la sala de al lado. Te untaremos con aceites perfumados y te quitaremos los últimos restos de Troya de la piel.

—Me has asustado, mujer —respondió el rey, como si ella no se hubiera dado cuenta—. ¿No pueden traer el aceite las esclavas?

—Tenemos un diván preparado para ti. Y vino con miel esperando en tu copa.

El rey puso los ojos en blanco sin asomo de elegancia y se puso de pie. Subió los tres pequeños escalones hasta su esposa y extendió los brazos. Ella lo ayudó a introducir el brazo derecho en la manga derecha y rápidamente le empujó el izquierdo en la otra antes de que él se percatara de que no era una túnica sino una trampa, una red, una emboscada. Las mangas no se abrían por los extremos, estaban cerradas y unidas al cuerpo principal de la prenda, por lo que una vez que tuvo los brazos dentro quedó inmovilizado. Trató de tirar de la tela con los dedos, pero ella había cosido capa tras capa el final de las mangas para que no tuviera nada que agarrar. Ella lo hizo girar hasta que perdió el equilibrio y ató las cuerdas por detrás en un nudo rápido.

—¡¿Qué estás haciendo?! —gritó él, enfadado, pero sin miedo.

No sintió miedo hasta que vio el destello del metal en la mano izquierda de ella.

No se había fijado en la espada, apoyada contra una columna en la penumbra. No la reconoció; era un arma femenina de hoja corta. ¿De dónde había sacado eso su esposa?

Clitemnestra le clavó la espada en el estómago, por encima de sus brazos inmovilizados, y él gritó. Ella la retorció para sacarla y volvió a hundirla más alto, entre dos costillas del lado derecho. Él gritó de nuevo y cayó de rodillas mientras su esposa le arrancaba del cuerpo otra vez la espada. Los gritos eran ensordecedores, pero nadie corrió a ayudarlo. Nadie.

Ella se detuvo a su lado y le hundió la espada entre las costillas una vez más. Él notó que se le vaciaba de aire el pulmón que ella también había atravesado. Abrió la boca para emitir un sonido, pero la voz lo había abandonado. Se miró y vio cómo se le desparramaban las entrañas por el suelo, y el color morado de las vísceras se confundía con el de la túnica traicionera.

Su viuda se quedó de pie junto al cuerpo y sonrió. Todo estaba sucediendo según lo planeado. Vio cómo la sangre teñía el agua de rojo. Típico de Agamenón, arruinar algo incluso después de morir, pensó. Clitemnestra se notaba ardiendo y presa de una alegría frenética, como si también ella pudiera bailar en el techo, lamida por las llamas de un fuego negro. Eso le recordó que su venganza estaba incompleta y se dirigió con tranquilidad a la sala del altar.

La sacerdotisa seguía arrodillada en el suelo, esperando serenamente su destino. Con el corazón desbocado, Clitemnestra titubeó, pero sabía lo que tenía que hacer. No podía quedar nada de Agamenón, aparte de la sangre que corría por las venas de sus hijos supervivientes. Así lo había presagiado Casandra y así lo exigía su dios.

Clitemnestra se detuvo detrás de la joven y levantó la espada para dejarla caer sobre el cuello. Debía morir, pero a diferencia de Agamenón, no tenía por qué sufrir. Cuando se disponía a cortarle la yugular con la espada, Casandra abrió los ojos y miró a su asesina.

—Lo lamento —le dijo—. Lamento lo que vendrá.

Y cuando años después Clitemnestra recordara ese momento, nunca dudó de que había sido ella misma quien había pronunciado esas palabras. Porque ¿qué podía tener que lamentar la sacerdotisa?

• • •

En el techo del palacio, las Furias interrumpieron su danza y se miraron unas a otras asintiendo con entusiasmo. Había concluido su labor; finalmente se había cumplido su voluntad. Nunca habían esperado durante un periodo tan largo en un solo lugar, bailando por los pasillos y los cálidos suelos de piedra, calentándose los pies descalzos y las frías serpientes a medida que los recorrían. Pero al cabo de uno o dos años se aburrieron. Se subieron al techo para ver regresar al hombre culpable, y poder gritarle al oído, cuando se despertara o intentara dormir, hasta hacerlo enloquecer.

Y esperaron y esperaron a que regresara, sin mencionar a los demás culpables que habían quedado impunes en los años que habían pasado en el techo del palacio. Tarde o temprano arreglarían las cuentas con ellos. En ese momento no sentían más que euforia por haber zanjado por fin ese asunto.

Sin embargo, una de las Furias volvió la cabeza, como si acabara de percibir un leve golpeteo pero recelara de sus oídos. Las serpientes dejaron de retorcerse y las llamas se apagaron. Un segundo golpeteo, luego un tercero. Las Furias empezaron a bajar del techo sin decir nada; un batiburrillo de víboras, fuego, codos y rodillas. ¿De dónde procedía ese sonido? Corrieron a lo largo de los muros exteriores del palacio y el volumen aumentaba. Les llegó un martilleo del almacén. La puerta era de madera gruesa revestida de metal ennegrecido; al detenerse delante, oyeron que alguien la golpeaba suplicando que lo dejaran salir. Electra llevaba horas allí encerrada y no era tonta. A esas alturas ya sabía que su padre había muerto, asesinado por su madre. ¿Se lo habían dicho los esclavos? ¿Egisto? Las Furias no lo sabían y tampoco les importaba. Todo lo que oían eran sus puños golpeando la puerta cerrada mientras suplicaba entre sollozos que le dejaran ver el cadáver de su padre.

Las Furias no se preocuparon por las puertas o los muros. Los atravesaron y envolvieron a Electra en su fuego negro mientras las serpientes le anidaban en el cabello, y a pesar de que ella no podía ver a las mujeres que la rodeaban ni las serpientes que se retorcían a su alrededor, sintió el calor intenso que emanaban y supo lo que tenía que hacer. Buscaría a su hermano, Orestes. Juntos vengarían a su padre.

40

Penélope

Apreciada diosa Atenea:

A ti elevo mi plegaria de agradecimiento. La he compuesto en la última hora de oscuridad, antes de que el rosáceo amanecer se extendiera por el cielo. Odiseo está en la planta de arriba, dormido en nuestra cama, algo que nunca pensé que volvería a ocurrir. Mi marido, en Ítaca, después de estar fuera veinte años. Telémaco también está durmiendo, tras volver sano y salvo de sus viajes. Apenas han empezado a contarme lo que les ha pasado y cómo es que ambos han regresado a mi lado el mismo día de quién sabe dónde. Pero todo llegará. Y ya sé que es a ti a quien tengo que agradecérselo.

Eres tú quien los ha protegido. Siempre he sabido que te gustaba Odiseo: un hombre inteligente, como tú. No creo pecar de orgullo desmedido por señalarlo, pero si lo hago, te pido disculpas, Atenea. Los largos años que he estado sin mi marido me han vuelto mordaz. Imagino que sabes qué se siente. Sé que tengo que agradecerte a ti que persuadieras a la ninfa, Calipso, para que me lo devolviera. Dicen que suplicaste al mismísimo Zeus que interviniera. Que convocaste un consejo de dioses para pedir que Odiseo fuera puesto en libertad y pudiera volver a casa. Dicen que obligaste a Poseidón a que lo dejara navegar sin incidentes y convenciste a los feacios para que le proporcionaran un puerto seguro. Sin ti, mi esposo seguramente estaría ahora en el fondo del mar.

Regresó disfrazado, por supuesto. Típico de él. Nunca abordará un problema de frente si puede evitarlo. Y estoy segura de que debemos agradecerte a ti la eficacia de su disfraz, pues a su propia madre le habría costado reconocerlo. Ni su esposa estaba segura de que fuera él. Ni siquiera cuando lo miré a los ojos lo supe a ciencia cierta.

Pero antes de venir a verme, Odiseo se escondió uno o dos días con el porquero Eumeo. Los bardos cantan sobre el grandioso regreso de todos los héroes griegos (a decir verdad, para unos fue más grandioso que para otros). Pero estoy segura de que sólo en la historia de mi esposo tienen tanto protagonismo los cerdos. Cuando sus hombres no se convierten en cerdos, duerme él rodeado de esos animales, cualquier excusa es buena para no correr a casa con su esposa. Supongo que le llegaron noticias sobre Agamenón y el recibimiento que le hizo Clitemnestra al viejo cobarde cuando regresó a su palacio. Dicen que cuando salía del baño, ella lo cortó como si se tratara de un árbol viejo. Que lo derribó con un hacha o lo atravesó con un cuchillo; los detalles varían según quién lo cuente. Pero una cosa es segura: esas hijas de Leda son una plaga para sus maridos. ¿Le preocupaba a Odiseo tener un recibimiento similar aquí en Ítaca? ¿Que yo, la devota Penélope, lo tratara como Clitemnestra había tratado a su marido? La idea es ridícula. Mi nombre es sinónimo de paciencia y lealtad, sea cual sea el bardo que cante. Pero así es mi Odiseo. Y tu Odiseo. Inclinado a sentir desconfianza.

Así que fue en la cabaña de Eumeo donde recibió la bienvenida. No al principio (esta última parte de la historia es todo lo que he oído hasta ahora). Al principio casi lo destrozaron los perros. Se había olvidado —cómo no— de que los perros del porquero no eran los mismos que solían ladrar a los forasteros la última vez que él estuvo en Ítaca. Los perros no pueden esperar tanto como las esposas; ésos debían de ser las crías de las crías de los primeros perros. Cuando vieron a un desconocido acercarse a ellos, gruñeron, ladraron y lo amenazaron. Sólo cuando Eumeo los aplacó lo dejaron pasar. Odiseo dio por sentado que los perros eran feroces hasta que a la mañana siguiente oyó los pasos rápidos de un joven que se acercaba a la cabaña. Los perros no ladraron ni gruñeron, sólo emitieron un alarido de alegría para dar la bienvenida a su amigo, Telémaco. Odiseo no es muy dado a revelar sus sentimientos, como sabes. Pero creo que el hecho de que los perros itacenses, que no conocían a su verdadero amo, reconocieran a su hijo le perturbó. Aún más angustioso fue ver que su hijo saludaba a Eumeo como a un padre. Su propio hijo, ya adulto, abrazaba y compartía con su antiguo criado las historias que un niño le contaría a su padre. Odiseo es la discreción personificada cuando quiere, pero en esta ocasión las lágrimas le rodaron por el rostro y se le acumularon en la barba. Su hijo trataba a otro hombre como si fuera su padre. Odiseo ya no pudo seguir ocultando su verdadera identidad. Quería que lo abrazaran y le hicieran el recibimiento que merecía. Así que le reveló a Telémaco lo que aún tenía que revelarme a mí. Lo que, debo añadir, no puede ser más típico de él.

Estuvo toda la noche haciéndole preguntas a Telémaco: cómo iban las cosas en el palacio, si la reina había vuelto a casarse, quiénes eran los pretendientes que, según Eumeo, la cortejaban día y noche. El porquero decía que se estaban bebiendo todo el vino y comiendo todos los cerdos, uno tras otro, día tras día. ¿Era cierto? ¿Cuántos eran? ¿Eran fuertes, iban bien armados? Ya estaba pensando en vengarse de esos hombres que se habían atrevido a desear casarse con su esposa. Habrá quienes dirán que eso era cruel e injusto. Odiseo había estado fuera veinte años: ¿quién no lo había dado por muerto? Yo dudaba que estuviera vivo, su padre también, su madre había muerto dudando que alguna vez regresara. Y sé que su hijo, Telémaco, también dudaba (aunque sería incorrecto de mi parte mencionarlo). No es de extrañar que los jóvenes de Ítaca desearan convertirse en rey: ¿qué respeto podían tener a un gobernante al que nunca habían visto?

Si pudiera cambiar algo de lo ocurrido (y espero que no te importe que lo diga, Atenea), desearía que Odiseo se hubiera confiado a mí antes. Una cosa es saber que tu marido está librando una guerra en los anchos y oscuros mares, y otra muy distinta enterarte de que monstruos, dioses y rameras lo entretienen en cada etapa de su regreso a casa. Pero la última puñalada que me asestó fue que se reencontrara con su hijo antes que con su esposa. Sé lo que dirá cuando se lo comente algún día. Dirá que tenía que estar seguro del desenlace antes de lanzarse al ataque; siempre ha sido un hombre muy cauteloso, que tantea sus posibilidades. Y ahora estaba muy cerca de mí, pero yo seguía estando sola. Odiseo también me separó de la única persona que podría haberme consolado: nuestro hijo. Sólo fueron dos días, lo sé. Pero Telémaco ha sido y es mi único hijo. Cuando Odiseo zarpó hacia Troya me arrebató la posibilidad de tener más. Y debía de saber —debían de saberlo ambos— que, después de tantos años esperando a un esposo que no regresaba, la idea de perder a mi hijo en sus incursiones por Grecia intentando encontrar a su padre desaparecido era más de lo que yo podía soportar. Perdonaría cualquier cosa a mi hijo, ¿qué madre no lo haría? Pero de todas las cosas que Odiseo ha hecho en su ausencia, esta última pequeña crueldad será una de las más difíciles de perdonar. Sé, de nuevo, qué dirá en su defensa: sólo fueron unos días, y por un bien mayor. Es fácil decirlo para él, que no ha pasado veinte años esperando. No puedo sacudirme la sensación de que a Odiseo le preocupaba más vengarse con éxito que reencontrarse felizmente con su esposa.

Y ése es el segundo motivo de mis oraciones, Atenea. Te doy las gracias por haberlo traído a casa. Pero ¿quién ha regresado? ¿Mi marido, el hombre inteligente, intrigante, atractivo, paternal y filial? ¿O un guerrero destrozado, a quien el derramamiento de sangre lo ha marcado tanto que cree que todos los problemas tienen que resolverse a golpe de espada? Porque el hombre al que amaba hace veinte años aborrecía la perspectiva de una contienda. Se hizo pasar por loco para evitar navegar a Troya. ¿Lo recuerda él siquiera? Yo sí. Y nunca fue un cobarde, tú lo sabes tan bien como yo. Aun así, rehuyó la guerra todo lo que pudo. Me han llegado todas esas historias sobre sus arteras emboscadas, trucos y argucias, y cada vez me he dicho: éste es mi hombre. Éste es mi Odiseo, siempre urdiendo el plan más inteligente, siempre salvando la situación con su ingenio. ¿En algún momento me detuve a pensar en cuántas personas morían con cada uno de sus ardides? ¿Vi en ello una consecuencia fortuita cuando en realidad ése era el objetivo? Cuando perdió a todos sus hombres en el viaje de vuelta, ¿sus muertes fueron un accidente? Atenea, ojalá no tuviera que expresar estos pensamientos, pero no me dejarán en paz hasta que los ponga en palabras: ¿y si se deshizo de sus hombres en lugar de perderlos? ¿Qué pasaría entonces?

Perdóname, diosa. He interrumpido por un momento mi plegaria. No pretendo faltarte al respeto. ¿Por dónde iba? Ah, sí. El disfraz de Odiseo engañó a todas las personas que se encontró. Incluso a los que, como yo, lo conocíamos mejor que nadie. La única criatura a la que no pudo engañar fue *Argos*. ¿Tal vez porque, al ayudar a mi marido con toda tu inteligencia, olvidaste que el perro podría recordar quién era? No quiero sugerir que fue culpa tuya, por supuesto. Pero *Argos* era un cachorro cuando Odiseo partió hacia Troya. Él lo había entrenado y le había enseñado a obedecer sus órdenes. Luego él se fue y el cachorro se hizo perro, y con el tiempo le salieron canas alrededor del hocico y empezó a moverse más despacio. Es raro que un chucho viva más de veinte años. Pero él los ha vivido, de modo que cuando Odiseo pasó por su lado al ir de la cabaña de Eumeo a nuestro palacio, el hocico del viejo perro detectó su olor. Hace uno o dos años que *Argos* no ladra, y no ladró entonces. Pero movió la cola, una, dos veces, y bajó las orejas, como si esperara que Odiseo se inclinara y le rascara la cabeza. Mi marido vio que la cola y las orejas se movían y supo, en ese momento lo supo, que ese perro anciano era el cachorro que había dejado atrás. Quería acariciarlo, pero temía revelar su verdadera identidad. Un momento después eso dejó de importar porque *Argos*, que era viejo y frágil y no estaba acostumbrado a las sorpresas, exhaló su último suspiro. Es absurdo que en toda esta horrible saga de guerra y tragedia sea la muerte de su viejo perro lo que me ha trastornado más. Pero es así, para qué negarlo. El perro espera toda una vida a que regrese su amo y muere cuando se cumple su deseo. Hasta los bardos lo suprimirían de sus canciones por considerarlo demasiado sentimental.

Por fin Odiseo llegó a casa, el palacio, todavía disfrazado de mendigo. Yo lo acogí como a cualquier desconocido que busque comida y un techo para pasar la noche. Como sabes, Atenea, es nuestro deber para con los dioses hospedar a todos los forasteros que nos lo pidan. Los pretendientes lo recibieron con burlas y amenazas, como hacen siempre con los vagabundos. Antínoo incluso le arrojó un taburete de madera por la espalda. Curiosamente, a nadie le llamó la atención que ese anciano maltrecho no se inmutara cuando el taburete le rebotó en el hombro. Lo había golpeado con fuerza, pero él se quedó tan tranquilo. No diré que reconocí a mi esposo en ese momento. ¿Cómo iba a reconocerlo si lo habías transformado en un anciano, Atenea? Aunque me di cuenta de una cosa: para ser tan viejo, se comportaba como un guerrero. Un proyectil invisible no lo había asustado ni le había hecho daño. Y cuando Eumeo lo presentó como un cretense errante que traía noticias de Odiseo, me pregunté a quién podía estar escondiendo esa vaga descripción.

Los pretendientes se comportaron exactamente como me esperaba. No sólo lo hizo Antínoo, sino también Leodes, Eurímaco, Agelao y todos los demás. Creo que no eran malas personas, o no todos, al menos. Al principio no se comportaban con tanta vileza. Habían llegado al palacio de dos en dos y de tres en tres: unos jóvenes tímidos, que competían tranquilamente por ganarse mis afectos. Pasaron meses, tal vez años, antes de que se convirtieran en la caterva de hombres agresivos con que se encontró

Odiseo. Yo solía preguntarme qué les había pasado y por qué insistían en quedarse en un lugar donde nadie los quería. Su vida estaba estancada, se negaban a casarse con jóvenes que los habrían aceptado, seguían sin formar una familia. Preferían juntarse con otros hombres con el pretexto de cortejarme. Tardé algún tiempo en darme cuenta de que ésa era, de hecho, su guerra. Eran apenas unos niños cuando sus hermanos, primos y padres se habían unido a la mayor expedición que la Hélade había visto jamás, por lo que perdieron la oportunidad de participar en la gran guerra de Troya. De modo que si declararon la guerra a mi despensa y a mi virtud fue porque no tenían nada más por lo que luchar. En cierto modo, yo los compadecía.

Pero en cuanto se juntaron olvidaron sus buenas intenciones y se volvieron malvados. De ahí que me fuera tan fácil no dejarme seducir por ellos. Ni siquiera por Anfínomo. Oh, qué guapo era. ¿Alguna vez te has fijado en él, Atenea? ¿O has tenido todo el tiempo tus ojos grises como lechuzas clavados en mi marido? Si hubieras mirado al otro lado de la habitación habrías visto a un joven alto, de hombros anchos y extremidades robustas, con una bondad en la mirada que los demás no tenían. A él nunca lo habrías visto gritar a un mendigo o insultar a un desconocido. Hablaba con una voz suave que se perdía en el ruidoso alboroto de los otros hombres. Tenía los ojos oscuros y abundantes rizos castaños que a una mujer le habría gustado enrollarse en los dedos. Eso imagino.

Pero ahora está muerto, al igual que todos los demás pretendientes y las doncellas que Odiseo creía que habían conspirado con ellos. Nunca sabré si fue por designio tuyo o porque así lo decidió él. Lo que sí sé es que recibí a un forastero bajo mi techo y lo insultaron. Y él se vengó de los que lo insultaban con flechas y una espada.

Lo de las flechas probablemente fue culpa mía. Presentía que aquello se acercaba a una conclusión. El supuesto cretense estaba en el palacio y tenía algo que me resultaba familiar. Y los pretendientes se comportaban como una jauría de perros salvajes. Yo sabía que debía tomar una decisión, así que les propuse una prueba de fuerza y habilidad: tensar el viejo arco de Odiseo y hacer pasar una flecha por los ojos de doce hachas alineadas. Se necesita mucha fuerza para tensar ese arco, pues tiene un diseño único que la mayoría de los hombres no conocían. Y se necesita habilidad para disparar una flecha con un arma de este tipo, por no hablar de la precisión y la fuerza que hacían falta para atravesar doce hachas. Sinceramente, dudaba que alguno de ellos lo lograra. Sólo pensé que eso los mantendría ocupados un rato y yo podría descansar. Esos jóvenes siempre armaban un escándalo espantoso.

¿Estaba poniendo a prueba al cretense para ver si en realidad era mi esposo? Telémaco cree que siempre sospeché del mendigo. Yo sabía, sin duda, que Odiseo era capaz de ensartar el arco y disparar la flecha, pues se lo había visto hacer innumerables veces en nuestra juventud, pero la verdad es que no creo que fuera ésa mi intención. Aunque quizá tú, u otro dios, pusisteis la idea en mi mente. Desde luego, hasta entonces nunca había probado a mis pretendientes de ese modo. Todos fallaron, cómo no, y Odiseo ganó, cómo no. No sólo ganó, sino que de pronto se encontró con un arma en las manos, y los pretendientes no. Y era precisamente la clase de arma con la que un hombre solo podía vencer a muchos.

Sin embargo, no estaba solo, ¿verdad? Mi hijo luchó a su lado y entre los dos provocaron un baño de sangre. Mi esposo había revelado su identidad a Telémaco, a

Eumeo e incluso (como descubrí más tarde) a su antigua nodriza, Euriclea, antes que a mí. Cuando finalmente me lo dijo, estaba empapado en la sangre de los hombres que me habían amargado la vida, pero también en la de un joven que no lo había hecho. Había disparado a Anfínomo una flecha en la garganta, dejando intacto su hermoso rostro. Cuando cayó junto al pie de Odiseo, los ojos del muchacho me miraron sin comprender.

Pero mi marido seguía a lo suyo, con sangre de los pretendientes hasta las rodillas mientras en el patio se mecían los cuerpos de las sirvientas colgadas del cuello, y fue en ese momento cuando me dijo que era mi esposo. En todos mis sueños de su regreso a casa nunca imaginé nada tan violento y cruel. Tampoco pensé que tardaría tanto en limpiar aquella hecatombe. Y supongo que él ni siquiera se planteó qué les diríamos a las familias de esos odiosos jóvenes. O cómo encontraría yo nuevas sirvientas, en vista de lo que les había ocurrido a aquellas mujeres. Así que la plegaria que te ofrezco, Atenea, es ésta: gracias por traer a mi esposo a casa, si eso es lo que has hecho. Si el hombre que duerme arriba en la cama que hizo de un viejo olivo con sus propias manos es un impostor, supongo que tarde o temprano lo descubriré. Recuerda muchas anécdotas de nuestro matrimonio, de eso estoy segura. Y Telémaco lo quiere, lo que es una suerte. Así que tal vez no importa si es el hombre que se fue o me lo han cambiado. Ocupa el lugar que Odiseo dejó.

Tu devota Penélope

41

Las Moiras

Todos los días se repetía la misma escena: Cloto sostenía el huso, Láquesis la observaba con su mirada inquisitiva y Átropos, sentada en el rincón más oscuro, sostenía sus tijeras romas, que casi no se veían. Cloto sostenía el hilo con la mano derecha y movía el huso con la izquierda. No recordaba haber hecho otra cosa en su vida. Cogía un puñado de lana y lo retorcía hasta que formaba una hebra gruesa y áspera. Antes solía limpiar la suave pelusa y le quitaba las espinas y los pinchos, pero hacía tiempo que dejó de hacerlo porque se arañaba las manos. La hebra era muy frágil en esta fase, seguía siendo lana informe, no un hilo. Las fibras se rompían por poco que las apretara y tenía que ir con mucho cuidado. Láquesis no le perdonaría que, por torpeza, acortara la vida de ningún mortal. Su tarea era hilar la hebra de la vida, pero era Láquesis quien decidía su longitud. En una ocasión Cloto les había propuesto que intercambiaran el trabajo durante un tiempo, para poder descansar los dedos acalambrados, pero ninguna de las otras dos quiso. Eso le confirmó lo que ya sabía: que su tarea era la más difícil de las tres y que eso nunca cambiaría. No era de extrañar que sintiera tan poca compasión por las vidas mortales que revoloteaban entre sus dedos.

La blanda hebra se deslizaba suavemente por la yema de sus dedos. En cuanto el hilo era algo más fuerte, lo enrollaba al huso y, por el peso, se estiraba y se adelgazaba más. Sólo entonces Láquesis se concentraba en el hilo. No usaba una vara de medir, sino su buena vista. En el momento crucial, asentía, y Átropos cortaba con las tijeras en el espacio entre las manos de Cloto. Otra vida medida y completa. A veces calculaban mal: Láquesis no siempre asentía con el vigor necesario y, a la luz lúgubre, Átropos no la veía. ¿Quién era ese hombre que había sido tan longevo después de que ellas interfirieran en el lapso de su vida mortal?, se preguntó Cloto. No recordaba su nombre, sólo que había muerto tan anciano que parecía un montón de hojas otoñales. A veces Átropos daba un tijeretazo muy abajo o muy arriba y cortaba la hebra donde no debía. Otras veces a Cloto no le salía bien la hebra: las manos se le secaban, la lana no era lo bastante grasa y el hilo se deshacía antes de que Láquesis pudiera medirlo. No le daban pena esas almas, porque si pensara en las consecuencias de sus actos, se quedaría paralizada y no volvería a hilar. En cambio le gustaba cuando una de las otras dos cometía un error, porque eso implicaba —la mitad de las veces— una vida más larga. La hebra mal hecha sólo podía significar una madre acongojada, de pie junto a una cuna, gritando al cielo sordo.

42

Andrómaca

Cuando Andrómaca miraba las montañas que se elevaban por encima de Epiro, lamentaba que no le recordaran el monte Ida. Era tan alto que muchas mañanas la niebla ocultaba su cima. Héctor y ella solían observar cómo el sol ahuyentaba la niebla, y cada vez que volvía a verse el pico de la montaña ella sentía que la inundaba la calma, como a un niño que por fin distingue a lo lejos a su padre volviendo a casa. Echaba de menos el monte, pero descubrió que cuando pensaba en él en lugar de en todo lo demás que había perdido, podía contener el llanto.

Sin embargo, Epiro no era Troya. Aquellos picos carecían del carácter amable y paternal del Ida. Allí las montañas la rodeaban por todas partes y Andrómaca se sentía como atrapada en el fondo de un pozo. La habían sacado de su bonita ciudad, con sus gruesos muros y la alta fortaleza, para llevarla a lo que era poco más que una aldea. Bueno, un conjunto de aldeas. Epiro estaba situada en la parte más septentrional de Grecia, por lo que sus montañas siempre estaban nevadas y ella a menudo pasaba frío. Nunca se había puesto una túnica de lana en Troya ni en Tebas, donde había nacido, pero en Epiro la necesitaba a todas horas.

Cuando desembarcaron allí —había borrado muchos detalles de ese periodo de su vida, pero esa parte la recordaba—, se había tejido un manto en cuestión de días. No tenía otra opción si no quería morir a causa del feroz viento del norte que bajaba silbando por las montañas. Neoptólemo le había ordenado que hilara la lana —un regalo de sus súbditos no demasiado leales— y tejiera, y ella había obedecido. Pero, aunque había iniciado la tarea con amargura —una princesa de Troya reducida a la esclavitud—, la había acabado con entusiasmo, ansiosa por envolverse con el grueso tejido en las noches frías. Y cuando descubrió que no quería pasar frío, se dio cuenta de que, después de todo, tampoco deseaba morir.

Durante toda la travesía desde Troya había estado como muerta. No se había levantado de su camastro en ningún momento; incapaz de comer, a duras penas podía beber vino a menos que lo diluyeran bien en agua. A ratos observaba con ligero interés cómo se le marcaban los huesos de la muñeca, y una o dos veces se palpó los hombros y notó que los huecos de la clavícula eran cada vez más profundos. Sólo el quinto día, cuando Neoptólemo le gritó, le gritó de verdad, a un palmo de distancia de la cara —el mar picado nunca la había mareado tanto como su rancio aliento a vino—, exigiéndole que comiera y dejara de dañar su propiedad, logró tragar una pequeña cantidad de sopa aguada. El marinero que se la llevó pareció compadecerse de ella cuando vio sus arcadas al llevarse la cuchara a los labios. Pero él también temía a Neoptólemo. Se rumoreaba que en el viaje a Troya había arrojado a uno de sus hombres por la borda, sólo por una falta leve. Los marineros no correrían el riesgo de acabar en el agua, intentando desesperadamente mantenerse a flote mientras veían cómo sus compañeros se alejaban en el barco. Nadie recordaba a Neoptólemo apesadumbrado por alguna crueldad que hubiera cometido contra alguien, fuera hombre, mujer o niño.

Andrómaca advirtió que sus pensamientos estaban tomando un sesgo que no podía permitirse. Se concentró en la cuchara que tenía delante e intentó que no se derramara la sopa sobre su vestido mugriento. El marinero asintió despacio para animarla a seguir comiendo, como si fuera una enferma. Esperó a que ella acabara de comer y se llevó el cuenco sin decir palabra.

Pero comer no la devolvió a la vida. Sólo podía fijar la mirada en el horizonte, no oía nada de lo que le decían a menos que se lo gritaran al oído, y no podía soportar ningún roce o sabor. El mundo material la repelía porque —estaba convencida— ya no debería estar en él. Las Moiras habían cometido un error al permitir que la subieran a bordo del barco de Neoptólemo. Debería haber muerto en las costas de Troya en lugar de su hijo.

A pesar de que en el pasado había sido una tejedora hábil, no se lució con el manto. El último manto que había tejido fue para Héctor —de un paño oscuro y brillante— y le había salido perfecto. Aquiles lo partió en dos cuando le clavó a su esposo su feroz espada, y ella vio lo que quedaba de él arrastrarse por el suelo como un charco de sangre cuando el héroe griego dio tres vueltas alrededor de las murallas de la ciudad con el cuerpo de su marido a la zaga.

En Epiro no había lavado bien la lana, por lo que el tejido acabado le rascaba la piel. No la había hilado bien, por lo que la pieza se abultaba en las zonas más gruesas. Y no había mantenido los hilos lo bastante tensos, por lo que la prenda tenía los bordes arrugados. Pero en algún momento del proceso se había dado cuenta de que quería acabar de tejerla para no pasar frío. Aunque no lo entendió de inmediato, ésa fue la primera señal de vida después de la muerte.

Sin embargo, cuando Andrómaca terminó el manto y se envolvió en él, seguía teniendo frío. Recordó un día, hacia el principio de la guerra, que unos hombres trajeron a cuestas a un joven combatiente troyano a la ciudad. Lo habían herido en la espalda, un tiro de un arquero lejano que había dado en el blanco, y su sufrimiento le causó a Andrómaca una angustia horrible. No porque tuviera mucho dolor, sino por la distancia entre lo que le había sucedido y lo que él podía percibir. Estaba tumbado de costado y no sentía la flecha, tampoco la columna, las piernas, ni los pies. Del pecho para abajo había perdido toda la sensibilidad. Cuando le pidieron que describiera sus síntomas, él se limitó a decir que se notaba el cuerpo frío. Ésa fue su única queja durante los siguientes tres días, al final de los cuales murió. Y ése era el pensamiento que había ocupado la mente de Andrómaca mientras se sometía a Neoptólemo.

No sabía muy bien cuánto tiempo llevaba viviendo en Epiro cuando descubrió que estaba embarazada. Tardó en decírselo a Neoptólemo, porque no encontraba las palabras. Sentía demasiadas emociones a la vez y pasó muchas horas trabajando en el telar —ahora tejía prendas más finas, aunque no eran nada comparadas con las que había hecho para Héctor— antes de poder entenderlas y ponerles nombres. Primero sintió miedo. Neoptólemo casi nunca le hablaba más que para bramar órdenes.

No tenía ni idea de si él esperaba que su esclava le diera un hijo. Por lo que ella sabía, no tenía ninguno y aún no se había casado. ¿Y si no se lo decía pero él notaba que su cuerpo estaba cambiando y la castigaba? ¿Le daría patadas en el estómago hasta que perdiera el bebé? Andrómaca sintió una oleada de náuseas, pero no las provocó el niño que llevaba en el vientre, sino su primer hijo, Astianacte. Neoptólemo lo había matado arrojándolo desde las murallas de Troya antes de regresar gruñendo al barco para llevar a Andrómaca a Epiro. ¿Qué garantías tenía de que un hombre capaz de asesinar a su primer hijo no asesinara al segundo? Ninguna.

Movió la lanzadera arriba y abajo a través de los hilos de la urdimbre, tirando con delicadeza de la trama sin tensar los bordes, empujando cada pasada completa hacia arriba para no dejar huecos. La repetición del movimiento, la sensación de los hilos bajo los dedos, la forzada calma del gesto de alimentar la lanzadera: todo ello la ayudó a respirar y a seguir poniendo nombre a sus emociones. Así que la primera fue miedo, tanto por el bebé como por ella misma. Luego asco, porque su sangre se mezclaría con la del hombre que había matado a su hijo. Sin olvidar que Neoptólemo era hijo de Aquiles, el que había matado a su marido. Verse esclavizada por ese cruel clan de asesinos ya era bastante duro como para encima añadir un nuevo vástago. Se sentía contaminada por el bebé que llevaba dentro y no podía asegurar que esa sensación se le pasaría cuando naciera el niño. Ira, ésa fue la tercera. Ira porque todo lo que le había dicho a Héctor en su día se había cumplido. No salgas a pelear por tu cuenta, le había pedido. No corras tantos riesgos. Lucha entre los troyanos y no a la cabeza. Tu honor ya está asegurado. Si llamas la atención de Aquiles, te matará, ¿y qué será entonces de tu esposa y tu hijo? Seremos esclavizados sin que a nadie le importe.

Por supuesto, comprobar que tenía razón no le dio ninguna satisfacción, sólo un temor que fue revelándose poco a poco. ¿Por qué Héctor había desoído las prudentes palabras de su esposa? ¿Cómo podía haberla abandonado a ella y a su hijo? Todo había sucedido tal y como ella había predicho, sólo que peor. Ojalá... Interrumpió sus pensamientos. No podía empezar a poner en palabras sus deseos, o el sol y la luna se desplomarían sobre ella.

Así que al miedo, el asco y la ira les siguió la culpa. La invadió un terrible y apremiante sentimiento de culpa. Porque, a pesar de todo eso, sentía una pequeña llama de alegría inexpresable. Su cuerpo, que durante tanto tiempo había dejado de pertenecerle, por fin le proporcionaba consuelo. No había tenido nada que amar salvo sus recuerdos, pero éstos eran demasiado dolorosos para evocarlos. Y de pronto tenía algo. A pesar del miedo, el asco, la ira y la culpa, la llama seguía ardiendo dentro de ella.

Andrómaca nunca llegó a querer a Neoptólemo; eso era pedir demasiado, incluso para una mujer como ella. No podía olvidar los crímenes que había cometido, y él no había mostrado la más mínima contrición por el terrible daño que les había causado a ella y a las mujeres que consideraba su familia. Pero Andrómaca tampoco pudo seguir alimentando ese odio visceral cuando él la sacó de su casa por primera vez. No era posible detestar a un hombre con el que convivía tan íntimamente; la aversión tenía que morir o ella moriría. Y aunque Neoptólemo tenía un carácter terrible y cuando sufría un ataque de ira ella temblaba, no era tan cruel como le había parecido al principio. Cuando él vio a su hijo por primera vez, Andrómaca contuvo el aliento. La nodriza sostuvo al niño para enseñárselo y ella vio cómo una sonrisa indulgente transformaba su rostro malhumorado. No era un buen hombre, pero Andrómaca de repente pensó que tal vez sí pudiera ser un buen padre. Él llamó a su hijo Moloso.

Ella no tuvo celos cuando Neoptólemo se casó con Hermíone, la joven hija de Menelao y Helena. Todos podían ver que no sentían nada el uno por el otro. Y aunque Neoptólemo frecuentó el lecho conyugal durante un par de meses, enseguida perdió el interés por los encantos juveniles de Hermíone y volvió con Andrómaca en busca de consuelo. Esa noche ella yacía a su lado en la oscuridad, sin que el rancio olor de su aliento le repeliera ya. Oía su respiración lenta, pero sabía que todavía no estaba dormido. Aun así se sorprendió cuando habló.

—La maté de la forma menos dolorosa posible.

Ella notó que se ponía rígida.

—¿A quién te refieres?

—A tu hermana. Políxena.

Neoptólemo había matado a su cuñada (ella no lo corrigió) en la orilla para apaciguar el espíritu impetuoso de su padre.

—¿Sí? —preguntó ella. Mantuvo el tono más neutral que pudo. Las lágrimas de gratitud lo irritarían tanto como las de cólera.

—Los griegos lo habían decidido. No navegarían si no la sacrificábamos antes. Sacrificaron a la hija del general en Áulide, y ahora había que sacrificar a la hija de tu rey para volver a casa. —Era una peculiaridad suya, referirse a los hombres por su cargo en lugar de por su nombre. Siempre el general, nunca Agamenón. Tu rey, en lugar de Príamo. Y enseguida añadió—: Ella no mostró cobardía. Murió noblemente.

En la oscuridad, Andrómaca asintió. Sabía que él notaría el movimiento de su cabeza.

—Siempre fue valiente. Siempre.

—Ella es la que atormenta mi sueño —continuó él.

Andrómaca se clavó las uñas en las manos. Astianacte no, sólo era un bebé. Tampoco Príamo, un anciano indefenso. Sólo Políxena había despertado la conciencia de ese hombre al que en otro tiempo había considerado un monstruo. Y habría seguido pensando igual si las circunstancias no la hubieran obligado a buscar en su carácter algo bueno para poder soportarlo.

—¿Por qué?

Ella oyó un sonido ahogado y él se tapó rápidamente el rostro.

—No lo sé. Se la veía tan... —Esta vez Neoptólemo notó que ella se ponía tensa—. No deberías oírlo.

Pero ella descubrió que, si bien no podía pensar en lo sucedido por miedo al sufrimiento, la reconfortaba oírlo a él hablar de ello. Tras el sobresalto inicial, el consuelo no tardó en llegar.

—Dímelo.

—Ella estaba tan deseosa de morir que no se resistió. Me ofreció el cuello para que se lo cortara. ¿Por qué no tenía miedo?

—Lo tenía —respondió Andrómaca—. Pero tenía más miedo a la esclavitud. Más miedo a que la arrancaran de su tierra natal. Más miedo a pertenecer a un hombre al que no conocía ni había elegido. La muerte no la asustaba porque la prefería a un destino peor.

Hubo un silencio mientras él consideraba esas palabras.

—¿Tú habrías tenido miedo a morir? —le preguntó.

Andrómaca hizo una mueca de dolor como si la hubiera abofeteado.

—No.

—¿Habrías preferido morir que venir a Epiro?

—Eso pensaba antes.

Se hizo un nuevo silencio.

—¿Todavía lo piensas? —le preguntó él.

Ella percibió en su voz una inconfundible nota de esperanza y casi se rió de lo absurdo de la situación. Su captor, el asesino de su hijo, anhelaba su aprobación. Sin embargo, ella descubrió que no podía negársela.

—No. Ahora tengo a Moloso.

—Cuando yo muera —empezó a decir él, y luego se calló. Ella no lo interrumpió, sabiendo que a veces necesitaba pensar antes de hablar y se molestaría si lo distraía—. Cuando yo muera, te casarás con ese príncipe troyano.

—¿Héleno?

El hermano de Casandra era uno de los pocos troyanos a los que los griegos habían dejado vivir. Les había prestado algún servicio a costa de traicionar a los suyos, eso Andrómaca lo tenía claro, pero no sabía nada más.

—El hermano de la chica loca. —La reputación de Casandra se había extendido por todo el ejército griego, incluso antes de que la esposa de Agamenón la matara.

—Está bien. Pero ¿por qué te ha dado por pensar en eso ahora? —le preguntó ella. Neoptólemo guardó silencio—. ¿Alguien nos ha amenazado?

Andrómaca notó cómo él alargaba la mano hasta posarla en su mejilla.

—Aún no. Pero no tardarán.

• • •

Cuando fueron a buscar a Neoptólemo, él no estaba en Epiro, sino en Delfos, a varios días de camino. Los hombres de Micenas, que eran muchos más que aquellos que acompañaban a Neoptólemo, lo asesinaron frente al templo de Apolo. Orestes, el príncipe de Micenas, hijo de Agamenón, pidió a la esposa de Neoptólemo, Hermíone, en matrimonio. Afirmó que vengaba de ese modo una irreverencia que Neoptólemo había cometido, pero Andrómaca sabía que no era más que una excusa. Si se castigaban todas las irreverencias cometidas contra Apolo durante la guerra de Troya, no quedaría un solo griego sobre la faz de la tierra. ¿No les había enviado el mismo dios una plaga a todos por sus crímenes? ¿Por qué Neoptólemo merecería un castigo mayor que el resto? Los peores excesos contra Apolo los había cometido el antiguo rey de Micenas, el propio Agamenón. ¿Qué derecho tenía su hijo a vengarse de otro hombre en nombre del dios? Orestes debería haber estado rezando y elevando ofrendas en penitencia por sus maldades, y no sólo las suyas, sino también las de su hermana. ¿Acaso no habían matado a su madre para vengar a su impío padre? ¿Cómo los habían dejado sin castigo las Furias?

Cuando Andrómaca se enteró de la muerte de Neoptólemo, no se lamentó. No pudo llorar por él. Pero lloró por ella misma, arrojada una vez más al mundo sin nadie que la protegiera, y lloró por su hijo, a pesar de que su amor por Moloso estaba mancillado. Cuando era niña le había resultado fácil amar: adoraba a sus padres y a sus hermanos. Luego Tebas cayó en manos de Aquiles, y en un solo día perdió a su padre Eetión y a sus siete hermanos. Pero esa tragedia, que se llevaría a su madre poco después, no le quitó la costumbre de amar. Abrió su corazón a Héctor y a su numerosa familia, feliz de tener todos esos nuevos hermanos y hermanas. Se mostró tan dócil con Príamo y Hécabe como lo había sido con sus propios padres, y halló placer en esa conducta; nunca había entendido los comentarios maliciosos que otras mujeres hacían sobre sus suegras. Perder a su propia familia la había predispuesto incluso más a amar a otra. Y cuando Héctor murió, lloró como correspondía a una viuda y halló consuelo en la familia de él, puesto que compartía su pérdida.

Pero la muerte de Astianacte la cambió y supo que en adelante nunca amaría a nadie de la misma manera. Mientras su hijo yacía destrozado bajo las murallas de la ciudad, supo que algo dentro de ella se había roto y nada podría repararlo. Como cualquier madre, descubrió que su amor por Astianacte estaba ligado al miedo. Desde su nacimiento se había preocupado cada vez que tenía fiebre, y al menor síntoma de enfermedad se dirigía a los santuarios para aplacar a los dioses y suplicar su ayuda. Ahora se preocupaba de igual modo por Moloso; lo habría jurado ante la estatua de Zeus sin temor a represalias. Pero ya no pasaba en vilo los días y las noches por si su hijo nacido en Grecia enfermaba o se hacía daño, puesto que no podía confiar en ella y en sus cuidados maternales. Ahora sólo podía esperar que lo protegieran los dioses —aunque no habían protegido a Astianacte—, porque sabía que en caso de que ocurriera lo peor, ella no podría hacer nada para salvarlo. Había fallado a su primer hijo, y ahora no tenía más recursos de los que había tenido entonces. Lo único que poseía era la profunda conciencia de su impotencia; no había ninguna posibilidad de autoengaño. Había amado a Astianacte como si con ello pudiera mantenerlo a salvo del mundo. A Moloso, en cambio, lo amaba como si ambos vivieran al borde de un acantilado y corrieran el peligro de caer al abismo en cualquier momento.

Así, cuando un esclavo le comunicó que Neoptólemo había muerto y Orestes quería casarse con Hermíone, sintió el acostumbrado escalofrío de alarma, pero no pensó en escapar. ¿Adónde podría ir, sin amigos en Grecia? ¿Y quién la protegería de Orestes? Se le ocurrió que el abuelo de Neoptólemo tal vez podría ser de ayuda, ya que había perdido a su hijo Aquiles y ahora a su nieto. Moloso era todo lo que quedaba de la noble casa de Peleo. Andrómaca envió un esclavo a Peleo con pocas esperanzas, y cuál no fue su sorpresa cuando el anciano en persona apareció blandiendo su bastón como un garrote y exigiendo que Moloso y ella lo acompañaran a su casa.

Como Neoptólemo prometiera en su día, ella se casó con Héleno. El príncipe troyano tenía la habilidad de hacer amigos en lugar de enemigos, y no tardaron en fundar un pequeño asentamiento. A petición de Andrómaca, empezaron a construir una ciudad inspirada en su hogar perdido: una nueva Troya, menos grandiosa e imponente, pero con una alta ciudadela al pie de una montaña. Algunas mañanas, cuando la niebla tardaba un rato en despejarse, podía imaginarse de nuevo en casa. Héleno se parecía un poco a su hermano Héctor, muerto hacía mucho. A veces se sorprendía mirándolo de perfil y viendo cómo los rasgos de su primer marido asomaban en el rostro del segundo. Nunca sabría si Astianacte se habría parecido a Moloso al hacerse mayor, pero, a medida que éste crecía, los dos se fusionaron en su mente de tal modo que cuando veía a Moloso regresar de una jornada de caza en el bosque, imaginaba a Astianacte pisándole los talones. Vivió el resto de su vida entre las sombras y los reflejos de todo lo que había perdido en las catástrofes de su juventud. Y si la sombra de la felicidad no alcanzó la felicidad misma, fue más de lo que había esperado encontrar mientras yacía postrada en las costas de Troya, llorando por su amado hijo.

43

Calíope

«Canta, musa», dijo, y he cantado.

He cantado sobre ejércitos y he cantado sobre hombres.

He cantado sobre dioses y monstruos, he cantado sobre historias reales y ficticias.

He cantado sobre la vida y la muerte, sobre la alegría y el dolor.

He cantado sobre la vida después de la muerte.

Y he cantado sobre las mujeres, las mujeres en la sombra. He cantado sobre las olvidadas, las ignoradas, las ninguneadas. He tomado las viejas historias y las he sacudido hasta poner a la vista a las mujeres en la sombra. Las he homenajeado en mi canto, porque ya han esperado bastante. Tal como le prometí a él, ésta nunca ha sido la historia de una o dos mujeres, sino la de todas. Una guerra no ignora a la mitad de la población cuya vida ha sido trastornada. ¿Por qué lo hacemos nosotros?

Han estado esperando a que se cuente su historia y yo no las haré esperar más. Si el poeta rechaza el canto que le ofrezco, se lo arrebataré y lo enmudeceré. Él ha cantado antes; es posible que no lo quiera o no lo necesite. Pero esta historia saldrá a la luz. Más tarde o más temprano, la historia de las mujeres será contada. Yo no envejezco ni muero; para mí, el tiempo no tiene ninguna importancia. Lo importante es que se cuente.

«Canta, musa», dijo él.

Bueno, me has oído, ¿no? He cantado.

Personajes

GRIEGOS

La casa de Atreo

AGAMENÓN, rey de Micenas, ciudad cercana a *Argos*, en la península griega, hijo de Atreo, marido de:
CLITEMNESTRA, reina de Micenas y madre de:
IFIGENIA, ORESTES, ELECTRA
MENELAO, hermano de Agamenón, marido de:
HELENA de Esparta, más tarde conocida como Helena de Troya. Helena era a la vez hermana y cuñada de Clitemnestra. Menelao y ella tenían una hija:
HERMÍONE

Además:
EGISTO, el hijo de Tiestes (el hermano de Atreo), era primo de Agamenón y Menelao

La casa de Odiseo

ODISEO, rey de Ítaca, hijo de ANTICLEA y LAERTES, marido de:
PENÉLOPE, reina de Ítaca, experta tejedora, madre de:
TELÉMACO
En su casa también vivían:
EURICLEA, nodriza de Odiseo
EUMEO, porquero fiel

Odiseo se enfrentó durante su regreso de Troya con (entre otros muchos):
POLIFEMO, gigante de un ojo o cíclope, hijo de:
POSEIDÓN, el dios del mar
CIRCE, hechicera que vivía en la isla de Eea
Los LESTRIGONES, gigantes caníbales
Las SIRENAS, mitad mujeres mitad aves, que atraían con su canto a los marineros y los conducían a la muerte
ESCILA, híbrido entre mujer y perro, con muchos dientes
CARIBDIS, remolino que destrozaba barcos
CALIPSO, ninfa que vivía en la isla de Ogigia

La casa de Aquiles

PELEO, rey y héroe griego que se casó con:
TETIS, ninfa marina, y tuvieron un hijo:
AQUILES, el guerrero más grande que el mundo había llegado a conocer, cuyo amigo íntimo y posible amante era:
PATROCLO, guerrero griego perteneciente a la pequeña nobleza. Durante la guerra de Troya capturaron a:
BRISEIDA, princesa de Lirneso, una ciudad pequeña que no quedaba muy lejos de Troya

Aquiles también tenía un hijo:
NEOPTÓLEMO

Otros griegos involucrados en la guerra de Troya:
SINÓN, guerrero
PROTESILAO, rey de Filace, un pequeño asentamiento griego, y marido de:
LAODAMIA, su reina

TROYANOS

La casa de Príamo

PRÍAMO, rey de Troya, padre de incontables hijos y marido de:
HÉCABE, también llamada Hécuba por los romanos y más tarde por Shakespeare, y madre de:
POLÍXENA, heroína de Troya
CASANDRA, sacerdotisa de APOLO, el dios del tiro con arco, la curación y la enfermedad
HÉCTOR, el gran héroe troyano
PARIS, guerrero troyano, seducía a las esposas de los demás
POLIDORO, el hijo más joven de Príamo y Hécabe, quienes también eran suegros de:
ANDRÓMACA, mujer de Héctor, madre de ASTIANACTE

Otros troyanos involucrados en la guerra:
ENEAS, noble troyano, hijo de ANQUISES y marido de:
CREÚSA, madre de EURILEÓN (más tarde los romanos lo llamaron Ascanio)
TÉANO, mujer de ANTENOR (consejero de Príamo) y madre de CRINO

CRISEIDA, joven troyana, hija de CRISES, sacerdote de Apolo
PENTESILEA, princesa amazona, hermana de:
HIPÓLITA, no era troyana, pero combatió como aliada en el último año de guerra
ENONE, ninfa de la montaña, vivía cerca de Troya

DEIDADES

CALÍOPE, musa de la poesía épica
ZEUS, rey de los dioses olímpicos, padre de incontables dioses, diosas, ninfas y semidioses; marido y hermano de:
HERA, reina de los dioses olímpicos y enemiga de cualquiera que Zeus sedujera
AFRODITA, diosa del amor, en especial de la variedad lujuriosa; casada con el dios de la forja, HEFESTO, y amante intermitente del dios de la guerra, ARES
ATENEA, diosa de la sabiduría y la guerra defensiva; partidaria de Odiseo, patrona de Atenas y amante de las lechuzas
ERIS, diosa de la discordia, de talante alborotador
TEMIS, una de las diosas antiguas, representa el orden frente al caos
GAIA, otra de las diosas antiguas. Pensamos en ella como la Madre Tierra
Las MOIRAS, las Parcas; tres hermanas —CLOTO, LÁQUESIS y ÁTROPOS— que tienen en sus manos nuestro destino

Epílogo

La inspiración de esta novela proviene del mundo antiguo, tanto la época como la geografía. Una parte es literaria y otra arqueológica. Algunos capítulos son invención mía, otros se basan en fuentes que quizá ya conozca el lector. Los textos a los que he vuelto mientras escribía son *Las troyanas* de Eurípides —también su *Hécuba*— para los capítulos sobre las mujeres troyanas, y la *Odisea* de Homero para los de Penélope. También he consultado la *Eneida* de Virgilio para el capítulo de Creúsa —aunque obtuve mucha más información de la ciudad en llamas y del sibilante Sinón que de este personaje; con ello no quiero decir que Virgilio no escriba sobre mujeres increíbles (no he conseguido hacerle un sitio a Dido en esta novela, y me ha dado mucha pena), pero cuando algo no encaja, no encaja—, y gracias a *Las heroidas* de Ovidio, tan singulares, me hice una primera impresión de Laodamia y me convencí de escribir la historia de Penélope en forma de cartas dirigidas a su marido ausente. El capítulo de Clitemnestra se lo debo íntegramente a la *Ores-*

tíada de Esquilo, por supuesto. En la *Ilíada* de Homero no hay mucho material sobre Briseida, pero de ahí se ha sacado la peste que se desata cuando Agamenón se niega a devolver a Criseida (los síntomas de la peste se han tomado de un autor posterior, Tucídides, que la padeció al comienzo de la guerra del Peloponeso en el siglo V a. C., pero se recuperó para contarlo). Tanto *Ifigenia en Áulide* como *Ifigenia entre los tauros*, de Eurípides, fueron el punto de partida para el capítulo sobre este personaje. La última historia de Andrómaca proviene de la obra homónima de Eurípides.

En este libro aparecen muchas más mujeres que apenas están presentes en la literatura que conservamos del mundo antiguo: Téano y Enone, por ejemplo. Los personajes femeninos suelen estar eclipsados o en los márgenes de las historias, e incluso cuando aparecen en ellas (en este sentido Eurípides y Ovidio son una excepción, pues en sus obras las mujeres son el centro y, a menudo, el único centro de atención). A veces damos por supuesto que nos referimos a una mujer en particular aunque no se la nombre. La *Ilíada* empieza con un verso que suele traducirse como «Canta, oh musa, la cólera de Aquiles». Parece razonable suponer que se dirige a Calíope, musa de la poesía épica (el poeta probablemente habría esperado que fuera menos caprichosa de como yo la he retratado, aunque si la hubiera descrito Eurípides, podría haber salido peor parada). Pero Homero nunca menciona su nombre. Ni siquiera utiliza la palabra «musa» sino *thea*, diosa.

Pentesilea ha sufrido mucho en manos de las crónicas históricas, a menos que se quiera buscar entre los fragmentos del oscuro Quinto de Esmirno o del Pseudo-Apolodoro (yo lo hice, pero no lo recomendaría forzosamente). Fue una guerrera poderosa y desempeñó un papel importante en un poema épico de alrededor del siglo VIII a. C. titulado la *Etiópida* del que sólo se conservan unos pocos versos. Como muchas amazonas, Pentesilea fue una gran fuente de inspiración para los artistas plásticos del mundo antiguo. Con la excepción de Heracles, las amazonas aparecen más que cualquier otra figura mítica en las vasijas supervivientes. Además, hay jarrones en los que se muestra, de forma extraordinaria, a guerreros griegos llevándose del campo de batalla a amazonas caídas. En una hermosa vasija, Aquiles se lleva a Pentesilea del lugar donde se ha celebrado su duelo. Los guerreros de la antigüedad no solían tratar a sus enemigos muertos con esa clase de respeto o afecto. Lamentablemente, cuando Robert Graves se ocupó en el siglo XX de esta increíble heroína, la describió como un cadáver sobre el cual Aquiles se masturbaba. Debe de ser un ejemplo de ese progreso del que todos hablan.

En el Museo Británico puede verse una versión más ornamentada —con más monos, para empezar— de los pendientes de Tetis. Los que se describen en estas páginas se encontraron en la isla donde Peleo y ella se casaron. De todos modos, en el museo también puede verse a Protesilao erguido sobre la proa de su nave, tal y como lo imagina Laodamia en su capítulo. Tiene realmente unos pies preciosos. Hay que visitar Grecia para ver los leones de piedra de Micenas y, una vez allí, siempre se puede hacer una excursión en barco bordeando la costa turca en busca de Troya para constatar si, como dijo el controvertido arqueólogo del siglo XIX, Heinrich Schliemann, estaba situada en Hisarlik, en la actual Turquía. Las características de la costa y la flora de Troya que se describen con minuciosidad en este libro coinciden con las de Hisarlik. Mis disculpas a los que creen firmemente que Troya se encontraba en otro lugar. Ítaca, el hogar de Odiseo, ha resultado ser más difícil de ubicar en el mundo moderno (la ruta de Odiseo a casa es asimismo fuente de muchas discusiones). Yo puedo vivir con la incertidumbre, y confío en que el lector también. A decir verdad, a veces prefiero ignorar ciertas cosas, por el espacio imaginativo que ello ofrece. Sólo puedo pedir disculpas a todos mis amigos científicos por esta intolerable elección.

El mal genio que caracteriza a los dioses de esta novela está inspirado en la versión de Afrodita y Artemisa que ofrece Eurípides en *Hipólito*. Su inmadurez emocional se mezcla con la inmortalidad y un poder terrible. Al volver a los dioses preolímpicos —Temis, Gaia, etcétera—, la irritabilidad disminuye un poco y en su lugar aparece cierta altivez. Lo que más me divirtió fue escribir la escena en la que las diosas compiten entre sí por la manzana de oro. Si este libro tiene un motivo decorativo es esa manzana. O tal vez la lechuza que Atenea se niega a entregar. Yo nunca me desprendería de mi lechuza para ganar un concurso de belleza, por si a alguien le queda alguna duda.

La *Ilíada* de Homero está considerada —con razón— uno de los grandes textos fundacionales sobre la guerra y sus combatientes, los hombres y la masculinidad. Pero es fascinante ver cómo hemos recibido ese texto y hemos interpretado la historia que nos cuenta. Le di a leer un primer borrador de *Las mil naves* a un amigo inteligente para saber su opinión y oír sus comentarios. Él se mostró amable, alentador y ocurrente, y sólo se enfadó conmigo un poco por no ser más como H. Rider Haggard. Sin embargo, cuestionó la premisa fundamental del libro: que las mujeres que sobreviven —o no— a una guerra son igual de heroicas que los supervivientes de sexo masculino. El principal argumento que ofreció era que los hombres van y luchan, y las mujeres no. Pero hay mujeres que sí que luchan —entre otras Pentesilea y sus amazonas—, aunque se hayan perdido los poemas que proclaman sus grandes hazañas. Por otra parte, los hombres no siempre lo hacen: de los veinticuatro libros de la *Ilíada*, Aquiles no lucha hasta el decimoctavo. Se pasa los primeros diecisiete ocupado en otros menesteres: discutiendo, enfadándose, pidiendo ayuda a su madre, enfadándose de nuevo, dejando que su amigo luche por él, ofreciendo consejos y rechazando disculpas. Pero sin luchar. En otras palabras, pasa prácticamente tres cuartas partes del poema en un entorno casi doméstico, lejos del campo de batalla. Sin embargo, nunca cuestionamos que sea un héroe. Aunque no esté combatiendo, nunca se pone en duda su condición de guerrero. Espero que al llegar al final de este libro, que es un intento por mi parte de escribir una epopeya, los lectores tengan claro que el heroísmo es algo que todos podemos albergar, especialmente si las circunstancias son propicias para que aflore. No es exclusivo de los hombres, como que las trágicas consecuencias de la guerra no son exclusivas de las mujeres. Supervivientes, víctimas, perpetradores: estos papeles no siempre van separados. Las personas pueden resultar heridas y herir al mismo tiempo o en diferentes momentos de su vida. Quizá el ejemplo más crudo de ello sea Hécabe.

Casandra es el único de todos estos papeles femeninos que he interpretado (en una lectura escolar del *Agamenón* de Esquilo). Aunque a veces ha sido difícil contar su historia, a ella es a la que más he echado de menos desde que terminé de escribir este libro.

Agradecimientos

Este libro ha sido tan absorbente que ha habido momentos en los que pensé que me tragaría entera. Así que quiero dar las gracias a todos los que me habéis mantenido a flote. A Peter Straus, mi brillante agente, y el lector más reflexivo y culto que una esperaría tener. Sé lo afortunada que soy. A mi editora en Pan Mac, Maria Rejt, que es asombrosa. Tanto ella como Josie Humber me animaron a escribir a mi aire y rara vez admitieron una respuesta del tipo «porque está en un fragmento de Quinto de Esmirna». Imposible no darles la razón. Sam Sharman guió el libro en sus últimas etapas con una calma que es probable que yo tuviera antes de que le prendiera fuego en las ruinas de Troya. Otras muchas personas maravillosas de Pan Mac han contribuido a ello: sobre todo Kate Green, que me engatusa para que dé charlas y haga programas preguntándome cómo me va. No os dejéis engañar por su cara inocente.

Escribir libros podría estar fácilmente en conflicto con mi trabajo de radiodifusión. Si no lo está es porque mis colegas de la BBC son increíbles. Mary Ward-Lowery, James Cook: gracias por colaborar conmigo en la serie *Natalie Haynes Stands Up for the Classics* mientras escribía este libro. Sin vosotros nunca habría podido hacerla, y el libro no sería lo que es si yo no hubiera seguido participando en ella. Supongo que habría dormido mejor, pero eso puede esperar. Todo mi agradecimiento también a James Runcie y a Gwyneth Williams por permitirnos continuar con ella.

Una de las cosas más valiosas que puede tener un escritor son lectores en las distintas fases del libro. Gracias a Sarah Churchwell, como siempre, por su increíble agudeza y por sacar tiempo de debajo de las piedras. Y gracias a Robert Douglas-Fairhurst, que es la persona que tengo en mente cuando me preguntan quién es para mí el lector ideal. ¿Qué digo? Él siempre está en mi mente. Digby Lidstone leyó la primera mitad y me instó a quitar el noventa por ciento de las comas, así que podéis agradecerle eso a él. Elena Richards revisó el borrador final con lupa, y Matilda McMorrow hizo lo mismo en la fase de las pruebas. Si alguno de ellos se decide por una carrera editorial, por favor, tomad estas líneas como una recomendación abreviada y pedidme la versión más larga.

Son muchas las personas que me han ayudado a mantener el rumbo mientras escribía. A todas ellas mi agradecimiento y mi cariño, en particular: a Helen Bagnall, por ser un milagro de energía positiva en mi vida; tengo mucha suerte de conocerla; a Damian Barr, por saber siempre el momento adecuado para llamar y las palabras adecuadas que decir; a David Benedict, por sacarme de casa cuando lo necesitaba; a Philippa Perry y a su amiga Julianne, por su sagacidad y amabilidad constantes; a Kara Manley, por estar aquí desde el principio;

a Michelle Flower, por su apoyo moral en forma animal y humana; a Julian Barnes, por darme los mejores consejos y con el tono más paciente cuando me subía por las paredes; a Marcus Bell, por enviarme vídeos de *Agente Hamilton* todos los días durante un mes para levantarme el espíritu; a Adam Rutherford, por asesorarme mejor que nadie sobre la flora y la fauna de la península de la Tróade en la Edad de Bronce, y a Christian Hill, por ser —siempre y todavía— la voz de la razón en mi mundo cambiante.

Por último, quiero dar especialmente las gracias a Dan Mersh por todo, siempre. Y, por supuesto, a mi familia: a mi madre, a mi padre, y a Chris, Gem y Kez. Os podéis quedar con mi lechuza.